NORBERT WEIMPER

Das schwarze Geheimnis von Maulbronn

NORBERT WEIMPER

Das schwarze Geheimnis von Maulbronn

Historischer Roman

GMEINER

Im Ehnried 5, 88605 Meßkirch
Telefon 07575/2095-0
info@gmeiner-verlag.de

2. Auflage 2025

Lektorat: Claudia Senghaas, Kirchardt
Satz: Mirjam Hecht
Karte: Susanne Lutz
Umschlaggestaltung: U.O.R.G. Lutz Eberle, Stuttgart
unter Verwendung der Bilder von: © Bruno Ismael Silva Alves / Shutterstock.com und José Luiz Bernardes Ribeiro / CC BY-SA 4.0
Druck: Custom Printing Warschau
Printed in Poland
ISBN 978-3-8392-0853-3

Inhalt

Dramatis Personae

Anselm von Dürrmenz-Lomersheim, Novize/Mönch

Ingbert von Speyer, Cellerar

Johannes Burrus von Bretten, Abt (?–1521)

Johann Entenfuß von Unteröwisheim, Abt (?–1525)

Johann Georg Faust, genannt Dr. Faustus, Magier und Alchemist (ca. 1480–ca. 1541)

Margarethe von Dürrmenz, Magd

Raimund von Hagenau, Bursarius

Ulrich, Herzog von Württemberg (1487–1550)

Ulrich von Dürrmenz, Bischof von Speyer und kaiserlicher Reichskanzler (?–1163)

Walther von Lomersheim, Klosterstifter (12. Jahrhundert n. Chr.)

Historische Personen mit Angabe der Lebensdaten

Wichtige Ämter im Kloster

Abt – Klostervorsteher

Bibliothecarius – Vorsteher der Bibliothek und des Scriptoriums (Schreibstube)

Bursarius – Verwalter des Klostervermögens

Cellerar (Kellermeister) – Verwalter der Klosterwirtschaft

Infirmarius – Vorsteher des Siechenhauses (Krankenhaus) und der Klosterapotheke

Konventuale – Meinungsberechtigte Herrenmönche des klösterlichen Konvents

Magister novitius (Novizenmeister) – Aufseher und Lehrer der Novizen

Portarius (Pförtner) – Wärter am äußeren Klostertor

Prior – Stellvertreter des Abtes

Vestiarius – Vorsteher der Kleiderkammer

Prolog

Kloster Maulbronn, anno domini 1492

Weg! Weg von hier! Nur dieser eine Gedanke raste der jungen Frau durch den Kopf. Vom Haus des Abtes stolperte sie auf die Tür am Ende des Laubenganges zu und verschwand. Wie Feuer brannte ihr Unterleib. Der Schädel dröhnte, sie war noch immer benommen. Das Schlimmste aber waren die schrecklichen Bilder, die sie nicht loswurde. Der Ordensmann war ein Satan. Vor Ekel schüttelte sich die Gepeinigte. Wie in Trance schleppte sie sich über den kalten Steinboden des Kreuzganges und gelangte in die Kirche.

Eine Frau im Herrenchor, dem heiligsten Ort eines Zisterzienserklosters!

Erschöpft sank Margarethe vor der mächtigen Madonnenfigur zu Boden. Sie faltete die Hände, aber nur ein ersticktes Schluchzen entrang ihrer Kehle. Zu groß war der Schmerz, der sich in ihre Seele fraß. Fahles Mondlicht lag auf ihrem verweinten Gesicht, als plötzlich der Schein einer Kerze auftauchte. In panischer Angst verbarg sich die zierliche Frau in der hohlen Rückseite der Marienfigur im Altarraum. Sie presste sich selbst die Hand vor den Mund, und endlich verließ der Schatten des Mönchs schlurfend den Kirchenraum.

Es war totenstill. Die Kälte kroch Margarethe in die Glieder. Mit letzter Kraft richtete sie sich auf und schlüpfte durch die Grabkapelle Ulrichs von Dürrmenz lautlos nach draußen. Sie fand die kleine Holztür in der südlichen Wehrmauer und ging in ihrem Schutz nach Westen. Der Salzach entlang stolperte sie durch die Bachauen Richtung Elfinger Hof. Auch dessen Ummauerung überwand sie irgendwie und erreichte das Haus der Bauernfamilie, bei der sie als Magd arbeitete.

Drei, vier unsichere Schritte noch, dann brach sie im Hausflur zusammen.

Die Bauersfrau kam die Holztreppe herunter und schlug die Hände über dem Kopf zusammen. Sie war in Sorge gewesen, weil Margarethe nach der Feldarbeit nicht heimgekommen war. Die resolute Frau wollte ihrer Magd aufhelfen – und bekreuzigte sich entsetzt. Das zitternde Bündel vor ihr sah furchtbar aus. Vorn auf ihrem Kleid, in Höhe der Oberschenkel, entdeckte ihre Herrin kleine Blutflecke. Erneut schlug sie das Kreuz.

Tagelang kam die Magd nicht aus dem Bett. »Bete zu Gott, Mädchen, dass du nicht geschwängert wurdest«, sagte die Bauersfrau. »Geh zu einem Priestermönch und lass dir die Beichte abnehmen.« Entsetzt riss Margarethe die Augen auf und schüttelte den Kopf.

Es dauerte Wochen, bis sie sich etwas erholt hatte. Und die Arbeit fiel ihr schwer. Barsch hatte der Bauer, der wenig Verständnis für die Magd zeigte, sie dazu angetrieben. Als Leibeigene des Klosters hatten die Bauern vom Elfinger Hof Frondienste zu leisten und dafür zu sorgen, dass die jährliche Zehntabgabe für die Mönche möglichst üppig ausfiel.

Margarethe selbst fragte sich, wofür Gott ihr diese schlimme Strafe geschickt hatte. Und warum gerade der strenge, unduldsame Abt des mächtigen Klosters Maulbronn? Sie fand keine Antwort.

Die Zeit verging, und die Leute sahen das, was sie schon wusste. Mit bestürzter Miene hatte ihr die Bauersfrau erklärt, was es bedeutete, dass nach der Nacht im Kloster ihr monatliches Blut ausgeblieben war. Immer schlechter konnte die junge Magd ihren runden Bauch unter der Kleidung verstecken, und etwa neun Monate nach ihrem bösen Erlebnis gebar sie einen Sohn.

Es war warm gewesen, an jenem 21. März im Jahre des Herrn 1493. Das Lachen war nicht mehr in Margarethes Gesicht zurückgekehrt, sie aß schlecht, und die Bauersfrauen auf dem Wirtschaftshof hätten sich nicht gewundert, wenn die Magd im Wochenbett gestorben wäre.

Margarethe überlebte die Geburt. Sie hatte Glück, dass man sie nicht samt ihrem Bastard vom Hof jagte. Vielleicht hing das damit zusammen, dass die Leute eine bestimmte Art von Respekt vor dem ehemals hübschen Mädchen hatten. Gleich nachdem es damals aus Dürrmenz, einem nahen Dorf in klösterlichem Besitz, gekommen war, erkannte man seine besondere Gabe. Margarethe umwehte das Mysterium der Prophetie. Zwei Voraussagen, die sie in Tagvisionen sah, hatten sich erfüllt.

»Wie soll das Kind heißen?«, fragte die Bauersfrau. »Anselm, Anselm von Dürrmenz«, bestimmte seine Mutter. Bisweilen jedoch nannte Margarethe den Säugling auch Anselm von Lomersheim. Die Leute hielten sie für verwirrt. Doch sie war inzwischen so wortkarg, so in sich gekehrt und irgendwie geheimnisumwittert, dass niemand sie darauf ansprach.

Kurze Zeit später war Margarethe verschwunden. Wie vom Erdboden verschluckt. Und keiner hatte die Achtzehnjährige je wieder gesehen. Die Bauern bekreuzigten sich. Dann nahm ihr Leben wieder den gewohnten Gang.

Anselm, das elternlose Kind, blieb auf dem Hof.

Kapitel 1

Kloster Maulbronn, anno domini 1502

Anselm legte den Kopf in den Nacken. Vor ihm ragte der gemauerte Torturm in den Himmel. Der ältere Bauer schubste ihn über die Zugbrücke und pochte gegen das schwere, hölzerne Tor.

»Wer bist Du, was ist Dein Begehr?« In der vergitterten Türluke erschien das verschlafene Gesicht des Bruders Pförtner.

»Ich bin Bauer auf dem Elfinger Hof und bringe Euch diesen Balg hier.«

Der Mönch musterte den schmächtigen Knaben. Er schien recht aufgeweckt, und seine strahlend blauen Augen unter dem schwarzen, glatten Haar wollten nicht so recht zu seiner dreckigen, ärmlichen Kleidung passen.

»Du willst den Buben in die Obhut des Klosters geben?«, fragte der Pförtner nach.

»Ja.«

»Warum?«

»Seht uns doch an! Zwei grausige Winter mussten wir überstehen, dazwischen einen kalten, regnerischen Sommer, in dem das Korn auf den Feldern verfaulte. Dünne Wassersuppe löffeln wir und fressen Sauerampfer von der Wiese!«

»Und der hier«, der Bauer deutete auf den Jungen, »ist ohne Eltern. Zwei linke Hände hat er, und mit seinem vorlauten Geplapper passt er wohl besser zu euch Pfaffen.«

»Kommt herein.« Der Mönch öffnete die in das eisenbeschlagene Tor eingelassene, kleinere Mannpforte.

»Anselm heißt er«, erklärte der Bauer, »er ist neun Jahre alt.«

Interessiert blickte sich der Junge um. Gepflegte Fachwerkhäuser schmiegten sich beidseits des Turms an die hohe Wehrmauer. Er achtete nicht darauf, was die beiden Männer sprachen, und als sich der Bauer mit der Bemerkung, »… ein Maul weniger zu stopfen«, zum Gehen wandte, stand Anselm teilnahmslos da.

»Hm«, brummte der Mönch nur, ging kurz in seine Torstube und bedeutete dem Jungen, ihm zu folgen. Nach wenigen Schritten passierten sie eine zweite Toranlage, und Anselm bestaunte den weitläufigen Wirtschaftshof des Klosters Maulbronn. Mächtige Gebäude standen hier, und obwohl es früh am Morgen war, herrschte geschäftiges Treiben. Bärtige Männer in braunen Kutten rollten Weinfässer in die Keller, Anselm roch die Tiere in den Ställen und hörte die dröhnenden Hammerschläge des Laienbruders vor der Schmiede.

Eine weitere Befestigungsmauer. Der Mönch zog Anselm durch den runden Torbogen für Fuhrwerke in den inneren Klosterhof. Vor ihnen stand die Kirche samt riesiger Bauwerke, die sich ihr anschlossen. Die Klausur. Sie war allein der Gemeinschaft der Herrenmönche vorbehalten.

»Wohin gehen wir?«, fragte Anselm.

»Ein wirklich vorlautes Kerlchen«, murmelte der Bruder Pförtner und befahl: »Warte hier.« Anselm sah den Mönch in einem schmalen Gang verschwinden.

»Lass den Novizenmeister rufen«, sagte der Pförtner zum Hüter der inneren Pforte, die in den Kreuzgang des Klosters führte.

Einige Zeit später trat ein alter Mönch zu dem wartenden Pförtner und Anselm. »Deus tecum, frater portarius, Gott sei mit Dir, Bruder Pförtner«, grüßte er förmlich.

»Et cum spiritu tuo, frater, und mit Deinem Geist, Bruder«, gab der Angesprochene zurück.

»Wen hast du da bei dir?«, fragte der Mann mit dem ergrauten Haarkranz um die Tonsur. Wie der andere trug er eine weiße Mönchskutte mit schwarzem Skapulier darüber. Seine asketische Gestalt und die tief liegenden Äuglein über der Hakennase flößten Anselm Respekt ein.

»Der Junge heißt Anselm, ich gebe ihn in Deine züchtigen Hände.«

Der für den Nachwuchs im Kloster zuständige Novizenmeister blickte finster drein: »Bist du verrückt«, fragte er, »was soll ich mit einem Kind?« Er schalt sein Gegenüber: »Du weiß doch ganz genau, dass unser Kloster keinen solchen Dreikäsehoch aufnimmt!«

»Aber …«, setzte der Pförtner an, doch der Novizenmeister fuhr ihm scharf über den Mund: »Als hätte ich nicht schon genug von diesen älteren Nichtsnutzen, die von ihren Vätern nur hergebracht werden, damit sie später für das Lotterleben ihrer adeligen Familien beten können. Wenngleich …«, bemerkte er nach einer kleinen Pause, »der hier sieht nicht so aus.«

»Er kommt von unserem klösterlichen Wirtschaftshof im Tal unten, einer der armen Schlucker gab ihn hier ab«, erklärte der Pförtner.

»Wie dem auch sei«, erwiderte der Herr der Novizen, »ich kann ihn nicht gebrauchen, mach du also mit dem Knäblein, was du willst.« Er ließ die beiden stehen und verschwand in der Pforte zur Klausur.

Kurz stand der Portarius ratlos da. »Komm mit«, sagte er dann und stapfte los. Mit bangem Herzen folgte Anselm dem brummigen Mönch über den Hof. Man hatte ihn abgelehnt, was sollte nun aus ihm werden?

Wortlos öffnete der Alte die Tür zu seiner Pförtnerstube und winkte den Jungen herein. Anselm trat in den karg eingerichteten Raum mit Tisch, drei Stühlen und einem Schränkchen, auf dem nichts stand. Das Fenster ließ nur wenig Licht herein und außer einer Tür an der Rückwand gab es nichts zu entdecken.

»Setz dich hier hin«, wies der Mönch ihn an, »und warte, bis ich zurück bin.«

»Wohin geht Ihr, Pater«, fragte Anselm und bekam keine Antwort. Es fühlte sich an wie eine Ewigkeit, bis er den Mönch endlich kommen hörte. Der schien recht missmutig, nahm Platz und grübelte offensichtlich darüber nach, was er mit dem dreckigen kleinen Bauernjungen anfangen sollte. Anselm schaute zu Boden und sagte nichts. Bleiern verrann die Zeit. Immer wieder verließ der Portarius kurz das Haus, um jemanden aus dem Kloster hinaus- oder hereinzulassen. Die Zugbrücke vor dem Tor, soviel konnte der Junge erahnen, blieb tagsüber heruntergelassen. Als es draußen zu dämmern begann, ging der Alte ein letztes Mal hinaus. Kurz darauf trat er wieder ein und sprach Anselm das erste Mal seit Stunden an: »Da habe ich mir ja was Schönes eingebrockt mit dir, Bengel«, sagte er vorwurfsvoll, »aber es hilft nichts.« Der Junge verstand nicht. Der Mönch forderte ihn auf, ihm in die kleine Kammer zu folgen, in der es außer einer Schlafstatt und einem schlichten Holzkreuz an der Wand nichts gab. Immerhin waren die Dielen gefegt. »Du wirst dich mit dem Boden zufriedengeben müssen«, grunzte der Alte und ließ sich auf seinem Lager nieder. Anselm war erleichtert. Er hatte zumindest vorerst eine Bleibe gefunden. Der Raum war trocken und, abgesehen von dem Fußschweiß seines Gastgebers, stank kaum. Da hatte er auf dem Hof schon anderes erlebt. Also wollte sich Anselm nicht beklagen. Er legte sich wie gewohnt auf den Rücken, schaute an die inzwischen dunkle Decke und war nach dem langen Tag, begleitet vom Schnarchen des Mönchs, bald eingeschlafen.

Am nächsten Morgen waren Anselm und der Pförtner schon früh auf den Beinen. Sie gingen über den Wirtschaftshof des Klosters, und der Mönch fragte: »Du hast nichts bei dir, nicht einmal einen Gürtel- oder Umhängebeutel?«

»Nein, nichts«, antwortete Anselm, »nur die Kleider, die ich am Leib trage.«

Als sie an einem ansehnlichen Gebäude, das rechterhand stand, vorbeikamen, sah Anselm einen jungen Herrenmönch. Er war schlank, stand kerzengerade da, und sein hellblondes Haar leuchtete geradezu über dem weiß-schwarzen Habit. Aus der Entfernung nickten sich die beiden Brüder zu und nahmen ansonsten kaum Notiz voneinander. Allerdings: Als Anselm kurz den Kopf drehte, traf ihn der Blick des Mönchs. Offensichtlich war er überrascht, ein Kind innerhalb der Klostermauern zu sehen.

Das ungleiche Paar näherte sich einem besonders großen Gebäude, das an die nördliche Klostermauer angebaut war. An seiner Außenmauer drehten sich mit einigem Getöse zwei gigantische Mühlräder. Angetrieben wurden sie vom Wasser, das in einer Rinne von der hohen Mauer herunterschoss.

In der Klostermühle war die Pfisterei, die Bäckerei des Klosters, untergebracht. Der Pförtner hielt direkt auf zwei Herren zu, die sich lautstark unterhielten. »Deus vobiscum, Gott mit Euch«, rief er, »da treffe ich ja genau die Richtigen.«

»Was führt Euch zu uns, Bruder Portarius?«, fragte der deutlich Kräftigere.

»Ich möchte fragen, Bruder Müllermeister und Bruder Pfistermeister, ob einer von euch einen Gehilfen brauchen kann«, antwortete der Pförtner und deutete auf Anselm. Der Junge betrachtete die groben braunen Kutten, die die Männer trugen. Er hatte bereits mitbekommen, dass die Laienmönche im Kloster so gekleidet waren – und die, wie er fand, richtigen Mönche der Ordensgemeinschaft einen edlen Habit trugen.

»Ich suche immer Gehilfen«, lautete die Antwort des Müllers, »aber kein solches Kerlchen. Das Mühlenhandwerk ist ein schweres Geschäft, für das man Kraft braucht.« Der Laienbruder, der im Kloster für das Mahlen des Korns zuständig war, zeigte seine Oberarmmuskeln und erklärte: »Den müsst Ihr schon woanders unterbringen.«

»Auch ich könnte in den Backstuben einen weiteren Gehilfen gebrauchen. Aber er muss sich gut anstellen.« Der Pförtner runzelte die Stirn, sagte aber nichts.

Aus einiger Entfernung beobachtete der Mönch vor dem großen Haus das Gespräch. Er sah, wie der Bäckermeister nickte, und Anselm einen Schritt auf ihn zuging.

»So, du willst also ein Bäckergeselle werden?«, wurde der Junge gefragt und antwortete wahrheitsgemäß: »Nein, ich möchte lieber ein richtiger Mönch werden und so eine schöne Kleidung tragen wie der Vater Pförtner und der dort drüben.« Er deutete zu dem Gebäude auf der anderen Seite des Hofes und erklärte: »Außerdem haben sie in Elfingen gesagt, dass ich nicht zum Arbeiter taugen würde, ich solle besser ein Pfaffe oder Mönch werden.«

»Lass dir gesagt sein«, erwiderte der Meister, »zwischen einem einfachen Bauerntölpel und einem Mönch mit Weihe liegen Welten! Aber vielleicht könnte aus dir ja zumindest mal ein anständiger Laienbruder werden, wer weiß.«

Anselm biss sich auf die Lippen und folgte dem Bäcker, der ihm zunächst die Mühle und danach die Pfisterei zeigen wollte.

Es war schrecklich staubig. In den hellen Sonnenstrahlen, die durch die Fenster einfielen, flirrte es nur so. Anselm kniff die Augen zusammen und sah, wie mehrere Braungekleidete und wie Bauern angezogene Gehilfen Säcke hin- und herschleppten, um sie irgendwo hineinzuschütten. Unaufhörlich stiegen sie die vielen Holztreppen auf und ab.

»Vom Korn zum Mehl zum Brot«, erklärte der Pfistermeister, »das ist der Weg.«

»Und von dort in die Küche und in die Mägen der Mönche«, ergänzte Anselm mit schelmischem Blick.

Der Bäckermeister senkte drohend die Augenbrauen.

Dumpf und monoton dröhnten die Mahlwerke, und Anselm konnte sich in der Tat nicht vorstellen, irgendeine der Arbeiten auszuführen, mit denen die kräftigen Burschen beschäftigt waren.

»Warum gibt es hier so viele Katzen?«, fragte er den Pfistermeister. Ihm war nicht entgangen, dass die Samtpfoten überall herumstrichen oder ruhig auf Fensterbänden saßen und auf den Boden starrten. »Du willst wohl alles ganz genau wissen?«, meinte der Bäcker, »und ein guter Beobachter scheinst du auch zu sein.« Er erklärte dem Jungen, dass der Kollege Müller die Pflicht hatte, eine gute Anzahl Katzen zu halten, damit sie das Korn vor Mäusen schützten. Um die Mühlenkatzen in den Gebäuden und bei Laune zu halten, müsse er sie mit ungesalzener Fleischbrühe füttern. Sogar zwei Hunde besäße er, die gerade draußen Ratten jagten, die ebenfalls eine Gefahr für das wertvolle Getreide darstellten.

In den Backstuben war es unglaublich heiß. Anselm kannte nur das kleine Backhaus auf dem Hof, von dem er kam. Es war kein Vergleich hierzu! In der Klosterbäckerei wurde jeden Tag gebacken, was das Zeug hielt. Es galt, mehrere hundert Leute zu versorgen.

»So, nun ist's genug geredet und geschaut«, stellte der Meister klar. »Einer meiner Gehilfen wird dir deinen Schlafplatz zeigen und dir eine Arbeit in der Pfisterei zuweisen. Denn du magst für dein Alter aufmerksam und begabt sein – doch hier wird gearbeitet! Von Sonnenaufgang bis Sonnenuntergang, wenn es sein muss. Und zwar ohne Murren und

Klagen. Hier verdient man sich sein tägliches Mahl mit eigener Hände Arbeit.«

Außer den Herrenmönchen, dachte Anselm. Er verbeugte sich artig, dankte für die Aufnahme und versprach: »Ihr werdet mit mir zufrieden sein, Meister, ich strenge mich schon an.«

»Das rate ich dir, Junge«, entgegnete der Pfister und fügte an: »Schauen wir auf deine zwei linken Hände!«

Anselm schöpfte Hoffnung. Er war unter die Obhut eines Mannes gekommen, der wohl streng, aber anständig und gerecht war. Wenn er sich nur richtig anstellte und sonst keinen Ärger machte, würde es sich hier zumindest für den Moment aushalten lassen. Den kleinen Dämpfer, was die Mönchsausbildung betraf, schob er erst einmal beiseite.

In den Backstuben des Klosters konnte Anselm jede Menge lernen. Abgesehen von der Hitze, war die Arbeit weniger anstrengend als die schweren Feld- und Stallarbeiten, bei denen er auf dem Hof von klein auf hatte mithelfen müssen.

Mehl, Wasser, Salz, Öl, Hefe und Sauerteig, das waren die Zutaten, aus denen die Gesellen die unterschiedlichen Brote buken. Anselm schaffte sie her und sah zu, wie die verschiedenen Teige gemischt und in Trögen geknetet wurden. Er holte die Reisigbüschel zum Anfeuern der aus Lehmziegeln gemauerten Öfen und stapelte Brennholz. Und er hatte von Anfang an eine Aufgabe, die er besser erledigte als manch anderer: Weil er klein und schmächtig war, konnte er beim Ausputzen der Öfen überallhin kriechen und sie so am besten reinigen.

Die Wochen und Monate vergingen. Jedoch blieb ihm das Anmischen und Kneten des Teiges, das Einschießen der Teiglinge, wie sie das nannten, und das Herausholen der gebackenen Laibe untersagt. Langsam verlor Anselm die Lust. Anfangs war alles neu und interessant gewesen, inzwischen langweilte ihn das tägliche Einerlei zwischen Schlafen und Mehltruhen.

Wenigstens machte er, als sich der Winter ankündigte, eine neue Erfahrung. Anders als auf dem Bauernhof hatte man hier keine Tierställe im Haus. »Ich halte das nicht mehr aus«, jammerte Anselm eines Morgens, als er wie die anderen zitternd vor Kälte unter seiner Decke hervorkroch. »Warte nur ab«, tröstete ihn einer, »es wird besser werden.« Anselm verstand nicht. Dann, ein paar Tage später, zeigte der Pfistermeister ein Einsehen: Die Gesellen und Gehilfen durften in der Backstube schlafen! Hier, wo sie tagsüber arbeiteten, war es in den frostigen Nächten am wärmsten.

Für Anselm zogen sich die Arbeitstage endlos zäh dahin. Bis er etwas für sich entdeckte. Er sah genau hin, wie die Gesellen die Mengen der einzelnen Zutaten bestimmten. Dann lehnte er still an der Wand und beobachtete, wie sie das mit Hilfe der Waage taten. Er verfolgte ihr Hantieren mit den Gefäßen, die offensichtlich stets das richtige Maß hatten. »He, du Faulpelz, schaff das Reisig herbei!«, wurde er manchmal angeschnauzt. Und mitunter bekam er einen Tritt versetzt, mit der Bemerkung, er solle keine Maulaffen feilhalten. Die anderen mochten ihn zwar irgendwie, doch eigenständig mitanpacken, das lernte der Kleine nicht.

Beharrlich versuchte Anselm zu ergründen, nach welchem System aus bestimmten Mengen, Teilmengen und Zahlen die Bäcker ihre Zutaten bemaßen. Und Anselm lernte zählen. Auf einem langen Holztisch lag eine ganze Reihe fertiger Brote, und die Gesellen ermittelten mit Hilfe ihrer Finger deren Zahl. »Eins, zwei, drei, vier, fünf …« Im Geiste zählte Anselm mit und kannte bald schon alle Zahlen von eins bis zwanzig. Dann kam das Zusammenzählen. Eins und eins macht zwei, dachte er sich, und wenn noch zwei dazukommen, sind es vier.

»Er schläft schon wieder, mit offenen Augen!«, schrie ihn einer an. Anselm zuckte zusammen und duckte sich gerade noch rechtzeitig, sonst hätte ihn eine saftige Backpfeife erwischt. »Was soll ich mit dir Nichtsnutz anfangen«, schalt ihn der Ältere, »ein Träumer bist du, zu nichts zu gebrauchen!«

In diesem Moment betrat der Pfistermeister die Backstube. Augenblicklich herrschte Stille. Alle schauten zu ihm auf. Obwohl ihrem Herrn klar war, was sich gerade abspielte, fragte er seinen Gesellen: »Was ist vorgefallen? Warum schreist du so?«

Der Angesprochene wischte seine mehligen Hände am Schurz ab und schob sich die verschwitzten Haare aus dem Gesicht: »Meister, es kann so nicht weitergehen mit dem Jungen.«

»Was hat er getan?«

»Was er getan hat, fragt Ihr? Nichts hat er getan. Eben nichts!« Der Geselle ereiferte sich. »Wir schuften hier bis zum Umfallen, und was macht dieser kleine Rotzlöffel? Er steht da und starrt Löcher in die Luft.«

Der Meister sah sich um. Die anderen nickten betreten, und er musterte Anselm mit zugekniffenen Augen. »Folge mir«, befahl er hart, und mit eingezogenem Kopf trottete ihm der Junge hinterher.

»Was sollen wir nur mit dir anfangen?«, stellte der Pfister nochmals dieselbe Frage. In seiner Dienststube hatte er Platz genommen, und Anselm stand, den Blick gesenkt, vor ihm. »Du bist nicht aufsässig, du prügelst dich nicht mit anderen, und dennoch …«, sprach der Meister. »Und dennoch kannst du hier nicht bleiben.«

Anselm schluckte.

»Du gehst in eure Schlafkammer, packst dein Bündel und dann bringe ich dich weg.«

Anselm war vor den Kopf gestoßen. Was würde mit ihm geschehen? Er nahm den Umhängebeutel, den man ihm gegeben hatte, packte sein Messer, die Holzschüssel samt Löffel und den Trinkbecher ein. Ihm war mulmig im Magen.

Völlig verzagt stand er vor dem Meister. Seine Hände zitterten, als ihm der Pfister einen Kanten Brot reichte. Würde er ihn aus dem Kloster jagen? Müsste er fortan alleine im Wald hausen? »Lieber Gott im Himmel, hilf!«

»Folge mir«, forderte ihn der Meister erneut auf. Er ging voran über den Wirtschaftshof auf das stattliche Gebäude zu, das Anselm vor Monaten aufgefallen war. Mit dem Klopfring schlug er gegen die Tür, und ein junger Mann öffnete. Anselm fiel auf, dass er weder die Kutte eines Laienbruders noch den Habit eines Herrenmönchs trug.

»Deus benedicat tibi«, grüßte der Meister, »Gott zum Gruße.«

»Was ist Dein Begehr?«, fragte der Jüngere, der den Pfistermeister offenbar kannte.

»Ich möchte den Bursarius sprechen«, erwiderte der Bäcker, und als sie über die Schwelle traten, sprach er das übliche »Friede diesem Haus.« Anselm wiederholte den wohlwollenden Wunsch: »Friede diesem Haus.«

Sie wurden ins Amtszimmer des Bursarius, der das Klostervermögen verwaltete, geführt. Er stand am Fenster und hatte die Hände auf dem Rücken verschränkt, den er ihnen zustreckte.

»Deus salvete, Frater Bursarius«, grüßte der Bäcker, und der Fremde wandte sich ihnen zu: »Deus salvete, Pistor.«

Anselm betrachtete den schlanken Mann. Es war der Herrenmönch mit dem leuchtend blonden Haar um die Tonsur, den er vor Monaten gesehen hatte, als der Pförtner ihn zur Pfisterei gebracht hatte. Er war groß, stand wieder auffällig aufrecht und hatte helle Haut. Anselm beeindruckten seine grünen Augen in dem schmalen Gesicht. Wenig überraschend, dass dieser Mann einem elsässischen Händlergeschlecht entstammte.

»Was kann ich für Dich tun?«, fragte Raimund von Hagenau. Als Vermögensverwalter des Klosters hatte er eine hohe Stellung inne. Anselm mochte die ruhige, klare Stimme dieses Mannes, der ihm recht jung für das Amt erschien.

»Für mich nichts, aber vielleicht für den Bengel da. Anselm heißt er.«

»Was ist mit dem Knaben?«, fragte der Bursarius.

»Was soll ich sagen? Eigentlich ist er ja ein anständiger Kerl, aber für die Arbeit in Mühle und Bäckerei ist er nicht zu gebrauchen.«

»Soso«, antwortete Raimund von Hagenau und wandte sich an den Jungen: »Ist das richtig?«

Völlig überrascht, nach seiner Meinung gefragt zu werden, antwortete Anselm: »Ja, Vater, so ist es wohl. Alle sagen, dass ich zum Arbeiten nicht tauge.«

Der Bursarius verzog keine Miene und befahl dem Bäckermeister, draußen vor der Tür zu warten.

»Anselm«, sprach er dann, »ich stelle dir jetzt ein paar Fragen. Höre gut zu und überlege dir deine Antworten gründlich.«

Anselm nickte.

»Also, sage mir, wer bist du?«

Ohne nachzudenken, erklärte der Junge: »Man nennt mich Anselm, Vater, ich komme vom Elfinger Hof. Die Bauersleute, die mich nach dem Tod meiner Mutter aufnahmen, nannten mich manchmal auch Anselm von Dürrmenz-Lomersheim.«

»Hm«, Raimund von Hagenau rieb sich das Kinn.

»Sage mir, was willst du einmal werden?«

»Ein richtiger Mönch, Vater.«

»Warum willst du ein Leben im Kloster führen?«

Schneller als ein Stein zu Boden fällt, antwortete der Zehnjährige: »Die meisten Menschen sind nicht gut. Ich möchte in die Gemeinschaft der Ordensbrüder aufgenommen werden, zu Gott beten und in den Himmel kommen.«

Der Vermögensverwalter merkte auf. Er musterte den Knaben, der mit erhobenem Kopf und wachen Augen vor ihm stand. Dann hakte er nach: »Anselm, zwar gibt es im nahen Enztal zwei Ortschaften namens Lomersheim und Dürrmenz, aber wir kennen kein Dorf, das den Doppelnamen Dürrmenz-Lomersheim trägt. Warum also nannten dich die Leute so?«

»Das mit Dürrmenz und Lomersheim weiß ich nicht, Vater.«

»Sodann sage mir, was ist für dich ein richtiger Mönch?«

»Ein richtiger Mönch ist einer so wie Ihr, ehrwürdiger Vater …«

Anselm stockte.

Sein Blick fiel auf ein seltsames Gerät, das auf dem Pult neben dem Tisch stand, hinter dem der Bursarius saß. Was mochte das sein? Ein Holzrahmen mit eingespannten Drähten, auf denen verschiedenfarbige Glasperlen aufgereiht waren.

»Anselm!«, ermahnte ihn der Mönch streng. »Du bist neugierig – und abgelenkt.«

»Entschuldigung, Vater. Aber der Holzrahmen dort drüben …«

»Still. Übe dich in Demut und antworte auf meine Frage.«

»Ein, äh, ein richtiger Mönch, äh, trägt eine weiße und schwarze Kleidung und so einen Haarkranz.« Anselm deutete auf die Frisur des Mönchs. »Und ein richtiger Mönch ist von edler Gesinnung und fest im Glauben«, schob er hinterher.

»Soso.« Bruder Raimund sinnierte kurz. Sein Blick blieb

ebenfalls an dem Abakus hängen, mit dem er schwierige Rechnungen ausführte. Er fragte: »Anselm, was ist dir wichtiger: glauben oder wissen?«

Wortlos sah Anselm zu Boden.

»Gott wird dir die richtige Antwort geben«, meinte Raimund, der Bursarius, »und du wirst erkennen, welchen Weg er für dich und dein Leben vorgesehen hat.«

Der Bursarius hatte seine Entscheidung getroffen. Er rief den Bäcker herein und verkündete: »Pfistermeister, ich werde den Jungen behalten. Der Abt und sein Konvent der Ordensmönche brauchen weiterhin nicht von seiner Anwesenheit zu erfahren.«

Der andere senkte ehrerbietig den Kopf, deutete eine Verneigung an und verließ den Raum.

Anselm lächelte.

Kurz darauf verschlug es dem Jungen vom Bauernhof fast die Sprache. Er erwartete, irgendwo einen einfachen Schlafplatz zugewiesen zu bekommen und wurde stattdessen in eine eigene Kammer geführt! »Ich soll in einem ganzen Raum allein schlafen?«, rief er. Der andere nickte und wandte sich wortlos zum Gehen. Anselm betrachtete das Bett und den Stuhl, sogar eine kleine Holztruhe stand da. Er legte seinen Beutel hinein und trat ans Fenster. Alles schien sich zum Besseren zu wenden, und er war begierig darauf zu erfahren, was so ein Bursarius tat und welche Aufgaben er für ihn vorsah. Er musste nicht lange warten, und der Herr des Hauses führte ihn durch sein Reich, das Bursariat. Aus dem zweiten Stock, wo es eine Reihe von Schlafkammern gab, führten steile Stiegen hinunter in das Erdgeschoss. Anselm staunte, als der Vermögensverwalter die Tür zu einem wahren Saal öffnete, in dem sich entlang der Fensterfront Stehpult an Stehpult reihte. An jedem stand ein Mann mit Schreibzeug.

Sie begrüßten ihren Vorgesetzten mit dem gebotenen Respekt. Dem scheuen Jungen schenkten die Bursariatsgehilfen keine Beachtung. Anselm beobachtete, wie sie sich sofort wieder in ihre Arbeit vertieften. Bruder Raimund erklärte ihm, dass man hier die Lagerbücher führte und andere Aufzeichnungen zum Beispiel über die Einnahmen und Ausgaben des Klosters tätigte. Erfasst wurden auch die wirtschaftlichen Aktivitäten der klösterlichen Wirtschaftshöfe und Bauerndörfer in der Umgebung sowie der Pfleghöfe, die das Kloster in den Städten unterhielt. »In Speyer zum Beispiel, einer Stadt unten am Rhein, verkaufen wir unterschiedliche Waren, und kaufen das, was wir selbst nicht herstellen«, führte der Bursarius aus. Anselm hörte aufmerksam zu. Mit Blick auf die vielen Männer an ihren Stehpulten stellte ihr Vorgesetzter fest: »Hier Anselm, läuft alles zusammen!« Bruder Raimund übte die Oberaufsicht aus, und sogar der Cellerar, der Kellermeister der Abtei, musste ihm Rechenschaft ablegen.

»Erlaubt mir eine Frage, Vater Raimund«, traute sich Anselm ihn anzusprechen. »Draußen«, antwortete der Mönch und schob den Jungen hinaus auf den Flur.

»Die Schreiber tragen weder die Kleidung der Mönche noch der Laienbrüder oder Novizen. Wer sind sie?«

»Gut aufgepasst, Anselm«, stellte der Bursarius fest und erklärte ihm, dass er auf kluge Köpfe aus ehrbaren Händlerfamilien von außerhalb setzte. Er bot seinen Gehilfen eine entsprechende Unterkunft im Haus und bezahlte sie gut. »Damit sie bei unserer Geldwirtschaft nicht auf dumme Gedanken kommen«, wie er zu sagen pflegte.

Auf der anderen Seite des breiten Flures führte er Anselm in ein weiteres Zimmer. Es war dunkel und rundum standen raumhohe Regale, die bis unter die Decke mit Büchern gefüllt waren.

»Alle diese Bücher haben deine Leute mit Zahlen gefüllt?«

Raimund lachte. »Nein, wir arbeiten zwar hart, doch all die dicken Bände entstanden im Laufe vieler Generationen.« Der Bursarius straffte seinen Körper und erklärte: »Ich führe das Werk meiner Vorgänger gewissenhaft fort.«

Anselms Achtung vor dem rechtschaffenen Mann wuchs.

Sie gingen hinaus auf den Wirtschaftshof. »An einem anderen Tag werde ich dir Weiteres zeigen«, versprach Bruder Raimund. Anselm war schon gespannt, denn außer der Mühle und der Bäckerei hatte er nicht viel gesehen. Mehr noch interessierten ihn allerdings die ihm zugedachten Aufgaben. Doch darüber schwieg sich der Bursarius aus. Vielleicht, dachte Anselm, wusste er das im Moment selbst nicht so genau.

Einige Zeit später registrierte Anselm wieder einmal einen Herrenmönch, der ungefähr so alt sein mochte wie der Bursarius. Er schien der häufigste Besucher hier im Haus zu sein, und es war nicht zu übersehen, dass sich die beiden Männer gut verstanden.

»Warte hier vor der Tür«, befahl ihm Bruder Raimund, und Anselm war höchst gespannt, was da auf ihn zukam.

Die beiden Mönche verschwanden im Besucherzimmer, und der Gastgeber persönlich schenkte zwei Gläser Rotwein ein. Sie ließen sich auf zwei einfachen Stühlen nieder. »Ich möchte mich über eine Sache mit dir austauschen, Bruder Ingbert«, eröffnete der Hausherr das Gespräch.

Als Cellerar zählte Ingbert von Speyer zusammen mit dem Bursarius zu den wichtigsten Amtsträgern im Kloster. Nur der Abt des Klosters und ausnahmsweise dessen Stellvertreter konnten ihnen befehlen. Der Kellermeister war deutlich fülliger als sein Freund, was vielleicht ein Stück weit seinem Amt geschuldet war. Braune Locken umrahmten seine Tonsur, er zeigte ein faltenfreies, freundliches Gesicht mit warmen braunen Augen. Ein Aussehen, das nach Meinung vieler nicht so recht zu der Aufgabe dieses Mannes passte, der sein

Amt sehr ernsthaft und mitunter in entsprechender Strenge auszuüben hatte.

Ingbert von Speyer, der aus einer angesehenen städtischen Kaufmannsfamilie stammte, schaute den Bursarius erwartungsvoll an.

»Wie du weißt, ist unser Abt Burrus nicht geneigt, Kinder in die Gemeinschaft aufzunehmen.« Der Angesprochene nickte.

»Und dies, obwohl die regula benedicti, die Regel des heiligen Benedikt, der wir Zisterzienser folgen, doch Aussagen über Kinder in Klöstern trifft.« Der Bursarius zitierte Kapitel 37 aus dem Kopf: »Zwar neigt der Mensch schon von Natur aus zu barmherziger Rücksicht auf die Lage der Alten und der Kinder; doch soll auch durch die Autorität der Regel für sie gesorgt sein. Immer achte man auf ihre Schwäche. Für ihre Nahrung darf die Strenge der Regel keinesfalls gelten. Vielmehr schenke man ihnen Güte und Verständnis ...«

»Ich verstehe nicht, worauf du hinauswillst, Bruder Raimund«, warf der Cellerar ein.

»Du hast den Knaben auf dem Flur gesehen. Er wurde von einem armen Bauern im Kloster abgegeben, doch verwehrt man ihm die Aufnahme als Novize des Ordens.«

»Und was habe ich damit zu tun?«

»Du kennst bestimmt das Kapitel 31 der Regel. Sie besagt: ›Als Cellerar des Klosters werde aus der Gemeinschaft ein Bruder ausgewählt, der weise ist, reifen Charakters und nüchtern. [...] Er sei gottesfürchtig und der ganzen Gemeinschaft wie ein Vater. Um Kranke, Kinder, Gäste und Arme soll er sich mit großer Sorgfalt kümmern; er sei fest davon überzeugt: Für sie alle muss er am Tag des Gerichtes Rechenschaft ablegen.‹«

»Aha! Ich verstehe: Wahrscheinlich willst du, dass ich mich um den Bauernlümmel kümmere.«

»Na ja. Ich würde mir wünschen, dass du ebenso wie ich ein Auge auf den Knaben hast. Er kann bei dir ebenso viel lernen wie hier im Bursariat. Er ist klug, der Junge, klug, aber gänzlich ungebildet.«

Bevor der Cellerar antworten konnte, rief Bruder Raimund Anselm herein.

Im Laufe der Zeit setzten der Bursarius und auch der Cellerar den kleinen Anselm immer öfter als Boten innerhalb der Klostermauern ein. Der Junge hatte in der Tat eine rasche Auffassungsgabe und interessierte sich für alles, was es für ihn zu wissen gab. Wie den Vater Bursarius mochte er auch den Vater Cellerar von der ersten Minute an. Anselm war gut beschäftigt und hatte darüber hinaus die Freiheit, den Männern im Wirtschaftshof stundenlang bei ihren unterschiedlichsten Tätigkeiten zuzusehen. »Nur stören darfst du niemanden, keinesfalls, hast du mich verstanden?«, hatte der Bursarius ihm eingeschärft. Und es war ihm bei Strafe verboten, den inneren Klosterhof mit der Kirche und der Klausur der Herrenmönche zu betreten.

Wenn er einmal einen dieser Ordensmänner zu Gesicht bekam, wurde Anselm an die Frage erinnert, die ihm Vater Raimund anfangs gestellt hatte: Was war wichtiger, Glaube oder Wissen? Die hohen Herren des Konvents, die in ihren reinen Gewändern, selbst wenn sie über den Wirtschaftshof schritten, in Gedanken und Gebete vertieft und leicht entrückt schienen, beeindruckten den Jungen ungemein. Inzwischen war er sicher, dass es für ihn allein den Weg des Glaubens geben konnte. Nur mit Beten und dem sittlichen Leben eines Mönches konnte man zu Gott und zum ewigen Leben im Paradies finden. »Alles Wissen der Menschen ist dagegen unnütz«, sagte er sich.

Zwar befand sich Anselm innerhalb der Klostermauern, aber die Welt der Herrenmönche schien für ihn, den kleinen

Bauernjungen, unerreichbar. Das machte ihn traurig. Sie beteten hinter der großen Mauer, die das weitläufige Klosterareal in zwei Hälften teilte, er lebte davor in der Welt der Laienbrüder, leibeigenen Bauern und Tagelöhnern des Klosters.

Wären da nicht Bruder Raimund und Bruder Ingbert gewesen, Anselm wäre verzweifelt.

Kapitel 2

Kloster Maulbronn, anno domini 1503

In aller Herrgottsfrühe hatte sich Anselm von seinem Nachtlager erhoben und verließ das Bursariat hinaus in die Finsternis. Sein Ziel war der Morgengottesdienst in der Klosterkirche. Vorher allerdings wollte er an diesem kalten Morgen den östlichen Klosterhof erkunden, was ihm untersagt, also bei Tage nicht möglich war. Am Laienrefektorium vorbei, erreichte er die Engstelle zwischen Mönchsrefektorium und nördlicher Wehrmauer. Der schaurige Ruf eines Kauzes ertönte. »Wenn der Kauz schreit, ist's zum Sterben nicht weit«, wusste Anselm. Fröstelnd blieb er stehen. Wer konnte schon sagen, ob das wirklich ein Vogel oder nicht doch ein Waldgeist war. Wie andere unheimliche Dämonen, trieben auch die bösen Geister ihr Spiel mit den Menschen. Und in den dunklen, undurchdringlichen Wäldern auf den Höhen rund um das Kloster lauerte der Wolfsmensch! Manche nannten ihn auch den Werwolf. Anselm machte kehrt und schlich sich im Schutz der Mauer zurück auf den inneren Hof. Erleichtert erreichte er den weiten Platz vor der Klausur.

Als das erste Himmelsgrau den Tag ankündigte, betrat er gemeinsam mit den Laienbrüdern durch das westliche Hauptportal die Kirche. Der Cellerar persönlich hatte sein stillschweigendes Einverständnis dazu gegeben, dass Anselm der Laienkirche beiwohnte. Wie immer nahm er in der hintersten Bankreihe Platz. In dem nur spärlich beleuchteten, riesigen Kirchenschiff stimmten die Mönche den ersten Hymnus der Laudes an. Ihr Gesang füllte den Raum, und als ihre Psalmen und Gesänge zur Lobpreisung Gottes erklangen, wünschte sich Anselm nur noch eines: endlich als Novize seinen Platz vorne bei den Chormönchen zu finden. Eine wuchtige, meterhohe Chorschranke trennte die beiden klösterlichen Brudergemeinschaften. Der vordere Teil der Kirche war den Herrenmönchen in ihrem Chorgestühl beim Altar vorbehalten, im hinteren befand sich die Laienkirche für die Brüder in den braunen Kutten.

Nach dem Stundengebet suchte sich Anselm eine ruhige Ecke im überdachten Vorbau der Kirche, den man das Paradies nannte. Er versuchte, den Schlaf zu vertreiben, und lauschte in die Stille. Er vernahm ein leises Flüstern.

»Wieder hat ihn die Fleischeslust gepackt«, hörte er sagen, »der scheinbar keusche Oberhirte ist ein geiler Bock!«

»Was genau weißt du?«

»Zwei unserer Laienbrüder mussten ihm zur Nacht wieder einmal ein Bauernmädchen bringen.«

»Psst, da ist jemand!«

Dann war es ruhig. Anselm konnte sich keinen Reim auf das machen, was er da gehörte hatte.

Als sich die Morgenröte über den weiten Klosterhof ergoss, rief die Glocke zum zweiten Morgengebet. Es war die erste Stunde des Tages, die Zeit der Prim.

Andächtig konzentrierte sich Anselm auf die gesungenen Psalmen, die kurze Schriftlesung sowie das abschließende Gebet. Doch verstand er von dem auf Latein Gesungenen und Gesprochenen nichts.

Er machte sich auf den Weg zurück zum Bursariat. Bald darauf befand er sich auf einem seiner üblichen Botengänge. Anselm kannte sich inzwischen gut aus im Wirtschaftshof mit seinen Lagerhäusern, Stallungen und unterschiedlichen

Werkstätten. Viel unterwegs war er in Schmiede, Zimmerei, Wagnerei und Küferei, die ständig etwas mit dem Geldverwalter des Klosters abzurechnen hatten.

»Ich bringe dir, Bruder Schmiedemeister, einen Brief des Bursarius«, sagte Anselm und überreichte dem Laienmönch das Schreiben. Er wunderte sich, dass der grobe Mann Latein konnte, und ärgerte sich, dass er der Sprache der Kirchenmänner und Gelehrten nicht mächtig war. Sogar Händler und andere Städter sprachen auf den Fernstraßen Lateinisch, hatte Anselm gehört. Er kannte nur einzelne Wörter wie littera für Brief oder scribe für schreiben und ein paar kurze Sätze, die ihm Bruder Raimund beigebracht hatte. Wo immer möglich, versuchte er weitere lateinische Brocken aufzuschnappen.

In der Klosterpfisterei hatte Anselm es schwer. »Man muss sich nur besonders dumm anstellen, und schon landet man im weichen Bett bei einem Herrenmönch«, meinte einer der Gesellen und erntete schallendes Gelächter. Der Junge konnte nicht heraushören, ob in der Beleidigung mehr Ironie oder Ärger steckte. Jedenfalls fühlte er sich von solchen Sprüchen getroffen.

In der Mühle nebenan kam der Mühlenmeister auf Anselm zu. Er war sichtlich verärgert und grummelte vor sich hin. »Wir brauchen mehr Wasserkraft für unsere Mühlräder«, raunzte er seinen Stellvertreter an, »die Oberen haben es uns schon vor Zeiten versprochen!« Da kam ihm der junge Bote des Cellerars gerade recht. »Da mihi epistulam!«, herrschte er ihn an. Anselm reimte sich zusammen, dass er dem Meister den Brief aushändigen sollte. Littera heißt doch Brief, dachte Anselm, warum plötzlich epistulam? Der Müller schrie los: »Schau sich einer das an. Jetzt trägt die unfähige Rotznase auch schon die Briefe des Cellerars aus!« Er schnaubte verächtlich – und Anselm sah zu, dass er wegkam.

Nicht allzu lange Zeit später wurde der Klostermüller erhört. Tatsächlich hatte der Abt im Tal direkt oberhalb des Klosters einen neuen See aufstauen lassen. Sein Wasser sollte mit höherem Druck unten bei der Mühle ankommen. Anselm hatte das so verstanden, dass die Mühlräder schneller angetrieben wurden, wenn das Wasser aus größerer Höhe kam.

»Beeil dich, Anselm«, sagte Bruder Raimund, »heute wird der Tiefe See geweiht.« Sie verließen das Kloster durch den südlichen Torturm und gingen unterhalb des Schafhofes Richtung Staudamm. Abt Burrus hatte alle zu sich gerufen: Die Herren- und die Laienmönche, die Novizen und selbst die Leibeigenen und Tagelöhner.

»Jetzt kannst du einmal sehen, wie viele Menschen im Kloster leben«, sagte der Bursarius. Anselm war überrascht. Vor allem die große Anzahl der Herrenmönche beeindruckte ihn. »Weit über hundert«, erklärte Bruder Raimund, und der Junge bekam einen Eindruck davon, wie viel die Zahl »Hundert« ungefähr bedeutete.

Kübel für Kübel hatten die Arbeiter Erde aufgeschüttet, um einen breiten Damm zu errichten, der das Wasser der Salzach weiter aufstaute. Man brauchte es nicht nur zum Antreiben der Mühlräder, sondern auch zum Ableiten von Abfällen, die im Kloster so anfielen. Anselm konnte sich nicht so recht vorstellen, wie das Wasser zu diesem Zweck in mannshohen, unterirdischen Kanälen durch die Anlage floss.

Sie kamen näher, und der Knabe bemerkte einen Mönch, der unter den anderen ganz und gar auffiel. Das musste er sein. Der ehrwürdige Vater Abt des Klosters. Er war von schlanker Gestalt und überragte die meisten um mindestens einen Kopf. Zum Studium der Theologie sei er in Heidelberg gewesen, hatte man Anselm erzählt, und seit vielen Jahren der allmächtige Vorsteher des Klosters.

Mit knappen Gesten drückte der Herr seinen Willen aus. Die anderen nickten und gaben seine Anweisungen weiter.

Anselm stand weitgehend verdeckt hinter dem Bursarius. Der Cellerar trat neben die beiden. »Der oberste Hirte hat alle seine Schäfchen versammelt«, bemerkte er mit Blick auf die Menge.

Der oberste Hirte? Den Ausdruck hatte Anselm doch vor Kurzem schon einmal gehört.

Dann war es so weit: Der Klostervorsteher nahm im Schatten eines eigens dafür gezimmerten Pavillons Platz, um sein Werk feierlich in Betrieb zu nehmen. »Meine Brüder«, erhob Abt Burrus von Bretten die Stimme, »es ist vollbracht! Zum Wohle meines Klosters krönen wir unsere zisterziensische Wasserbaukunst, um die uns die Welt beneidet, mit dem zwanzigsten dieser Reihe von Seen und Fischteichen oberhalb und unterhalb der Abtei. Gott schenke dem Bauwerk seinen Segen!«

»Amen«, murmelten die Mönche, und die Weihrauchträger schwenkten ihre goldenen Fässchen.

Der Abt warf sich in die Brust und rief: »Wie mir der fahrende Astrologe, den ich vor dem Bau befragte, versicherte, wird uns das zusätzliche Wasser aus dem Tiefen See alle Zeiten gute Dienste erweisen.«

Ein paar der stimmberechtigten Herrenmönche, die sich im Konvent nicht getraut hatten, ihrem Abt zu widersprechen, wiegten skeptisch die Köpfe. Ein solch gewaltiger See, sein Wasserspiegel zehn Meter hoch über dem Kloster: Was, wenn der Damm brechen und wie eine Hochwasserwelle ihr Kloster überfluten würde? Nicht auszudenken!

Die Sorgen teilte Bruder Raimund nicht. »Quod est bonum argumentum«, kommentierte er leise, »was zählt, ist das gute Argument.« Und dieses sah er – zumindest in diesem Falle – bei seinem Abt; wenngleich er von dem gottlosen Hokuspokus eines Horoskops, das der Vorsteher vor den Bauarbeiten hatte erstellen lassen, nichts hielt. »Der Aberglaube widerspricht dem Glauben«, pflegte Raimund von Hagenau zu sagen. Der kleine Anselm schaute zu dem Bursarius auf.

Die Tage wurden wärmer, doch wie schon im vergangenen Sommer regnete es auch in diesem Frühjahr. Als Anselm vor Tagen in die Mühle geschickt worden war, hatten die Alten dort über das Wetter geklagt. Sie befürchteten erneute Missernten und beteten zu Gott, er möge die Sonne scheinen lassen, damit die Frucht auf den Feldern gedeihe.

»Der Allmächtige straft uns mit Seuchen und Hungersnot«, mahnte einer der Laienmönche. Er hatte die Hände in seiner Kutte vergraben und schaute hinauf zum Himmel. »Ich sage euch, Brüder, der Untergang der Welt steht uns bald bevor. Kometen in der Nacht sind seine Vorboten.« Betreten blickten die anderen drein. Anselm erschrak. Rasch ging er zurück ins Bursariat und konnte nicht an sich halten. »Pater Bursarius«, brach es aus ihm heraus, als er dessen Amtszimmer betrat, »wann kommt die fürchterliche Apokalypse, die alles zerstört?« Der Mönch am Schreibpult legte den Griffel weg und schaute auf: »Was ist mit dir, Anselm, du scheinst sehr erregt?«

»Die Alten erzählen schreckliche Dinge«, rief Anselm, »von Kometen und Seuchen …«

»Zunächst, Junge, beruhige dich. Ich werde dir erklären, wovon diese Alten – waren das Laienbrüder? – sprechen.«

»Ja, Laienbrüder, unten im Hof.«

»Die sollten besser arbeiten und beten, als von Dingen zu sprechen, von denen sie nichts verstehen. Also höre mir zu.«

Der gebildete Mönch begann damit, dass die Erde laut Bibel nun rund 5.500 Jahre alt sei und manche deshalb glaubten, das Jüngste Gericht würde kommen. Auch sage die

Schrift, dass dann Jesus Christus über die Lebenden und die Toten richten werde, die aus ihren Gräbern steigen.

Der Bursarius registrierte Anselms weit aufgerissene Augen und erklärte:

»Sei beruhigt, mein Sohn. Zwar droht Matthäus in seinem Evangelium den Ungerechten mit dem Weltengericht: ›Weg von mir, ihr Verfluchten, in das ewige Feuer, das für den Teufel und seine Engel bestimmt ist. Und sie werden weggehen und die ewige Strafe erhalten.‹ Doch Jesus sagte auch: ›Was ihr für einen meiner geringsten Brüder getan habt, das habt ihr mir getan.‹«

»Wehe uns allen!«, rief Anselm verstört.

»Nein«, entgegnete Vater Raimund, »den Gerechten schenkt Jesus das ewige Leben.«

Anselm schien nicht überzeugt, und der Bursarius ergänzte: »Sogar dieser Wittenberger Ketzer Martin Luther schreibt: ›Der jüngste Tag wird also kommen, dass es ein fröhlicher Tag sein wird den Gläubigen und rechten Christen, aber ein schrecklicher Tag den Ungläubigen, Gottlosen, Geizigen, Wucherern und falschen Christen.‹«

»Und zu welchen gehörst wohl du, Anselm?«, stellte der Mönch die rhetorische Frage.

»Aber der Herrgott straft doch alle Menschen mit Seuchen und Hungersnot, die Guten wie die Schlechten«, hielt Anselm entgegen. Ungeduldig schaute der Bursarius ihn an. Statt zu antworten, stellte er fest: »Mir scheint, du solltest wirklich dringend mit deinem Noviziat beginnen, um Gottes Wort zu lernen und zu verstehen.« Damit entließ er seinen Zögling.

Am Abend ging es Anselm schlecht. Er lag auf seinem Bett und starrte zur Decke. Er war sicher, dass er in den Augen des Schöpfers eben nicht zu den Guten und Gerechten zählte. Was tue ich denn?, fragte er sich und meinte zu erkennen:

Zwar betete er regelmäßig in der Laienkirche, aber er war kein Novize und weit davon entfernt, ein Mönch zu werden, der sein ganzes Leben der bedingungslosen Suche nach Gott widmete. Und schenken konnte er der Mutter Kirche auch nichts, damit wenigstens andere für sein Seelenheil beteten. Die schreckliche Angst, in der Hölle schmoren und die Qualen des ewigen Fegefeuers ertragen zu müssen, hinderte ihn am Einschlafen.

Die Tage und Wochen vergingen. Jeder konnte dem Jungen ansehen, dass es ihm nicht gutging. Immerhin hatte Anselm es geschafft, zu Bruder Raimund zu gehen und ihm die Antwort auf die Frage nach Wissen und Glauben zu geben. »Es ist der Glaube!«, hatte er zu ihm gesagt, »der rechte Glaube ist wichtiger als jedes Wissen!«

Der Mönch hatte darauf lediglich den Kopf schräg gelegt und auf einen Kommentar verzichtet.

Als der Sommer ins Land zog, nutzte Abt Burrus einen der wenigen regenfreien Tage, um alle Mönche über wichtige Angelegenheiten zu unterrichten. Weil er damit nicht nur die Herrenmönche, sondern auch die Laienbrüder meinte, musste er sie außerhalb der Klausur zusammenrufen. Als passender Ort erschien ihm das Paradies. Sein thronartiger Stuhl stand innerhalb der Säulenhalle, seine Schutzbefohlenen versammelten sich auf dem Platz davor.

Abt Johannes Burrus von Bretten hob beide Arme und sprach: »Media vita in morte sumus! Mitten im Leben sind wir vom Tod umgeben.« Manche bekamen große Augen, andere senkten das Haupt. Es war so still, dass Anselm meinte, sogar der Wind würde innehalten und die Vögel verstummen. In das betretene Schweigen hinein schleuderte der Oberste: »Die Strafe Gottes ist über uns gekommen!« Lautstark führte er aus, dass der Herr den Menschen für ihr sündiges Handeln Missernte und Hungersnot geschickt habe. Nach einer wirkungsvollen Pause fuhr er fort: »Doch statt in Demut und Hingabe Gottes Unmut zu besänftigen, haben sie eine fürchterliche List ersonnen! Statt zu fasten, ließen sie sich aus anderen Gegenden Korn bringen.« Zur Erklärung führte der Abt aus, dass aus dem Elsass und von weit her aus dem Osten große Mengen Getreide eingeführt worden seien. »Jedoch«, die Stimme des Abtes wurde eisig, »dem Zorn Gottes kann niemand entkommen!« Der Klostervorsteher ereiferte sich weiter über den Hochmut der Menschen und wetterte: »Mit dem Getreide schickte der Herr den Ungehorsamen die schlimmste aller Strafen.« Wieder legte er eine Pause ein und breitete die Arme weit aus: »Pestilentia! Er schickte ihnen den Schwarzen Tod!«

Die Mönche zuckten zusammen. Man hatte schon gehört, dass die Beulenpest bereits vor zwei Jahren nicht weit von Maulbronn entfernt in Ortschaften wie Calw, Wildberg, Sindelfingen und in der Stadt Tübingen ausgebrochen war. Auch in Stuttgart, dem Zentrum des benachbarten Herzogtums Württemberg, sei sie inzwischen angekommen.

»Doch jetzt«, rief der Abt empört, »steht der Tod leibhaftig vor den Toren unseres Klosters!«

Im nahen Pforzheim wüte das große Sterben schlimmer denn je, berichtete der Abt. Sogar eine Pestbruderschaft der Löblichen Singer hätten sie dort gegründet, damit man die Masse der Toten überhaupt christlich begraben könne.

»Wehe uns«, wiederholte Abt Burrus, »die Pest ist das Strafgericht Gottes, und auch innerhalb unserer klösterlichen Besitzungen im Umland gibt es eine Reihe böser Vorzeichen.«

Ein leises Murmeln setzte ein, und Anselm, der sich weiter hinter dem Bursarius und dem Cellerar verborgen hielt, fühlte sich noch elender. Die schiere Angst stand ihm ins Gesicht geschrieben.

Er hörte nur noch halb zu, als der Abt erklärte, dass er wegen des drohenden Pestausbruchs innerhalb des Klosters einen bedeutsamen Entschluss gefasst habe. »Weil zu befürchten ist, dass auch wir, Gott möge uns beistehen, aus unserer Mitte Ordensbrüder verlieren werden, müssen wir für Nachwuchs sorgen. So dürfen vom heutigen Tage an auch Knaben und junge Männer vor dem Erwachsenenalter als Novizen in unsere Ordensgemeinschaft eintreten.«

Generell war das bei den Zisterziensern, anders als in der Regel Benedikts beschrieben, nicht üblich.

»Sogar jene, deren Väter arm sind und die dem Kloster nichts schenken können. Das Ziel ist, dass möglichst viele hier in Maulbronn das Gelübde ablegen, um die Gemeinschaft zu mehren.«

Einigen Konventualen war anzusehen, dass sie verstimmt, ja verärgert waren. Wieder hatte dieser Abt eine weitreichende Entscheidung getroffen, ohne sie vorher mit ihnen zu besprechen. »Diese Alleingänge werden ihm eines Tages das Genick brechen«, raunte einer direkt hinter Anselm und den beiden anderen. »Ein weiterer Anlass, ihm das Amt zu entziehen«, legte dessen Nebenmann grimmig nach.

»Ich verkünde euch eine letzte Sache«, sprach der Abt, »es handelt sich um einen politischen Vorgang im Herzogtum Württemberg.« Ihm sei zugetragen worden, dass »unser geschätzter Kaiser, Maximilian von Habsburg, den jungen Ulrich von Württemberg mit seinen sechzehn Jahren vorzeitig für volljährig erklärte.« Der sei jetzt der neue Herzog und vor wenigen Tagen in seine Residenz in Stuttgart eingezogen.

Anselm hatte nicht die leiseste Ahnung, wovon der Abt sprach. Wie durch dickes Pergament hatte der verzagte Junge nach den Aussagen über den Schwarzen Tod die Worte des Redners vernommen. Und nur langsam sickerten sie bei ihm durch. Erst als ihn sein väterlicher Freund Raimund anstrahlte und im kurz auf die Schulter klopfte, begann er zu begreifen. Der Vater Abt hatte ihm soeben das Tor zum Noviziat geöffnet!

»Willst du mich nicht begleiten?«, fragte Bruder Raimund seinen Freund, den Cellerar, als sich die Versammlung auflöste. »Dann können wir uns noch ein wenig unterhalten.« Bruder Ingbert wurde neugierig und stimmte zu. Weil ihre Aufgaben sie stark forderten, genossen die beiden hohen Amtsträger gewisse Freiheiten und mussten beispielsweise nicht an allen Stundengebeten und den gemeinsamen Mahlzeiten im Refektorium teilnehmen.

Vor dem Bursariat nahmen sie auf einer Bank im Freien Platz. Der Hausherr ließ Wein kommen, und als sie den ersten Schluck getrunken hatten, blinzelte Raimund von Hagenau in die Sonne: »Hast du die unsäglichen Worte der beiden Brüder über unseren ehrwürdigen Vater Abt vorhin vernommen?«

Der Cellerar bejahte und zuckte mit den Schultern.

»Du billigst solche Ungebührlichkeiten?«, fragte Bruder Raimund.

»Was soll ich sagen, es scheint viel vorgefallen zu sein.«

»Sprich.« Jetzt war der Bursarius gespannt.

Er hörte aufmerksam zu, als sein Freund ausführte: »Hinter vorgehaltener Hand werden Abt Burrus Selbstherrlichkeit und zu große Strenge den anderen Brüdern gegenüber vorgeworfen.«

Der Bursarius wunderte sich darüber, dass ihm das noch nicht zu Ohren gekommen war. Er staunte, als sein Freund die Stimme senkte, sich kurz umblickte und flüsterte: »Es gehen weit schlimmere Gerüchte um …«

Wie der Raubvogel seine Beute fixierte der Novizenmeister den kleinen Anselm, der vor ihm in seiner Amtsstube stand. »Sage mir, was willst du werden?«, fragte er den Zehnjährigen ein wenig zu süß. Er lehnte sich in seinem Stuhl zurück, und der Junge schaute sich aufmerksam in der Stube um. »Sieh mich an!«, herrschte der Mönch ihn an.

»Was du werden willst, habe ich gefragt, antworte!«

»Mönch.«

»Soso. Dann kannst du sicher lesen und schreiben. Latein gar. Und rechnen wohl auch?«

Anselm verstand die Ironie nicht. »Nein, kaum etwas davon kann ich, aber ich will lernen.«

Ganz langsam erhob sich der Mönch, baute sich dicht vor Anselm auf und zischte: »Wer denkst du, dass du bist, du ungebildeter Tölpel? Ohne Vater und Mutter, der Sohn einer Hure gar? Höre. Ich sage dir das nur dieses eine Mal. Warten wirst du. Geduld lernen, zuallererst. Und Demut. Demut vor dem Herrn und Demut vor mir und meinem Amte.«

Er hob den Zeigefinger. Anselm machte sich klein.

»Ich alleine sage dir, wer du bist und was du bist. Und ich bin es auch, der dir sagt, was du zu glauben, zu wissen und zu wollen hast!«

Etwas weniger streng schloss der Novizenmeister: »Nun, Anselm, an diesem Morgen hat man dich Gott dargebracht; deinen Leib, deinen Geist, deine Seele. Das ist alles, was du im Moment wissen musst. Ob du seiner würdig bist, werden wir sehen.«

Anselm fand seinen Platz in der cella noviciorum, dem Bereich der Novizen innerhalb der Klausur. Im gemeinsamen Schlafraum hatte man ihm ein Binsenlager mit Kissen zugewiesen, er durfte sich meist sattessen – und hatte ansonsten viel Zeit. Jedoch ließ ihn der Novizenmeister bisher nicht am Unterricht teilnehmen.

Dennoch liebte Anselm es zu lauschen, wenn der Lehrer seinen Schülern das klösterliche Leben näherbrachte und sie auf vielfältige Weise auf ihr Mönchsein vorbereitete. Manchmal schnappte er lateinische Begriffe und Sätze auf, wenn die Novizen Vokabeln paukten oder sich in Stilübungen übten.

»Was stehst du schon wieder hinter der Tür?«, ermahnte ihn der Novizenmeister ein ums andere Mal, »verschwinde!« Anselm sah zu, dass er der Rute des strengen Herrn entkam, und schlenderte dann durchs Kloster.

Sowohl im äußeren als auch inneren Klosterhof ließ man ihn unbehelligt. In seiner schlichten braunen Kleidung fiel der Bub, der gerne die Kapuze tief ins Gesicht zog, kaum auf. Anselm suchte sich einen schattigen Platz unter der Mauer mit dem überdachten Wehrgang und dachte nach. Wie sollte das gehen, Geduld zu lernen? Wie zeigte man Demut vor Gott und den Mönchen? Zwei Bärtlinge kamen vorbei. Anselm hatte diese Bezeichnung der Laienmönche, die sich im Unterschied zu den Herrenmönchen nicht rasierten, von den anderen übernommen. Er fragte sich, warum die einen arbeiteten und die anderen beteten. Wofür diese Aufteilung im Kloster wohl gut sei. Waren die häufiger ins Gebet versunkenen Herrenmönche die besseren Menschen? Waren sie Gott näher?

Der Schlag der Kirchenglocke riss Anselm aus seinen Gedanken. Es war die sechste Stunde des Tages, die Sext. Mittagszeit. Zeit für die zweite Mahlzeit.

Nach dem Essen zuckte Anselm zusammen. Der Novizenmeister hatte ihn zu sich in seine Stube gerufen. »Wir werden uns etwas unterhalten«, eröffnete der Alte. Anselm befürchtete Schlimmes. Zu seinem Erstaunen eröffnete ihm der strenge Herr: »Ab morgen wirst du dem Unterricht der Novizen beiwohnen.«

»Ich bin einer der Schüler?«, fragte Anselm erfreut. Er hatte keine Ahnung, was geschehen war. Vielleicht hatte der Bursarius, den er inzwischen selten sah, ein gutes Wort für ihn eingelegt?

»Das, junger Mann, habe ich nicht gesagt«, entgegnete der Mönch kühl. »Ich sagte, dass du dem Novizenunterricht beiwohnen wirst, nicht dass du daran teilnehmen darfst.«

Anselm spürte den Stich in der Magengrube.

Als die Schüler am kommenden Tag auf ihren einfachen Holzschemeln saßen und zum Katheder aufschauten, hinter dem ihr Lehrer thronte, hatte Anselm die erste Enttäuschung schon vergessen. Konzentriert, geradezu andächtig, verfolgte er das Geschehen. »Wo waren wir das letzte Mal stehen geblieben?«, fragte der Novizenmeister in die Runde.

»Wir wollten aus dem Prolog der regula benedicti lesen und deuten, Meister«, meldete sich einer zu Wort.

»Wie passend. Lege!«, befahl der Alte, »lies!« Dann besann er sich einen kurzen Augenblick und bestimmte: »Vorher wollen wir unserem jungen Gast, der dumm ist wie ein Maulesel, eine erste Lektion erteilen.«

Zu Recht fühlte sich Anselm angesprochen und zog instinktiv den Kopf ein.

Doch der Novizenmeister ließ lediglich einen Schüler das Wort legere deklinieren: »Nur die erste Person, beginne beim Präsens Indikativ und ende mit dem Plusquamperfekt Konjunktiv«, gab er vor.

»Lego – legor – legam – legar – legebam – legebar – legerem – legerer – legam – legar – legi – lectus sum – legerim – lectus sim – legeram – lectus eram – legissem – lectus essem«, betete der Schüler herunter.

Anselm schwirrte der Kopf.

Dann gingen Lehrer und Schüler in den verbalen Dialog:

»Futur II aktiv.«

»legero.«

»Futur II passiv.«

»lectus ero.«

»Infinite aktiv.«
»legere.«
»Infinite passiv.«
»legi, legier.«
»Imperativ I.«
»lege, leg.«

Für Anselm war das zu viel. Wie durch einen Nebel hörte er den Novizenmeister, der dem Schüler Einhalt gebot. Er wolle auf die vielen weiteren Verbformen verzichten.

»Also, nun aus dem Prolog der regula benedicti des heiligen Benedikt«, sagte er stattdessen, »lege!«

Der Schüler las: »Wer aber im klösterlichen Leben und im Glauben fortschreitet, dem wird das Herz weit, und er läuft in unsagbarem Glück der Liebe den Weg der Gebote Gottes. Darum wollen wir uns seiner Unterweisung niemals entziehen und in seiner Lehre im Kloster ausharren bis zum Tod. Wenn wir so in Geduld an den Leiden Christi Anteil haben, dann dürfen wir auch mit ihm sein Reich erben.«

Anselm fühlte sich in seine Meinung über den Glauben und das Mönchsein bestärkt.

»Wer ist Benedikt?«, fragte er unbedarft in den Raum. Zweimal schnellte die Rute des Lehrers herab. Der erste Schlag traf Anselm, weil er ungefragt gesprochen, der zweite seinen Nebensitzer, der gelacht hatte.

»Kein Lernen ohne die Rute«, bemerkte der Alte lakonisch und begann: »Benedikt von Nursia gründete vor tausend Jahren in Italien den allerersten Mönchsorden, und als er in einer Karwoche diese Erde verließ, trugen ihn Engel auf einer lichterfüllten Straße hinauf in Gottes Arme. Vorher jedoch schenkte der Heilige uns seine Regel, die wir Zisterzienser genauestens befolgen, um durch ein gottgefälliges Leben im Kloster ewiges Heil zu erfahren.«

Wo lag dieses Italien, und was war eine Karwoche? Diese und andere Fragen gingen Anselm durch den Kopf. Er hielt den Mund und versuchte, sich das Gehörte gut einzuprägen.

In den Zeiten zwischen Gottesdienst und Unterricht verblieb den Novizen etwas Zeit für sich. Das galt besonders für die zwei Stunden zwischen Prim und Terz, den beiden Morgengebeten. Dann versammelte sich der Konvent im Kapitelsaal. »Den Konvent bilden die Konventualen, die stimmberechtigte Gemeinschaft der Priestermönche«, hatte Bruder Raimund dem jungen Anselm erklärt. Beim Kapitelsaal handelte es sich um einen offenen Raum im östlichen Kreuzgang. An den Wänden gab es eine umlaufende Bank, auf der die Konventualen saßen. In der Mitte des Saales thronte der Abt. Das war durchaus wörtlich zu nehmen. Denn Abt Burrus von Bretten war nicht gewillt, an einem Pult im Zentrum zu stehen. Er hatte sich stattdessen einen mit edlem Leder bespannten und an Arm- und Rückenlehnen reich verzierten Stuhl als Sitzplatz inmitten seiner Konventualen stellen lassen.

Als einziger der Novizen liebte Anselm es, die Versammlungen der Stimmberechtigten sichtgeschützt vom Kreuzgarten aus zu verfolgen.

Zu Beginn verrichtete die Gemeinschaft stehend ein Gebet, dann wurde ein Kapitel aus der Bibel vorgelesen. Es folgte ein Kapitel aus der Benediktsregel, die der Abt manchmal auslegte. Anselm wusste inzwischen, dass sie inklusive Prolog und Epilog 73 Kapitel aufwies, von denen jedes bis zu 70 und mehr Lehrsätze enthielt. Beim Ablegen seines Ordensgelübdes musste man sie auswendig können.

Nach den Lesungen besprachen die Herrenmönche Klosterinterna. Mäuschenstill saß Anselm hinter der dicken Sandsteinbrüstung und lauschte. Die Stimmberechtigten durften ihre Meinung zu den Angelegenheiten äußern, doch musste der Abt dieser nicht folgen. Mittlerweile hatte der Novize erfahren, dass Abt Burrus zu Recht als herrschsüchtig galt. Heute sollte er es erleben. Und er wünschte sich hinterher, er wäre nicht dabei gewesen.

Der Abt schaute in die Runde und forderte: »Falls einer unter Euch gegen die Ordensregel verstoßen oder sonst in irgendeiner Art gefehlt hat, soll er sich hier und jetzt selbst anklagen.«

Niemand meldete sich, und Burrus fragte: »Keiner?«

Es blieb still.

»Nun«, sprach der Abt wiederum alle an, »wer von Euch von dem verderblichen Tun eines anderen weiß, der soll ihn anzeigen. Ihr wisst, dass dies Eure heilige Pflicht ist«, drängte er die Brüder, einen anderen aus ihrer Mitte öffentlich zu denunzieren.

Nun wusste einer etwas über einen anderen zu berichten. Doch fände er das Vergehen nicht sehr groß.

Nervös trommelte der Abt mit den Fingern auf sein Pult. Er dachte nach.

»Benedikt sagt, dass der Abt auf keinen Fall darüber hinwegsehen darf, wenn sich jemand verfehlt«, erklärte er. Und an den Angeschwärzten gewandt: »Wegen des gleichen Deliktes haben wir dich schon von der Tischgemeinschaft, sodann bei erneuter Verfehlung gänzlich von der Gemeinschaft ausgeschlossen. Allein, es half nicht. Wieder hast du die Selbstanklage versäumt, auch erfuhren wir nichts von einer Selbstgeißelung zur Buße und Heilung deiner kranken Seele. So zählst du für mich zu den Boshaften, Hartherzigen, Stolzen und Ungehorsamen, von denen Benedikt sagt, dass der Abt sie durch Schläge und körperliche Züchtigung im Zaum halten soll.«

Der Angeklagte zitterte am ganzen Leib. Schweiß stand ihm auf der Stirn.

»Du sollst also die Rute spüren«, verkündete Abt Burrus, »zwanzig Schläge mögen dir den Pfad der Tugend weisen.

Danach sollst du in einer der Karzerzellen im Latrinenbau beten. Die Dauer werde ich dann gemäß deiner Einsicht und Reue festlegen.«

Ein Raunen ging durch den Kapitelsaal. Einige der Brüder schüttelten den Kopf.

Es sollte noch schlimmer kommen. Einer von ihnen wurde des Diebstahls und damit des Besitzes von Eigentum bezichtigt!

»Oho«, rief der Abt und hielt den Zeigefinger nach oben. »›Schafft den Übeltäter weg aus eurer Mitte‹, sagt Benedikt, ›ein räudiges Schaf soll nicht die ganze Herde anstecken!‹ Also verfüge ich: Der Verbrecher werde der Ordenstracht entkleidet und vor die Türe des Klosters gestellt. Wie jeder Aufrührer, Brandstifter, Dieb und Besitzer von Eigentum werde er exkommuniziert!«

Der Verurteilte schrie, er warf sich zu Boden und flehte um Gnade. »Gütiger Gott, zu Hilfe«, winselte er weinend und schlang die Arme um die Füße seines Abtes.

»Ehrwürdiger Abt«, sprach einer der Ältesten vor, »Ihr urteilt hart ...«

»›Es steht dem Abt zu, die Schwere der Schuld zu beurteilen‹ Kapitel 24, Lehrsatz zwei«, zischte der Abt. »Und«, fügte er hinzu, »›er vertritt im Kloster die Stelle Christi!‹ Kapitel 2, Absatz 2.«

»Ehrwürdigster Abt ...«, versuchte es der Bruder nochmals, doch Johannes Burrus brüllte ihn zornig an: »›Nach einem Befehl des Oberen darf es für die Gemeinschaft kein Zögern geben, sondern sie erfüllen den Auftrag sofort, als käme er von Gott!‹«

Vor Wut schnaubend löste der Abt die Versammlung auf, und unter Murren und Bekreuzigungen verließen die Ordensherren den Kapitelsaal. Betroffen schlich Anselm davon.

Als der Winter ins Kloster einzog, war Abt Johannes Burrus von Bretten verschwunden. Es stellte sich heraus, dass der Konvent sich geschlossen gegen ihn gestellt und seines Amtes enthoben hatte.

Selbst auf drängende Nachfragen bekamen Anselm und die anderen Novizen weder vom Bursarius noch von irgendeinem anderen Herrenmönch eine Erklärung.

Hinter vorgehaltener Hand erzählte man sich indessen, dass schwerste Verfehlungen des Abtes ans Licht gekommen wären. Schlimme Dinge von solcher Tragweite, dass sie einen neben dem Amt auch Kopf und Kragen kosten könnten.

Es hieß, Abt Burrus mache für eigene Fehler und sein Unglück einen kleinen Bastard verantwortlich.

Kapitel 3

Kloster Maulbronn, Februar anno domini 1504

Mit geschlossenen Augen saß Anselm da. Seinen Rücken an die Sandsteinquader gelehnt, atmete er tief ein und spürte die Mönche, die ins Gebet versunken an ihm vorübergingen. Obwohl die Fenster des Kreuzganges verglast waren, herrschte in dem alten Gemäuer eine schreckliche Kälte. Und kaum ein Laut drang von draußen her in den Kreuzgang. Der Junge trat hinaus in den Kreuzgarten, um die spärliche Wintersonne zu genießen. Über ihm schraubte sich ein Bussard hinauf in den blauen Himmel. Anselm folgte dem Flug des Raubvogels. Mochte er doch ins Land hinausfliegen. Er selbst fühlte sich wohl und geborgen hinter den dicken Klostermauern.

In der Abgeschiedenheit dieses geweihten Ortes wollte er sein Leben in Keuschheit und Armut verbringen und so den Weg zu Gott finden. »Ora et labora«, das waren die Worte, die er im Herzen und im Geiste trug. Ja, er wollte beten und arbeiten, ein sittenreines Leben führen.

Doch vorher musste er ein Novize werden. Schon sehnte er den Tag herbei, an dem er nach seiner Ausbildung das Ordensgelübde ablegen und in den Kreis der Bruderschaft aufgenommen würde.

Tatsächlich kam der Novizenmeister nicht um die Tatsache herum, dass Anselm ausgesprochen gelehrig war und dank seiner raschen Auffassungsgabe beim Zuhören im Unterricht schnell dazulernte. Also rief der ihn zu sich in seine Stube und erklärte: »Anselm von Dürrmenz, ab dem morgigen Tage wirst du Novize der zisterziensischen Ordensgemeinschaft in der Abtei Maulbronn sein – und regulär als Schüler an meinem Unterricht teilnehmen.« Anselms Gesicht hellte sich auf, und er konnte gerade noch einen Freudenschrei unterdrücken. »Dein Temperament musst du allerdings lernen zu zügeln«, tadelte ihn der Meister, der sich vor ihm aufgebaut hatte. »Senke dein Haupt und zeige mir deine Demut in deiner ganzen Haltung!« Anselm tat wie ihm geheißen, verließ rückwärts die Stube – und rannte los in Richtung Bursariat. Unbedingt musste er Vater Raimund berichten. Auch wenn er sich bis dato die Aufnahme als Novize irgendwie feierlicher vorgestellt hatte.

Das Gefühl war unbeschreiblich, als Anselm am folgenden Tag den Morgengebeten im Chor beiwohnte. Er hatte seinen Platz bei den anderen Novizen gefunden, und bereits nach kurzer Zeit schien ihm die Laienkirche hinter der massiven Schranke ewig weit weg.

Danach erwartete der Novizenmeister seine Schüler endlich zum Unterricht im Lernraum, der neben ihrem Novizenschlafsaal beim Herrendormitorium lag. Er würde bis zur Sext, der Mittagsandacht, dauern.

»Bonum mane«, guten Morgen, begrüßte der betagte Mönch die Novizen. »Discumbere et tace«, forderte er sie auf, sich zu setzen und ruhig zu sein. Anselm hatte eine Tonsur geschnitten bekommen und eine Wachstafel samt Griffel erhalten. Gespannt schaute er auf seinen Lehrmeister vorne am Katheder. Jetzt gehörte er zu den deutlich Älteren, die als Novizen neben ihm saßen.

Wieder einmal begann der Unterricht mit einer Lektion zur regula benedicti. Anselms Nebensitzer verdrehte die Augen. Nicht jeder mochte das Herunterbeten des Regelwerks. »Nur durch ständiges Wiederholen gelangen seine Regeln in unsere Herzen«, pflegte der Novizenmeister zu sagen.

Der Alte begann, aus dem umfangreichen Werk zu rezitieren: »Öffnen wir unsere Augen dem göttlichen Licht und hören wir mit aufgeschrecktem Ohr, wozu uns die Stimme Gottes täglich mahnt und aufruft: Willst du wahres und unvergängliches Leben, bewahre deine Zunge vor Bösem und deine Lippen vor falscher Rede!«

Forschend blickte er von seinem Katheder auf und nickte zufrieden. Alle Augen waren auf ihn gerichtet. Er fuhr fort: »Meide das Böse und tu das Gute, suche Frieden und jage ihm nach. Denn in seiner Güte sagt der Herr: Ich will nicht den Tod des Sünders, sondern dass er umkehrt und lebt.« Mahnend hob der Novizenmeister den Finger: »Wir wollen den Strafen der Hölle entfliehen und zum unvergänglichen Leben gelangen.«

Anselm wollte sich nicht vorstellen, was den Ketzer und Sünder dort erwartete. Wieder einmal fürchtete er sich vor den Qualen des Höllenfeuers und war gewillt, alles zu tun, um nicht Luzifer und der ewigen Verdammnis anheimzufallen. Er wollte sich anstrengen, jeder noch so kleinen Versuchung des Bösen aus dem Weg zu gehen.

Der Lehrer machte eine Zäsur.

»Accipe ceram tuam«, sagte er, und die Novizen nahmen ihre Schreibtafeln zur Hand. Er überreichte einem der Älteren ein Buch mit dem Titel »De gradibus humilitatis et superabiae« und befahl ihm: »interpres!«

»Über die Stufen von Demut und Hochmut«, übersetzte der Novize korrekt.

»Und wer hat es geschrieben?«

»Der Heilige Bernhard von Clairvaux, Meister.«

Das Werk war schwer zu deuten, und der Lehrer verlangte von den Novizen, sich Fragen dazu zu notieren. Dann wandte sich der Novizenmeister Anselm zu, um ihm das Lesen beizubringen.

Neben ihrem Unterricht hatten die Novizen der morgendlichen Versammlung des Konvents zwischen der Prim und der Terz beizuwohnen. Doch während die Mönche im offenen Kapitelsaal saßen, mussten die Novizen vom Kreuzgang aus still zuhören.

Es war Anfang Februar und klirrend kalt, als Abt Johannes Omsterg, dem Nachfolger von Abt Burrus, ein Schreiben aus seinem Habit zog. »Diesen Brief habe ich von meinem Kollegen des Klosters Fürstenfeld bei München erhalten.« Mit ernster Miene las er vor:

»Von Abt Petrus zu Monasterium Campus-Principis an Abt Johann im Kloster zu Maulbronn.

Lieber Abt!

Was ich Euch heute zu schreiben habe, wird Euch nicht erfreuen. Wie Ihr wisst, hat das edle Geschlecht der Wittelsbacher hier das Sagen. Nun aber sind sie in der Frage einer Erbfolge untereinander in Streit geraten. Dabei steht König Maximilian von Österreich, der Habsburger, auf der Seite der Bayern. Aus diesem Grunde wird er Philipp den Aufrichtigen, den Pfalzgrafen bei Rhein, der die Kurpfalz von Heidelberg aus regiert, bekriegen. Jenen Philipp also, der der Schutzpatron und weltliche Herr Eures Klosters Maulbronn ist.«

Abt Johannes blickte in die Runde und sah die Bestürzung der Brüder. Sie waren Adelige von Rang und wussten genau, was das bedeutete: Wenn der Kurpfälzer Graf Philipp in einen

Krieg verwickelt wurde, war auch das Kloster Maulbronn in seinem Herrschaftsgebiet in Gefahr!

Anselm und die anderen Novizen konnten das nur erahnen.

Der Abt fuhr mit dem Brief fort:

»Für den König wird Herzog Ulrich von Württemberg, den Maximilian mit seiner Nichte Sabina von Bayern verlobte, gegen die Pfälzer ins Feld ziehen. Auf dem Reichstag zu Augsburg wurden der junge Württemberger und weitere Verbündete mit diesem Kriegszug beauftragt, der über Eure Dörfer und Güter führen muss. So, nun wisst Ihr, wie die Sterne für Euch stehen. Ich bin sicher, Gott wird Euch zu richtigem Handeln geleiten.

Abt Petrus«

Anselm war in Angst: Erst die Mahnungen des Novizenmeisters vor dem Höllenfeuer am Morgen, dann der Brief des Abtes. Beides war zu viel für ihn.

Zur sechsten Stunde, der Sext, zelebrierten die Mönche ihr Mittagsgebet. Das Herz, das von den Dingen des Lebens bewegt wurde, sollte wieder zur Ruhe kommen. Doch Anselm spürte die gedrückte Stimmung. Die Ruhe und Sicherheit, die ihm der festgefügte, geregelte Tagesablauf ansonsten gab, waren dahin. Die Brüder schauten besorgt drein, sie schienen stärker in sich gekehrt als sonst.

Nachdenklich ging Anselm zum Brunnenhaus im Kreuzgarten. Es war Zeit, sich mit frischem Quellwasser Gesicht und Hände zu waschen. Er folgte den Mönchen ins Herrenrefektorium, das genau gegenüber dem Brunnenhaus lag, zum gemeinsamen Mittagsmahl.

An langen Tischreihen entlang der Säulenreihe in der Mitte des Saales löffelten sie schweigend ihre Suppe. Anselm formte mit den Fingern einen Kreis, und bekam eine Scheibe Brot gereicht. »Mache einen Kreis mit beiden Daumen und Zeigefingern, weil das Brot rund ist.« Dem Novizen waren die Finger-, Hand- und Augenzeichen der zisterziensischen Zeichensprache geläufig, mit denen sie sich ohne zu sprechen verständigten. Er hielt fünf Finger hoch, und man gab ihm Wasser zum Nachschenken.

Anselm verfolgte, wie intensiv sich die Brüder am Tisch per Zeichen und Gesten austauschten. Ihre Gesichter sprachen Bände: Es ging um die Sache mit diesem Ulrich, die offensichtlich sehr ernst war.

Nach dem Essen zogen die Mönche und Laienmönche von ihren Refektorien unter Absingen eines Psalms in langen Zweierreihen zum Dankgebet in die Kirche. Danach zogen sich die Herren- und Laienmönche zur kurzen Bettruhe in ihr jeweiliges Dormitorium zurück.

Anselm lag im Novizenschlafsaal auf seinem Binsensack und starrte zur Decke. Was hatte Gott für das Kloster vorherbestimmt? Es war doch seine Heimat, und die Gemeinschaft der Brüder war seine Familie. Das Einzige, das er hatte.

Als er am Nachmittag zur Non, der neunten Stunde, in der Kirche saß, konnten ihn Gebete, Hymnen, Psalmen und selbst die Vorlesungen nicht von seinem Bangen ablenken. Beim Feiern der Vesper, des Abendgebetes bei Sonnenuntergang, war Anselm nicht bei der Sache. Während des anschließenden Abendbrotes kaute er lustlos an einer Scheibe Brot herum. Wie gerne wäre er aufgestanden und zu Raimund hinübergegangen, der ein paar Tische weiter saß.

Nach der Abendversammlung im Kreuzgang war er froh, dass endlich die Glocke zur Komplet, der Schlussandacht des Tages, läutete.

Als Novize durfte er danach nochmals in den Kreuzgarten. In der Dunkelheit klatschten dicke eisige Regentropfen gegen die Ostwand des Kreuzganges. Anselm erinnerte sich daran, dass die älteren Mönche, allesamt fromme Brüder, immer wieder davon berichteten, wie es manchmal Blut und kleine Fleischklumpen regnete. Krampfhaft versuchte der junge Mann, sich für den Fall der Fälle an einen wirkungsvollen Abwehrzauber zu erinnern.

Lange wälzte sich Anselm an diesem Abend auf seinem Lager hin und her. Als die Glocke läutete, hätte er zur Ablenkung am liebsten an den nächtlichen Vigilien teilgenommen. Die stundenlange Andacht wurde den Novizen noch nicht zugemutet. »Ich lobe dich des Tags siebenmal und mitten in der Nacht stehe ich auf, dir zu danken.« So sprachen die Zisterzienser zu Gott und erhoben sich um zwei Uhr, um in der Kirche gemeinsam Psalmen und Hymnen zu singen und zu beten.

Anselm vermisste die Zeit mit Vater Raimund. Seine beruhigende Art und die Gespräche mit ihm. Er fragte sich, warum Gott die Gemeinschaft der Mönche strafen sollte. Schickte er ihnen gar herzogliche Heerscharen? Oder kam Satan mit seinen Dämonen, um das Kloster ins Unglück zu stürzen?

»Wir wollen den Strafen der Hölle entfliehen und zum unvergänglichen Leben gelangen«, hatte der Novizenmeister am Morgen gesagt. Anselm wiederholte diesen Satz des heiligen Benedikt so oft, bis er endlich einschlummerte.

»Levate cera tabulas«, wies der Novizenmeister seine Schüler an, ihre beschriebenen Wachstafeln wieder zu glätten. Den Latein-Stilübungen sollte heute eine Lektion folgen, und die jungen Männer waren froh, dass endlich das Thema gewechselt wurde.

»Warum fasten wir?«, fragte der Novizenmeister und gab selbst die Antwort: »Wir fasten, um die Seele zu reinigen und Buße zu tun. 40 Tage währt die Fastenzeit, von Aschermittwoch bis Ostern; im Gedenken an Christus' Zeit des Fastens, nachdem er sich hatte taufen lassen.« Anselm fragte sich, warum der Lehrer nicht erwähnte, dass die Mönche auch zur Adventszeit, vor Festtagen sowie freitags und samstags fasteten. Er wusste das inzwischen.

»Wie fasten wir?«, stellte der Novizenmeister die zweite rhetorische Frage und verwies auf Kapitel 49 der regula benedicti: »Der Mönch soll zwar immer ein Leben führen wie in der Fastenzeit. Dazu aber haben nur wenige die Kraft. Deshalb raten wir, dass wir wenigstens in diesen Tagen der Fastenzeit in aller Lauterkeit auf unser Leben achten. Der Mönch entziehe seinem Leib etwas an Speise, Trank und Schlaf und verzichte auf Geschwätz und Albernheiten. Mit geistlicher Sehnsucht und Freude erwarte er das heilige Osterfest.«

Weil den Mönchen der Verzehr von »vierfüßigen Tieren« verboten war, aß man gerne und viel Fisch. Auf den Tisch kamen Hecht und Karpfen aus den Klosterseen sowie fettreiche Aale, die man mit speziellen Aalkisten im See unterhalb des Elfinger Hofes fing.

Auch während der Fastenzeit gab es Fisch. Die Mönche bezeichneten das, was in Bächen und Teichen schwamm, als »fluminum legumia«, als »Flussgemüse«. Heruntergespült wurde das Essen während des Fastens mit verdünntem Bier oder auch mit Starkbier.

Als der Frühling Einzug hielt, war die Zeit des Feierns. Die Zisterzienser zelebrierten die Osternacht vom Karsamstag auf den Ostersonntag als Nacht des Wachens und Betens zum Gedenken an die Auferstehung Jesu Christi von den Toten. Die Kirche war voll, und Anselm spürte seine eigene Inbrunst und Ergriffenheit auch bei den anderen.

Mit der heiligen Messe begann am frühen Sonntag die österliche Freudenzeit, die fünfzig Tage, bis Pfingsten, dauern sollte. Anselm blickte sich in der Kirche um und schaute in – wie sollte man sagen – freudige Gesichter. Auch später, nach der Messe, hätte man die Stimmung im Kloster beinahe als heiter beschreiben können.

Sogar während der Komplet am Abend empfand Anselm eine gewisse Leichtigkeit. Die Gesänge der Mönche erfüllten das Kirchenschiff, und zur Vollendung des Tages unterstellten sich alle, wie sie hier saßen, am Ende des Gottesdienstes dem mütterlichen Schutz Mariens.

Anselm wusste sich am richtigen Platz hier auf Erden.

Kapitel 4

Kloster Maulbronn, Mai anno domini 1504

Das hölzerne Gefährt knarrte und ächzte. Vierzehn Pferde zogen das sechzig Zentner schwere Geschütz über holprige Wege von Lienzingen herauf durch den Wald. 1.500 Berittene und 20.000 Mann Fußvolk hatten das Heerlager bei Illingen verlassen und folgten dem Befehl Herzog Ulrichs von Württemberg in Richtung Maulbronn.

»Bald werden die Heerscharen vor dem Kloster stehen«, befürchtete der neu gewählte Abt Johannes Riescher von Ladenburg. Er hatte sich von seinem Stuhl im Kapitelsaal erhoben und verkündete wild gestikulierend das, was man ihm zugetragen hatte: »Während wir uns auf das Pfingstfest vorbereiten, sind die Landsknechte des Herzogs dem Fluss Metter folgend über unsere geliebten Dörfer Gündelbach, Schützingen und Zaisersweiher hergefallen. Sie haben sie zerstört und niedergebrannt.« Die Stimme des Abtes bebte, und die Mönche bekreuzigten sich. »Sodann zog die mörderische Brut hinüber ins Enztal«, fuhr er fort. »Mit Lomersheim, Mühlacker und Dürrmenz haben sie dort drei unserer Dörfer dem Boden gleichgemacht, bevor der schreckliche Haufen unseren Besitz Wiernsheim aufs Übelste schändete; die meisten der Dorfbewohner sind tot.«

Bestürzung und Entrüstung machte sich unter den Konventualen breit. Anselm hielt sich die Hand vor den Mund: Lieber Gott, Herr im Himmel, was haben wir nur getan?

Ohne Meinungen im Konvent einzuholen, stellte Abt Riescher fest: »Seit dem vergangenen Jahr bin ich nach Johannes Omsterg und Johannes von Ubstadt, die der Herr binnen kürzester Zeit zu sich rief, Euer dritter Hirte. Er gab uns damit ein Zeichen!« Die Mönche sahen sich an, als der Abt seinen daraus abgeleiteten Beschluss kundtat: »So werde ich mit Euch zusammen das Weite suchen.«

»Wohin sollen wir gehen, Vater Abt?«, fragte Ingbert von Speyer, der Cellerar.

»Wir werden in deine Heimatstadt fliehen, in unseren klösterlichen Pfleghof. Dort wird unser Schirmherr Pfalzgraf Philipp von Heidelberg für unsere Sicherheit sorgen.«

Betreten schaute Anselm drein. Das Kloster verlassen? Wo lag dieses Speyer, und was war ein Pfleghof? Er hatte das Gefühl, ihm werde der Boden unter den Füßen weggezogen.

Die Versammlung nahm eine Wendung. »Ehrwürdigster Abt«, ergriff der Cellerar erneut das Wort. »Euch zu widersprechen, käme mir nicht in den Sinn. Ich bitte Euch nur demütigst darum, Folgendes zu bedenken …«

»Sprich, Bruder Cellerar, ich höre.«

»Schändliches hat Herzog Ulrich getan, wofür er dem Herrgott wird Rechenschaft ablegen müssen. Doch wenn der Kriegsherr an unser Tor pocht, muss er jemanden antreffen, der für das Kloster sprechen und mit ihm verhandeln kann. Wie wir hörten, konnten sich Illingen und Lienzingen bei seiner Brandschatzung freikaufen. Sie wurden nur geplündert, nicht niedergebrannt.«

Der Abt dachte nach. »Nun gut«, sagte er. »Ihr, Bruder Ingbert, werdet hier im Kloster bleiben, weil ihr den besten Überblick über unsere Besitzungen und Waren habt. Euch zur Seite stelle ich zwei erfahrene Brüder – und Bruder Raimund. Als Bursarius kennt er unsere Geld- und Vermögensverhältnisse am besten. Bestimmt aus Eurer Mitte denjenigen, der mit dem Brandmeister aus dem Gefolge des Herzogs verhandeln soll. Vom Geld und Vermögen werden wir zur Sicherheit einen Gutteil mit nach Speyer führen.«

Abt Johannes Riescher hatte entschieden. Gebieterisch hob er die Arme, um jeglichen Kommentar oder Einwand im Keim zu ersticken. Er mahnte die Brüder zur Eile.

Die vier zum Bleiben bestimmten, gestandenen Herrenmönche schritten gemeinsam aus dem Kapitelsaal. Anselm, der junge Novize, machte sich klein und huschte in anderer Richtung durch den Kreuzgang davon.

Am 27. Mai, dem letzten Pfingstfeiertag, rückten Ulrichs Truppen gegen das Kloster vor. Sie mussten ein hölzernes Bollwerk, Trutzbund genannt, passieren, das der Pfälzer Graf Philipp zum Schutz der Straße Richtung Kloster hatte errichten lassen. Der Herzog war außer sich vor Wut, als seine Männer von der Besatzung des Trutzbundes beschossen und getötet wurden.

Nach zwei Tagen Kampf brach die Verteidigung gegen die riesige Übermacht zusammen. Die Pfälzer selbst steckten die Schanze in Brand, bevor sie sich hinter den Klostermauern verschanzten. Auch die Klostergebäude, die außerhalb standen, hatten sie niedergebrannt, damit sie den Angreifern keine Deckung boten.

Sie schlossen die Tore des Klosters, das mit Graben, wuchtigen Mauern und Türmen samt Schießscharten und Pechnasen eher einer Burg glich.

»Warum hat dieser alte Hundsfott Abt Burrus nicht Wort gehalten?«, ereiferte sich der siebzehnjährige Herzog von Württemberg. »Freien Einzug in sein Kloster hatte er uns versprochen!«

Dann brach das Inferno los. Auf der Anhöhe oberhalb des klösterlichen Steinbruchs beim Schafhof hatten die Angreifer die Murfel in Stellung gebracht. Das riesige Geschütz war insgesamt dreißig Meter lang. Vier Pferdewagen mussten das notwendige Zubehör herbeikarren, und zum Feuern brauchte es eine ganze Schar schießkundiger Männer. Der Murfel war als zweites Großgeschütz die Rose zur Seite gestellt worden. Dazu zwei weitere schwere Büchsen aus Nürnberg und Ulm.

Von den Höhen herab spien die Geschütze Feuer und donnerten gewaltig. Die ersten der 160 Pfund schweren Steingeschosse schlugen im Kloster ein. Neben dem Geschützfeuer machten viele hundert Bogen- und Armbrustschützen sowie Büchsenmeister den 300 pfälzischen Verteidigern das Leben schwer.

Tagelang feuerten die Herzoglichen aus allen Rohren. Dabei fraßen die Murfel und ihre Schwestern riesige Mengen Schießpulver. Unersättlich waren sie bei ihrem Sturm gegen die Mauern. Sein »schwarzes Gold« nannte Ulrich das teure Pulver, bei dem es durchaus Unterschiede in der Explosivität gab. Der Herzog persönlich hatte ein Auge auf die Beschaffung seines Schwarzpulvers. Er bestand auf höchste Sprengkraft, die nur die besten Pulvermühlen bieten konnten.

Bruder Raimund und die drei anderen verbliebenen Mönche hatten in einem der Klosterkeller Schutz gesucht. Sie wunderten sich darüber, dass der württembergische Herzog sofort angegriffen hatte. Üblicherweise kam es vorher zu Verhandlungen zwischen Angreifern und Verteidigern.

»Warum wollte Ulrich nicht brandschatzen?«, fragte Bruder Ingbert.

»Auch ich habe erwartet, dass er uns mit der Drohung, das Kloster anzuzünden, erpressen und ausplündern würde«, erwiderte Bruder Raimund.

»Lasst uns nach oben gehen und sehen, wie sich die Sache entwickelt«, schlug er vor. Die Vier verließen ihren Schutzraum und erkundigten sich bei einem Soldaten nach dem Stand der Dinge. »Der Verteidigungsturm an der Südostecke ist gefallen, und die südliche Mauer nahm beträchtlichen Schaden«, antwortete der kriegserfahrene Landsknecht achselzuckend. In die Außenwände des Paradiesbaus an der Kirche seien eben Gewehrkugeln eingeschlagen, mit denen die Angreifer auf sie zielten.

»Beten wir für unser Kloster«, schlug einer der Mönche vor, und sie machten sich schweigend auf den Weg zur Kirche. Als sie vom Kreuzgang in den Chor traten, geschah das Undenkbare. Sie hörten ein Rauschen, dann zersplitterte das Maßwerkfenster mit den herrlichen Glasmalereien auf der Südseite des Kirchenchors, und eine riesige Steinkugel verfehlte nur knapp die Madonnenfigur. Die Männer warfen sich zu Boden, als hinter ihnen der Angstschrei eines Knaben ertönte. Mit weit aufgerissenen Augen sprang der Novize Anselm hervor und blieb starr vor Angst stehen. »Vater Raimund, dem Himmel sei Dank«, stammelte er und sank zu ihm hinunter. Die Mönche konnten es nicht fassen. Statt dem Abt und dem Konvent nach Speyer zu folgen, hatte sich der Junge in der Kirche versteckt.

»Was tust du hier?«, fragte der Bursarius, und Anselm antwortete aufrichtig: »Ich wollte nicht von Euch getrennt werden, Vater Raimund, so oft war ich schon allein.« Im selben Augenblick zertrümmerte eine zweite Geschosskugel den Rest des Chorfensters. Holzteile splitterten krachend ab, als sie den kunstvollen Hochaltar streifte.

Im Schock sprangen die Mönche und der Junge auf und rannten hinaus in den Klosterhof. »Das Schießen muss auf der Stelle beendet werden!«, schrie Raimund, und die Landsknechte schauten sich irritiert an.

»Weil das Dach des Infirmariums getroffen wurde und weitgehend einstürzte?«, fragte einer lapidar zurück.

»Weil unsere geheiligte Madonna und der Altar beschossen werden, ihr verdammten Kriegsknechte«, brüllte Bruder Ingbert.

Ein Hauptmann kam hinzu, und nach einem kurzen Gespräch mit den Mönchen suchte er seinen obersten Kommandanten auf. Kurze Zeit später ergaben sich die Pfälzer den Angreifern. Einer der Mönche, die im Kloster geblieben waren, schrieb an ihren nach Speyer geflüchteten Abt:

»Wohlergehen und Gesundheit ehrwürdigster Abt!
Die Eroberung des Klosters von Maulbronn ist Euch bekannt, die Art und Weise aber kennt Ihr, glaube ich, nicht. Der Herzog von Württemberg näherte sich mit seinem Heer dem Kloster. Danach begannen sie, das hölzerne Bollwerk, das beim Steinbruch erbaut und auf allen Seiten mit Wurfgeschützen und Feuergeschützen umgeben war, zu erobern. Die drinnen waren, zündeten das Bollwerk an und zogen sich zum Kloster zurück. Der Herzog aber wandte sogleich seine Maschinen dem Kloster zu, und als der Schererturm teilweise umgestürzt und die Mauer bis zum Turm des Steinmetzes angebrannt und das Dach des Krankenhauses fast zerstört war, da endlich, am siebenten Tag ergab sich der Hauptmann des Klosters mit den Seinen; nachdem sie einen Eid geleistet hatten, ließ sie der Herzog, wie der Brauch ist, unversehrt mit ihrer Habe gehen. Und nun ist das Kloster in seiner Hand, das ohne Unterschied Frauen und Männer betreten. Als Diener des Abthauses werden Frauen eingesetzt, o Elend und Strafe der göttlichen Gerechtigkeit!
Am zweiten Tag nach der Eroberung ergab sich auch der bedrohte Ort Knittlingen. Der Hof Elfingen

wurde durch die Württemberger zu Staub gemacht. Folgende Dörfer wurden alle verbrannt: Zaiserswei- her, Schützingen, Gündelbach, Lomersheim, Mühl- acker, Dürrmenz, Wiernsheim, Hohenklingen. Aus Ötisheim wurde Beute weggebracht, die Armen zahl- ten 1.500 Gulden anstelle der Einäscherung, unsere Armen in Bauschlott und Niefern 200 Goldmünzen. Wer wird diesen untragbaren Schaden ersetzen kön- nen? Allein Bretten konnte sich den Truppen des Her- zogs erwehren. Die Leute des gut befestigten Ortes leisteten guten Widerstand, bis Ulrich endlich von ihnen abließ.

Inzwischen wissen wir auch, warum Herzog Ulrich so wütend war und das Kloster ohne Verhandlungen überfiel. Unser Abt Burrus von Bretten hatte ihm im Vorhinein in geheimen Briefen versprochen, sich von den Pfälzern abzuwenden und ihn mit offenen Toren und Armen als neuen Herrn des Klosters zu empfan- gen. Der Herzog konnte nicht ahnen, dass Abt Bur- rus abgesetzt ist und unsererseits keiner von dessen unseligem Versprechen wusste.

Der Württemberger hat nunmehr unser Kloster geplündert, und wir können von Glück sagen, dass er es nicht angezündet hat. Die Brüder Raimund und Ingbert hatten ihn davon überzeugen können, dass er als neuer Landes- und Klosterherr mehr von der Abtei haben würde, wenn sie intakt bliebe.

Nun wisst Ihr, ehrwürdigster Abt, Bescheid. Lebt wohl!«

Noch bevor dem Eroberer die Klostertore geöffnet worden waren, hatte der Bursarius Anselm befohlen, sich zu ver- bergen. Der Junge zog sich ins Obergeschoss der Klausur in den Bereich der Novizen zurück. Vor allem in der Nacht, wenn er wach lag, hörte er seltsame Geräusche. Mal glaubte er, es seien die Besatzer, dann raschelte es in den leeren Zimmern und Sälen. Anselm setzte sich auf und lauschte in die Dunkelheit. Er spürte einen kühlen Lufthauch – und war da nicht ein Schatten, der lautlos an der Tür des leeren Schlafsaales vorbeiging? Der Novize hielt die Luft an und faltete die Hände zum stillen Gebet. Was, wenn das der Geist des Schwarzen Mönchs war? Manches hatte er von den Mitbrüdern über die ruhelose Seele gehört, die nachts durch die düsteren Gänge des Klosters schlich.

Schrecklich war es, wenn die Trud ihn heimsuchte. Anselm war gerade am Einschlafen, da schreckte er hoch und rang nach Luft. Die Nachthexe hatte sich auf seine Brust gesetzt, was den Alpdruck verursachte und schlimme Bilder vor seinen Augen erzeugte. Ein Trudenmesser hätte er dann gebraucht, um den Nachtgeist zu vertreiben. Die Klinge seines Schneidemessers zierten leider nicht die notwendigen Mondsicheln und Kreuze, dennoch griff er danach und führte damit heftige Streiche durch die Luft aus. Zumindest fiel ihm danach das Atmen leichter.

Als der Herzog mit seinem Heer endlich abgezogen war, durfte Anselm wieder herunterkommen. Auch die ersten Mönche kehrten zurück ins Kloster. Ihren Abt Riescher von Ladenburg, der sich Johannes der VII. nannte, mussten sie allerdings in Speyer zurücklassen. Er war dort als dritter Vorsteher der Maulbronner Abtei innerhalb der Jahre 1503 und 1504 verstorben.

Viele deuteten das als böses Omen.

Als Rieschers Nachfolger wählte der Konvent Michael Scholl von Vaihingen an der Enz. Der Bursarius und einige andere hatten sich für den eher ruhigen, zurückhaltenden Mann starkgemacht.

»Es ist unsere Aufgabe«, sagte Abt Michael, »das Kloster so schnell wie möglich wieder instand zu setzen.« Dafür ließ er Steinmetze aus dem Elsass kommen und wies die Steinhauer unter den Laienbrüdern an, sie zu unterstützen.

Schlimmer war es um die verwüsteten Ländereien und Dörfer bestellt. Die Maulbronner Mönche übten die Grundherrschaft aus, doch deren Leibeigene waren überwiegend Bauern, die weder die Kenntnisse noch die Mittel besaßen, ihre zerstörten Häuser und Höfe rasch wieder aufzubauen. Manches Gut war auch gänzlich verwaist.

Wieder waren es der Kellermeister Ingbert von Speyer und der klösterliche Vermögensverwalter Raimund von Hagenau, die den Wiederaufbau der Klosterhöfe und klostereigenen Ortschaften leiten und begleiten sollten. Sie taten ihr Möglichstes, doch es dauerte Jahre, und die ganze Zeit hatte das Kloster Maulbronn immense Einnahmeausfälle zu beklagen. Der Cellerar verwaltete kaum gefüllte Fruchtkästen, weil oft der Getreidezehnt ausblieb, der Bursarius kämpfte mit leeren Schatullen.

Es war im August 1504, als König Maximilian, der Habsburger, seinem Untertan Herzog Ulrich zuerst die Herrschaft und dann die Gerichtsbarkeit über das ehemals reichsfreie Kloster Maulbronn offiziell übertrug.

Bei einer Versammlung im Kapitelsaal beschlossen Abt und Konvent, fortan dem neuen Landesherrn ohne Murren zu huldigen. Der Novizenmeister erklärte seinen Schülern, was das bedeutete, und bald schon wurde es schriftlich vereinbart.

Abt Michael Scholl und der Konvent versicherten urkundlich, dass man sich samt aller Besitzungen unter den Schutz und Schirm der Württemberger stellte. Gemeint waren damit das Kloster sowie seine Dörfer Knittlingen, Ruit, Ötisheim,

Wiernsheim, Weissach, Flacht, Öschelbronn, Wurmberg, Wimsheim, Glattbach, Iptingen, Rosswag, Lomersheim, Dürrmenz, Mühlacker, Ölbronn, Dürrn, Enzberg, Kieselbonn, Bauschlott, Diefenbach, Hohenklingen, Freudenstein, Zaisersweiher, Gündelbach, Schützingen, Stainbach, Füllmenbach, Elfingen, Lienzingen, Schmie und Illingen und andere Besitzungen mehr. Gezeichnet und gesiegelt von Abt, Prior und Konvent ›zu Maulbronn am Montag nach des heiligen Evangelisten St. Lukastag, als man tausendfünfhundert und vier Jahre nach der Geburt Christi unseres lieben Herrn zählte‹.

Für Anselm und die anderen Novizen nahm der Alltag bald wieder seinen gewohnten Gang. Über die Jahre lernte der Waisenjunge lesen, schreiben, Latein und Geometrie – dazu die Regeln des Ordens sowie die Gedanken und Vorgaben der großen Kirchenväter.

Anselm entwickelte sich zum Musterschüler des Novizenmeisters, verrichtete hingebungsvoll seine Gebete und übte sich in Gehorsam und Demut.

Die Demut der Novizen und Mönche stand beim Novizenmeister ganz oben. »Regula benedicti, caput septem de humilitate«, gab er das Thema im Unterricht vor. Die Novizen auf ihren Holzschemeln schauten auf, und der Lehrer ließ Anselm übersetzen. »Regel des Benedikt, Kapitel sieben, von der Demut«, sagte Anselm und der Lehrer war zufrieden. Er forderte Anselms Nebenmann auf, die ersten drei Sätze dieses Kapitels aufzusagen. Der Novize erhob sich, holte tief Luft und sprach:

»*Erstens: Laut ruft uns, Brüder, die Heilige Schrift zu: Wer sich selbst erhöht, wird erniedrigt, wer sich aber selbst erniedrigt, wird erhöht werden.*

Zweitens: Mit diesen Worten zeigt sie uns also, dass jede Selbsterhöhung aus dem Stolz hervorgeht.

Drittens: Davor hütet sich der Prophet und sagt: Herr, mein Herz ist nicht überheblich, und meine Augen schauen nicht hochmütig; ich ergehe mich nicht in Dingen, die für mich zu hoch und zu wunderbar sind.«

Der Novizenmeister kam auf die Stufen der Demut zu sprechen, und einige Novizen verdrehten die Augen. Sie hatten das so oft schon gehört. Ihr Lehrer blieb unerbittlich: »Durch das Wiederholen gelangen die Regeln Benedikts in unser Herz!« Er betete jede einzelne der zwölf Stufen der Demut herunter:

»*Die erste Stufe der Demut: Der Mensch achte stets auf die Gottesfurcht und hüte sich, Gott je zu vergessen.*

Die zweite Stufe der Demut: Der Mönch liebt nicht den eigenen Willen und hat deshalb keine Freude daran, sein Begehren zu erfüllen.

Die dritte Stufe der Demut: Aus Liebe zu Gott unterwirft sich der Mönch dem Oberen in vollem Gehorsam. So ahmt er den Herrn nach, von dem der Apostel sagt: Er war gehorsam bis zum Tod.

Die vierte Stufe der Demut: Der Mönch übt diesen Gehorsam auch dann, wenn es hart und widrig zugeht. Sogar wenn ihm dabei noch so viel Unrecht geschieht, schweigt er und umarmt gleichsam bewusst die Geduld.

Die fünfte Stufe der Demut: Der Mönch bekennt demütig seinem Abt alle bösen Gedanken, die sich in sein Herz schleichen, und das Böse, das er im Geheimen begangen hat und er verbirgt nichts.«

Die Novizen konnten die Litanei kaum mehr ertragen. Wie oft schon hatten sie sich das anhören müssen? Der Novizenmeister blieb unbeirrt:

»*Die sechste Stufe der Demut: Der Mönch ist zufrieden mit dem Allergeringsten und Letzten und hält sich bei allem, was ihm aufgetragen wird, für einen schlechten und unwürdigen Arbeiter.*

Die siebte Stufe der Demut: Der Mönch erklärt nicht nur mit dem Mund, er sei niedriger und geringer als alle, sondern glaubt dies auch aus tiefstem Herzen.

Die achte Stufe der Demut: Der Mönch tut nur das, wozu ihn die gemeinsame Regel des Klosters und das Beispiel der Väter mahnen.

Die neunte Stufe der Demut: Der Mönch hält seine Zunge vom Reden zurück, verharrt in der Schweigsamkeit und redet nicht, bis er gefragt wird.

Die zehnte Stufe der Demut: Der Mönch ist nicht leicht und schnell zum Lachen bereit, steht doch geschrieben: ›Der Tor bricht in schallendes Gelächter aus.‹

Die elfte Stufe der Demut: Der Mönch spricht, wenn er redet, ruhig und ohne Gelächter, demütig und mit Würde wenige und vernünftige Worte und macht kein Geschrei, da geschrieben steht: Den Weisen erkennt man an den wenigen Worten.

Die zwölfte Stufe der Demut: Der Mönch sei nicht nur im Herzen demütig, sondern seine ganze Körperhaltung werde zum ständigen Ausdruck seiner Demut für alle, die ihn sehen.«

Anselm sah ein, wie wichtig es war, demütig zu sein. Er bemühte sich, die Demut nicht nur in seiner Geisteshaltung zu zeigen, sondern auch in der körperlichen Haltung. Stets versuchte er, den Oberkörper hängen zu lassen sowie Blick und Haupt zu senken; insbesondere, wenn er einem Höhergestellten begegnete. Und um ihn herum in der Klausur waren das außer den Novizen alle! Er konnte seine Profess, die ihn den Mönchen gleichstellen würde, kaum mehr erwarten.

Hatte er mit diesem Wunsch den Pfad der Demut bereits verlassen? In manchen Dingen der Religion und Regeln neigte Anselm mehr und mehr zum Grübeln. Sein Novizenmeister war erfreut über die innige Auseinandersetzung seines Zöglings mit sich und den Regeln. Bruder Raimund dagegen fand es mitunter übertrieben, wie sehr sich sein junger Freund in solche Fragen vertiefte, ja bisweilen geradezu verrannte.

Kapitel 5

Kloster Maulbronn, anno domini 1509

Anselm spürte die Kälte der nackten Steinplatten an der Stirn und den Handflächen. Die Arme weit von sich gestreckt, lag er auf dem Boden und wenn er den Kopf anhob, sah er die Schuhe seines Abtes vor sich. Anselm war glücklich. Fünf lange Jahre im Noviziat hatte er diesen Tag herbeigesehnt, an dem er die Profess ablegen konnte, die ihn zum Mitglied der klösterlichen Brudergemeinschaft machte. Anselm war eins mit sich, mit Gott, mit der ganzen Welt.

»Was begehrst du, Novize?«, riss Abt Michael ihn aus seinen Gedanken. Der Oberste hatte persönlich festgelegt, auf welche Weise ein Novize in Maulbronn sein Gelübde abzulegen hatte.

»Die Barmherzigkeit Gottes und des Ordens«, antwortete Anselm.

»Sprich nun dein Gelübde.«

In erhabener Stille vollzog sich der Ritus. Mit ernsten Gesichtern und gefalteten Händen standen die Brüder im Chorgestühl, nur spärliches Licht drang von draußen herein, und der Schein der Kerzen tauchte das Kirchenschiff in warmen Glanz.

Anselm wusste, welche drei Versprechen er seinem Orden geben musste.

Er gelobte das »conversio morum«, das sittenreine Leben. Ein weltabgewandtes Klosterleben in Keuschheit und Armut war sein Ziel.

Er gelobte die »oboedientia«, den bedingungslosen Gehorsam seinem Abt gegenüber. Diesem weisen und gerechten Klostervorsteher zu gehorchen, würde ihm eine Freude sein.

Er gelobte die »stabilitas loci«, die lebenslange Bindung an das Kloster Maulbronn. Das tat er gerne, hatte ihm der Herr in seiner unendlichen Weisheit doch diesen Platz für sein irdisches Dasein zugewiesen.

Streng hatte der Novizenmeister über die Zeit geprüft, ob der Novize wirklich Gott suchte, ob er Eifer für den Gottesdienst zeigte, ob er bereit war, zu gehorchen und ob er fähig war, Widerwärtiges zu ertragen. So wie es die Regel vorschrieb. Entsprechend hatte der Meister mit Anselm auch über alles Harte und Schwere auf dem Weg zu Gott gesprochen und ihn gefragt, ob er es sich reiflich überlegt habe und bei seinem Entschluss bliebe.

Anselm war wild entschlossen gewesen.

»Stehe auf im Namen des Herrn, Bruder Anselm von Dürrmenz!«

Der Mönch erhob sich von dem kalten Buntsandstein und straffte seinen Rücken. Er blickte in die Gesichter der Brüder um ihn herum. Sie nickten ihm wohlwollend zu, Raimund von Hagenau zuckte gar ein freundliches Lächeln um die Lippen, und auch der Abt selbst war augenscheinlich zufrieden.

Anselm ging zum Altar und verfasste darauf seine Versprechensurkunde. Er wandte sich dem Chor zu und stimmte mit der hellen, klaren Stimme eines Sechzehnjährigen den Vers an: »Nimm mich auf, Herr, nach deinem Wort, und ich werde leben; lass mich in meiner Hoffnung nicht scheitern.«

Feierlich wiederholte ihn die ganze Gemeinschaft dreimal und fügte das »Ehre sei dem Vater« hinzu.

Anselm lief eine Gänsehaut über den Rücken. In diesem Moment war er in die Gemeinschaft der Zisterziensermönche aufgenommen. Ihm war Benedikts Wort zum Mönchsein bewusst: ›Von diesem Tag an hat er nicht einmal das Verfügungsrecht über seinen eigenen Leib.‹ Und in aller Demut warf er sich den Brüdern zu Füßen, damit sie für ihn beteten.

»Du scheinst sehr ergriffen von der Zeremonie, Bruder Anselm«, sagte Raimund, der es sich nicht nehmen ließ, seinen jungen Freund zur Einkleidung zu begleiten.

»Bruder Anselm – wie sich das anhört«, plapperte der Jüngere begeistert nach.

»Vorsicht, die Demut besiege den Stolz!«, ermahnte ihn der Bursarius.

Anselm senkte das Haupt und schwieg.

»Gott zum Gruße, Brüder«, grüßte der Vestiarius. Der Kleiderverwalter des Klosters taxierte Anselms Größe und Gestalt und nahm einen passenden Habit aus den hölzernen Truhen, die an der Wand aufgereiht standen. Der Jungmönch legte seine Kleidung ab und zog das weiße Untergewand, die Tunika, an. Er warf den schwarzen Schurz, das Skapulier, über und band sich den Stoffgürtel, das Zingulum, um.

Alles passte. Der Vestiarius nickte und erklärte Anselm, dass er dessen abgelegte Kleidung in der Kleiderkammer vorschriftsgemäß aufbewahren werde. ›Sollte er nämlich einmal der Einflüsterung des Teufels nachgeben und das Kloster verlassen, was ferne sei, dann ziehe man ihm die Sachen des Klosters aus und entlasse ihn‹, zitierte er die entsprechende Regel Benedikts.

Entrüstet wollte Anselm etwas erwidern, doch Bursarius Raimund sah ihn streng an und schüttelte kaum merklich den Kopf.

Selbstverständlich nahm Bruder Anselm mit seinen inzwischen 17 Jahren an allen acht Stundengebeten des Tages und in der Nacht sowie an den morgendlichen Versammlungen des Konvents im Kapitelsaal teil. Seine Meinung hatte er noch nie geäußert. Er war anwesend und achtete darauf, wie die einzelnen Herrenmönche zu gewissen Themen standen. Seine Beobachtungsgabe war über die Jahre gewachsen, und stets versuchte er, sich ein genaues Bild von der jeweiligen Situation zu machen.

»Wir geben Dir, mein Sohn, die Zeit, die Du brauchst, um Dich zu orientieren«, hatte ihm Abt Michael vor einiger Zeit zugesagt. Es war der Bursarius Raimund, der ihm im Sommer anno domini 1510 riet, sich ernsthafte Gedanken über seine Aufgabe und Rolle im Kloster zu machen. Während der freien Zeit am Vormittag saßen sie im Auditorium, dem Raum innerhalb der Klausur, in dem die Mönche sprechen und ihren persönlichen Angelegenheiten nachgehen durften.

Der Bruderraum, wie sie den kleinen Saal an der Nordostecke des Kreuzganges auch nannten, war durch die Fenster vom Abtsgarten her gut beleuchtet. Ein Bild des Erlösers gegenüber den Eingangsstufen, die hinunter in den kleinen Gemeinschaftssaal führten, war der einzige Schmuck. Weil einige Brüder zugegen waren, sprach Anselm leise: »Der Abt versprach, mir die nötige Orientierungszeit zu geben.« Doch Raimund gab zu bedenken: »Vergeude nicht deine Zeit, Gutes für die Menschen und das Richtige für dich zu tun, mein Freund.«

»Ich bin jung«, antwortete Anselm.

»Wie du bestimmt weißt, mahnt uns der heilige Benedikt im Kapitel vier seiner Regel: ›Den unberechenbaren Tod täglich vor Augen haben‹«. Das gilt für die Alten, aber ebenso für die Jüngeren unter uns. Aber jetzt wartet Arbeit auf mich«, sagte Raimund und erhob sich von der Bank. Nachdenklich blieb Anselm zurück und schaute in die Runde: In der Tat hatten alle hier und auch alle anderen der über 100 Brüder den ihnen bestimmten Platz im Kloster gefunden. Vor dem Antlitz Christi bekreuzigte er sich und ging hinaus in den Kreuzgang.

Mit wenigen Fingerzeichen bedeutete ihm ein entgegenkommender Mönch, er möge den Novizenmeister aufsuchen, weil der ihm etwas zu sagen hätte. Anselm nahm die Treppe über dem Auditorium und klopfte an. »Tritt ein«, hörte er seinen ehemaligen Lehrer sagen und öffnete die Tür. »Der Habit steht Euch gut, Bruder Anselm von Dürrmenz«, meinte der Alte formell.

»Gott zum Gruße«, antwortete der deutlich Jüngere und senkte den Kopf.

»Ich will es kurz machen«, erklärte der Novizenmeister, »ich habe Euch dem Abt für höhere Aufgaben im Kloster empfohlen.«

Überrascht erwiderte Anselm: »Dafür danke ich Euch in aller Bescheidenheit, aber darf ich erfahren, um welche Aufgaben es sich dabei handelt?«

»Wir haben weiter nichts gesprochen, doch sollt Ihr Euch ins Haus des Abtes begeben. Er will mit Euch reden.«

Anselm verbeugte sich, und nach einem knappen Abschied war er auch schon auf dem Weg ist Abtshaus. Hatte der Klostervorsteher vielleicht etwas Konkretes mit ihm vor?

Zum ersten Mal überhaupt betrat Anselm vom Hof her das Abtshaus im hinteren Teil der Klosteranlage.

»Tritt näher, mein Sohn«, eröffnete der Abt und Anselm küsste seinen Ring als Zeichen klösterlicher Macht. »Und nun erhebe Dich.« Nur kurz sah sich Anselm in dem schmucklosen Amtszimmer um, und der Abt begann: »Wir ließen uns vom Vater Novizenmeister und von unserem Bursarius unterrichten. Beide halten Dich für gehorsam und klug.«

Gesenkten Hauptes stand Anselm vor seinem Herrn.

»Sage mir also, Bruder Anselm von Dürrmenz, hat Gott

dir befohlen, ein klösterliches Amt anzustreben?« Eindringlich musterte der erfahrene Mann den jungen Mönch.

Anselm holte tief Luft, sah seinem Abt in die Augen und antwortete: »In aller Demut nehme ich die Frage an, doch wenn ich frei entscheiden darf …«

»Schweig!«, unterbrach ihn der Abt streng und hob die Hand wie zur Abwehr von unangemessenen Worten. »Der Herr allein entscheidet darüber!«

»Verzeiht, ehrwürdigster Vater.«

»Sage drei Vaterunser, bete aufrichtig in der Stille, dann wird dir deine Anmaßung vergeben werden. – Hm«, rieb sich der Abt das Kinn und hakte ruhig nach: »Also hat Gott dir bislang keinen Weg gewiesen, indem er dich im Inneren eine bestimmte Neigung spüren ließ?«

»Gerne würde ich die Tage betend in der Abgeschiedenheit der Klausur verbringen«, erwiderte Anselm. »Sagt der heilige Benedikt nicht: ›Dass aber Gottes Wille in uns geschehe, darum bitten wir ihn im Gebet.‹«

Der Abt ging nicht darauf ein, und Anselm konnte auch dessen Gesicht keine Reaktion entnehmen. Ohne ein weiteres Wort wurde er aus dem Gespräch entlassen.

Anselm fühlte sich schlecht. Lange betete er im Oratorium, und bei der nächsten Gelegenheit vertraute er sich Bruder Raimund an: »Der Vater Abt war unzufrieden mit mir.« Er erzählte von dem Gespräch und dass er nicht wisse, ob der Abt etwas mit ihm vorhätte. »Ich riet dir, deine Zeit nicht zu vergeuden, doch wenn Gott noch nicht zu dir gesprochen hat, so ist es wohl richtig, in Demut zu beten und abzuwarten.«

Dieser Ratschlag gefiel Anselm.

Fortan sah man den jungen Mönch viel beten, und oft im Lesegang. So nannten die Mönche den südlichen Kreuzgang, weil sie hier auf langen Bankreihen am Vormittag lesen und den abendlichen Gemeinschaftslesungen lauschen konnten. Wann immer er die Gelegenheit dazu hatte, ließ sich Anselm ein Buch aus dem Armarium aushändigen; meist Erbauungsliteratur. Es war die Zeit, als er die Schriften des heiligen Bernhard für sich entdeckte. Anselm wusste, dass er im zwölften Jahrhundert, in der Frühzeit des Zisterzienserordens, das Kloster Clairveaux gegründet hatte, das sich unter seiner gottgewollten Führung rasch zu einem seiner bedeutendsten entwickelte. Er vertiefte sich in Bücher wie ›De diligendo deo‹, »Von der Liebe zu Gott«, und in die Marienpredigten. Im heißen Sommer und im eisigen Winter, wenn die anderen Mönche versuchten, in der einzigen Wärmestube des Klosters die Kälte aus ihren Knochen zu bringen, saß Anselm im Lesegang.

Sogar Bruder Raimund, der von Amts wegen weniger im Kreuzgang zu finden war, fiel auf, wie der junge Mönch Buch um Buch verschlang. So gab er ihm eines Tages Zeichen, ihn ins Auditorium zu begleiten. »Anselm, mir blieb deine Liebe zu Büchern nicht verborgen. Doch in der Klosterbibliothek scheinst du dich nicht aufzuhalten.«

»Bruder Raimund«, erklärte Anselm, »ich habe wenig Lust, mich in Räume zu begeben, deren Wände und Decken bemalt sind. Außerdem hörte ich, dass der Bibliothecarius dort mit den anderen ungeniert spricht.«

»Und?«

»Die figürliche Ausgestaltung von Flächen, Portalen oder Kapitellen lenkt uns laut Bernhard von Clairvaux vom Gebet und der inneren Einkehr ab«, dozierte Anselm. Raimund konnte diese Ansicht nicht teilen, doch Anselm blieb dabei und ergänzte: »Wie diesen Bildnissen kann ich auch dem Sprechen innerhalb der Klausur nichts abgewinnen.«

Raimund hob die Brauen und schüttelte tadelnd den Kopf. Er fand auch die strenge Einhaltung dieser Ordensregel für überholt.

Anselm ließ nicht locker: »Bereits Benedikt sprach sich für Schweigsamkeit aus, ich habe die charta caritatis, die Heiligen Regeln unseres Ordens zum Schweigegelübde, gründlich studiert, und der heilige Bernhard von Clairvaux sagt: ›Aus dem Schweigen kommt alle Kraft!‹«

»Junge!«, unterbrach ihn Raimund und merkte selbst, dass er etwas zu streng klang. »Als Zisterziensermönche weihen wir unser Leben der Suche nach Gott. Wir tun nichts, was gegen seine Gebote oder gegen seinen Willen verstößt.« Erwartungsvoll blickte Anselm den Älteren an. »Aber du, du gelehriger Schüler«, fuhr er fort, »scheinst mir manchmal etwas zu streng in der Auslegung der Regeln.«

Anselm war irritiert.

»Höre«, führte sein Gegenüber weiter aus, »wir schweigen beim Gebet, wir schweigen in der Kirche, im Kreuzgang und beim gemeinsamen Essen im Refektorium. Ja sogar abends und in der Nacht im Dormitorium kommt kein Wort über unsere Lippen. Aber!« Er machte eine Pause und hob den Zeigefinger: »Ist es nicht beispielsweise wichtig, dass die Brüder jeden Morgen bei Sonnenaufgang ihre Weisungen für die Tagesarbeit empfangen? Wie viel schwieriger wäre es, die Arbeiten ohne zu sprechen einzuteilen?«

»Bedenke«, schloss Raimund, »dass die Ansichten des Bernhard vierhundert Jahre alt sind, die des Benedikt gar tausend!« Deshalb seien sie nicht mehr zeitgemäß, erklärte er. Man lebte schließlich im 16. Jahrhundert nach der Geburt Christi.

»Ich werde darüber nachdenken, Bruder Raimund«, antwortete Anselm und beendete damit das Gespräch. Ein wenig altklug, wie Raimund fand, aber er kannte ja seinen jungen Freund.

»Gott zum Gruße, schön, dass Ihr gekommen seid«, freute sich der Bibliothecarius, den Bursarius und seinen Begleiter zu sehen.

»Sollte der Bruder besser schweigen statt uns zu begrüßen?«, feixte Bruder Raimund in Richtung Anselm. »Ich bringe Euch einen echten Bücherwurm«, fuhr der Geldverwalter betont jovial fort, »einen jungen Mann, der alles liest und studiert, was er in die Finger bekommt.«

»Wenn das Geschriebene denn gottgefällig ist und nicht gegen unsere Ordensregeln verstößt«, kommentierte Anselm trocken.

Verschwörerisch sahen sich der Bursarius und der Bibliothecarius an. Dann fragte der Herr der klösterlichen Bibliothek: »Bruder Anselm, hättet Ihr nicht Lust, ein paar besondere Werke zu sehen?« Anselm nickte.

Der Bursarius verabschiedete sich, und der Bibliothecarius führte seinen Besucher zu einem kleineren Raum des Bibliotheksbereichs. Herrliche Bücher lagen hier aufgestapelt nach Größe, ein Buchrücken war prächtiger als der andere. Fast liebevoll strich der Bibliothecarius im Vorübergehen über zwei Lederbände, die ihm offenbar besonders am Herzen lagen. Vor einem schmalen Regal blieb er stehen. Auf den ersten Blick konnte Anselm nicht erkennen, welche Gemeinsamkeiten diese Bücher auf dem Stapel aufwiesen.

Der Bibliotheksleiter deutete auf das unterste Buch und las den Titel: »Antipalus maleficiorum, Gegner der Hexereien. Geschrieben von Johannes Trithemius dem Zauberer-Abt, der die Benediktinerabtei Sponheim führt. De occulta philosophia, die geheime Philosophie von Henricus Cornelius Agrippa, dem Theologen und hochverehrten Doktor der Juristerei und Medizin aus Nettesheim.«

Anselm war überrascht von solchen Büchern in der klösterlichen Sammlung. Es sollte noch besser kommen.

»Das hier ist das Opus maius, eine wertvolle Handschrift, die der englische Franziskanermönch Roger Bacon vor Jahrhunderten verfasste. Sie enthält Kapitel über Mathematik und Optik«, erklärte der Bibliothekar. Er zögerte. Anselm schien es, als überlege er, ob er weitersprechen sollte. Dann ergänzte er: »... Und über Alchemie und Schwarzpulver, das man für Büchsen und Kanonen verwendet.«

Mit offenem Mund stand Anselm da, als er zwei Werke des erhabenen Kirchenvaters Albertus Magnus zu Gesicht bekam: ›De mineralibus‹, über Minerale, das sich nach Worten des Bibliothecarius mit Alchemie und der Herstellung von Gold befasste. Dann ›De mirabilius mundi‹, in dem es unter anderem um das Thema Schwarzpulver ging.

Philosophie? Alchemie? Schießpulver? Anselm war mehr als verwundert, dass es in der Klosterbibliothek Bücher zu diesen Themen gab, die manchem Ordensmann als Ketzerei galten. Hatte doch Papst Johannes XXII. ein Verdikt gegen die Alchemie erlassen, weshalb Roger Bacon sogar eingesperrt wurde.

Dem Bibliothecarius bereitete es offensichtlich Vergnügen, den jungen Mann sprachlos zu sehen. Natürlich begriff Anselm, dass Bruder Raimund und auch der Bibliothecarius ihm aufzeigen wollten, wie viel anderes mehr es in der Welt gab als die Worte von Benedikt und Bernhard.

»Höre«, sagte Bruder Raimund bei einer anderen Gelegenheit, was Bernhard von Clairvaux auch sagte: »›Glaube mir, ich habe es erfahren, du wirst ein Mehreres in den Wäldern finden als in den Büchern; Bäume und Steine werden dich lehren, was kein Lehrmeister dir zu hören gibt.‹ So soll auch die Natur unser Lehrmeister sein!«

Doch wie schon als Kind und Novize schwärmte Anselm in erster Linie vom zisterziensischen Ideal des ora et labora. Er wollte beten und arbeiten. Doch so viel hatte der Kontakt mit der Bibliothek und den Büchern immerhin gebracht: Bruder Anselm von Dürrmenz-Lomersheim, wie er sich mittlerweile selbst nannte, wollte im Scriptorium arbeiten, dessen Leitung auch dem Bibliothecarius oblag.

Der führte Anselm in den Schreibsaal, der sich direkt östlich an den Kreuzgang anschloss. Der Raum war lang und schmal, er zählte auf der Südseite fünf breite Maßwerkfenster, durch die üppiges Tageslicht hereinfiel. Dazwischen gab es ein Portal hinaus in den Obstgarten. Entlang der Südwand reihten sich die Stehpulte der Schreiber, die hier Handschriften anfertigten. Für Anselm war es der perfekt geschnittene und belichtete Saal, um zu arbeiten.

Mit großer Hingabe kopierte er geistliche Bücher und war dank seines Talents bald der beste Schreiber im Kloster Maulbronn. Tagaus, tagein, und bisweilen auch in der Nacht bei Mond- und Kerzenlicht stand er am Schreibpult. Mit der Zeit kolorierte Anselm die Handbücher auch besser als jeder andere.

Es schien, als hätte er seine Berufung gefunden.

Kapitel 6

Kloster Maulbronn, anno domini 1512

Anselm war dabei gewesen, als der Konvent seinen neuen Vorsteher wählte: Abt Johann Entenfuß aus Unteröwisheim, wo das Kloster eine bedeutende Außenstelle betrieb. Er mochte fünfzig Jahre alt sein und war von kräftiger Statur; mit ebenmäßigem Gesicht samt einer überraschend glatten Stirn. Zwar war das Haar um seine Tonsur schon etwas angegraut, doch nichts entging seinen wachen, klaren Augen.

Während sein Vorgänger in seiner Amtszeit lediglich die Schäden hatte ausbessern lassen, die bei dem Angriff auf das Kloster entstanden waren, nahm sich Abt Entenfuß Großes vor. »Hört mich an«, sprach er, »ich gedenke, einige bauliche Änderungen in unserem ehrwürdigen Kloster vorzunehmen.« Die Konventualen im Kapitelsaal merkten auf. »Über dem Laienrefektorium werde ich für uns ein beheizbares Winterrefektorium bauen, und über dem Scriptorium zwischen Kreuzgang und Abtshaus wird ein neues Geschoss errichtet – zur Erweiterung unserer großartigen Klosterbibliothek. Anselm war so begeistert von den Plänen, dass er die skeptischen Blicke anderer Mönche gar nicht wahrnahm. Der Abt erläuterte, wo er hier und da neue Portale durch die Mauern brechen lassen und Treppentürme hochziehen werde. Keiner der Brüder äußerte sich. Ihr Hirte kam zum letzten Punkt. Er gedachte, sein Wohnhaus östlich der Klausur mit einer Empfangshalle und einem weitläufigen Gästetrakt auszustatten. »Das großartige Maulbronn muss hohe geistliche und weltliche Herren künftig angemessen empfangen, bewirten und standesgemäß beherbergen«, rief Johann Entenfuß. Dafür sei auch ein Küchenanbau auf der Nordseite des Gebäudes notwendig, und darüber hinaus brauche er eine größere Amtsstube sowie weitere Räume für mehr Personal. Anselm war erstaunt, andere Brüder schauten sich wenig begeistert an.

Der erfahrene Abt witterte die ablehnende Stimmung und warf das in die Waagschale, was er sich für diese Reaktion des Konvents zurechtgelegt hatte. »Meine verehrten Brüder, ich habe Euch eine weitere große Neuigkeit zu verkünden.« Er genoss die volle Aufmerksamkeit, als er fortfuhr: »In meiner Amtszeit werden wir gemeinsam darüber nachdenken, was es in unserer klösterlichen Gemeinschaft zu verbessern gibt. Ich denke daran, manche überkommene, strenge Auslegung der Regeln zu lockern. Sollen wir wirklich jede freie Minute zwischen den Gottesdiensten verplanen?«, fragte er in die Runde. »Kann ein gemeinsames, konstruktives Gespräch uns manchmal nicht weiterbringen als das Schweigen? Müssen wir die Wünsche und Bedürfnisse unserer Brüder nicht vielleicht ernster nehmen und ihnen bisweilen erlauben, eigenen Ideen nachzugehen?«

Anselm traute seinen Ohren nicht. Prompt fing er den Blick von Bruder Raimund auf, der schwer zu deuten war. Im Kapitelsaal erhob sich ein Murmeln. Eine Ungeheuerlichkeit. Doch Abt Johann Entenfuß ließ es geschehen.

Bald darauf begannen am Abtshaus die Bauarbeiten. Bekannte französische Steinmetze machten sich ans Werk, die Pläne des Abtes gegen gute Bezahlung in die Tat umzusetzen. Sie begannen damit, an der Nordfassade im zweiten Obergeschoss einen polygonalen Erker anzubauen. Sein filigranes Netzgewölbe erhielt einen prächtigen Gewölbeschlussstein mit dem Wappen des Abtes Entenfuß.

In den Zeiten zwischen den Stundengebeten sah man Brüder, die alleine oder in kleinen Gruppen außerhalb der Klausur den Fortgang der Arbeiten verfolgten. Es machten Gerüchte die Runde, wonach einer der Brüder die Erlaubnis des Abtes bekam, seine Familie draußen zu besuchen und anderen tatsächlich erlaubt wurde, in ihrer Schlafzelle eine Lieblingsspeise zu sich zu nehmen!

Anselm stand weiterhin am liebsten an seinem Stehpult im Scriptorium und kopierte Bücher. Lediglich wenn er eintrat und an dem Wendeltreppenturm am Eingang vorbeiging, empfand er ein seltsames Unbehagen. Es war so deutlich, dass er andere fragte, ob sie es auch spürten. Doch er war der Einzige. Auch Raimund winkte ab, als Anselm ihn darauf ansprach. »Was für ein Spuk dich da wohl erfasst«, antwortete er nur. Dann fragte er seinen jungen Freund, ob er Lust hätte, ihn zu begleiten. Als Bursarius wolle er sich über Fortgang und Umfang der Arbeiten im Abtshaus informieren. Schließlich hatte er die fremden Steinmetze und anderen Arbeitskräfte zu bezahlen. Sie verließen den Schreibsaal durch die Pforte an der Nordostecke und erreichten die Baustelle über einen offenen Säulengang. Das Gebäude war ursprünglich als Infirmerie, die Kranken- und Altenstation des Klosters, errichtet worden. Doch seit Langem schon pflegten der Siechenmeister und seine Gehilfen die Kranken in einem neueren Gebäude an der Ostummauerung.

Die Umbauarbeiten im Inneren des Abtshauses waren in vollem Gange. Anselm machte große Augen. So etwas hatte er noch nie gesehen. Zwischen Baugerüsten, Flaschenzügen, Holzrutschen und einzelnen Materialbergen werkelten die Handwerker. Trotz des scheinbar wilden Durcheinanders konnte man die imposante Raumwirkung des werdenden Empfangs- und Speisesaales im Erdgeschoss bereits erspüren. Offenbar hatten die Arbeiter Wände herausgenommen und das Obergeschoss mit geschickten baulichen Veränderungen neu abgefangen. Bruder Raimund schien ebenfalls beeindruckt. Doch während sich Anselm fragte, wie um alles in der Welt ein so mächtiges Gebäude auf sechs einzelnen Sandsteinsäulen ruhen konnte, dachte der verantwortliche Geldverwalter eher daran, welche Kosten dieses Bauwerk insgesamt verschlingen würde. Die Obergeschosse sollten mit aufwändigen Erkern und Galerien nach Süden in den Abtsgarten hinein erweitert werden und ein Dutzend große, lichtdurchflutete Gästezimmer bekommen. Überall wollte Abt Entenfuß großartige Tonfliesenböden, Wandvertäfelungen und bemalte Holzdecken. In seinem Hause durfte es den Gästen an nichts mangeln.

Plötzlich stand der Abt höchstpersönlich vor ihnen. Er streckte seinem Untergebenen die Hand entgegen, und unter einer tiefen Verbeugung küsste Bruder Raimund den Ring. Ehrerbietend trat Anselm einen Schritt zurück und senkte den Blick.

Für ihn war Abt Johann Entenfuß neben Bruder Raimund das zweite große Vorbild; wenngleich er sich neben diesem Mann eigentlich viel zu klein vorkam, als dass er ihm hätte wirklich nacheifern können. Als Stellvertreter Christi in dem Zisterzienserkloster war der Abt für den jungen Mönch unantastbar – und unerreichbar! Ein ehrenhafter Abt, wie Anselm fand, ein Mann von großer Weisheit, der das Kloster mit gütiger Strenge leitete.

Das Unglaubliche geschah: »Du bist wohl der junge Bruder, den sie im Scriptorium den Begabtesten und Geschicktesten von allen nennen«, wandte sich Abt Entenfuß direkt an Anselm. Der fühlte sich großartig und konnte Freude und Stolz kaum verbergen. »Nun ja«, sagte der Abt, »Hochmut kommt bekanntlich vor dem Fall, und Stolz gilt uns nicht als Tugend.«

Beschämt nickte Anselm. »Prächtig sollen deine kolorierten Handschriften sein«, schloss der Abt anerkennend, »und damit sicherlich ausgesprochen wertvoll. Anders als diese neuartigen Bücher aus den Pressen der Drucker.«

Anselm fragte sich, warum der Abt neben der Schönheit der Bücher auch ihren materiellen Wert ansprach. Er ging nicht davon aus, dass man im Kloster daran dachte, eigene Handschriften zu verkaufen.

Der Abt fragte den Bursarius nach seiner Meinung zum Umbau. »Ehrwürdiger Abt«, meinte Bruder Raimund, »vor allem die französischen Steinmetze und auch die Zimmerer und Schreiner scheinen wahre Meister ihres Fachs zu sein.«

»Aber …?«, fragte der Abt dazwischen. »Es steht mir ferne, meinem Hirten gegenüber ein ›Aber‹ zu äußern«, versuchte sich der Bursarius in Diplomatie, »mir stellt sich lediglich die Frage nach den Kosten des Umbaus und den weiteren von Euch geplanten, wünschenswerten Baumaßnahmen.«

»Hm, solltet Ihr etwa doch zweifeln?«, entgegnete der Abt – und fügte in strengem Ton an: »Besucht mich in meinem Amtszimmer. Ich werde nach Euch schicken.«

Der Abt war weg, und plötzlich begann es mächtig zu stauben auf der Baustelle. Anselm und sein Begleiter suchten das Weite. Mit ernster Miene stapfte der Bursarius vor ihm her zurück ins Scriptorium, wo er sich knapp verabschiedete. In Anselms Augen wirkte er betroffen.

Bei ihrem nächsten Treffen erlebte Anselm seinen Freund deutlich besser gelaunt. Er stand während einer Schreibpause im kühlen Kreuzgang und Raimund war lautlos zu ihm getreten. Der Bursarius lud ihn zu einem Spaziergang ein. Schweigend verließen sie die Klausur durch die westliche Pforte. Mit einem herzlichen »Gott zum Gruße, junger Freund«, begrüßte Raimund von Hagenau den jüngeren Mönch, als sie ins Freie traten. »Gott zum Gruße«, antwortete Anselm. Sie blinzelten ins helle Sonnenlicht. In den Bäumen auf dem großen Platz vor der Kirche zwitscherten Buchfinken und Kohlmeisen wärmeren Tagen entgegen. »Wird Zeit, dass du endlich einmal wieder aus dem dunklen Gemäuer herauskommst«, meinte Bruder Raimund. Sie überquerten die beiden Klosterhöfe und passierten dabei die inneren Verteidigungsanlagen und erreichten den Torturm. Auf eine Geste Raimunds hin kam der Bruder Pförtner aus seiner Stube und öffnete die Mannpforte in dem schweren Eichentor. Anerkennend nickte er Anselm von Dürrmenz zu. Aus dem schmächtigen Bauernjungen war ein ansehnlicher Mönch geworden.

Kurz zögerte Anselm. »Du denkst an damals?«, fragte Bruder Raimund.

»Ja, für einen Moment sah ich, wie mich der Bauer als Kind in die Obhut des Klosters gab. Meine Mutter war tot.«

»Macht es dich traurig?«

»Nein«, Anselm schüttelte den Kopf. »Ich hege keinen Groll gegen irgendjemanden. Das Kloster ist meine Heimat, und die Gemeinschaft der Brüder ist meine Familie.«

Als sie über die Zugbrücke gingen, fiel hinter ihnen die Tür ins Schloss. Wenngleich Anselm eher mager und ein wenig schlaksig war, fiel es ihm nicht schwer, mit den langen Schritten des groß gewachsenen Bruders Raimund Schritt zu halten. Sie erreichten den gepflasterten Hohlweg, der hinter der Nordmauer den steilen Klosterweinberg hinaufführte. Der Weinbau sicherte die Eigenversorgung der Abtei und sorgte für gute Einnahmen. Auf halber Höhe angekommen, ließen sich die beiden auf einer groben Holzbank nieder. Von hier oben hatten sie einen ausgezeichneten Überblick. Den größten Gebäudekomplex bildete die Klausur mit Kirche, Kreuzgang und den Gebäuden für das mönchische Leben. Sie war das Herzstück des Klosters. Anselm deutete auf den großen Sandsteinbau mit den vielen Fenstern und Dachgauben. »Ist der Fruchtkasten in allen Klöstern so riesig?«, fragte er. Anselm kannte ja keine anderen Klöster und genau genommen war er noch nicht einmal außerhalb der Sichtweite des Glockenturms unterwegs gewesen.

Raimund hob die Augenbrauen und verneinte: »Nicht in allen Klöstern sind die Erntespeicher so groß. Über die Jahrhunderte hat unser Kloster seinen Besitz unglaublich vermehrt, sodass wir heute eine große Anzahl an Dörfern, Höfen und sonstigen Gütern besitzen. Ein Heer von Leibeigenen liefert seine jährlichen Abgaben und Frondienste an ihre klösterliche Großgrundherrschaft Maulbronn.«

»Ich bewundere unseren Abt«, warf Anselm ein. »Sieh nur die Tatkraft, die er mit Gottes Hilfe an den Tag legt! Wie das Kloster unter seinen gesegneten Händen zu einem wunderbaren Ort der Verehrung unseres Herrn im Himmel wird!«

Gerne hätte ihm Bruder Raimund zugestimmt. Doch insgeheim machte er sich doch Sorgen. Zwar stimmte er denen keinesfalls zu, die Abt Entenfuß hinter vorgehaltener Hand der Bauwut, gar der Verschwendungssucht bezichtigten. Soweit würde er keinesfalls gehen. Doch wusste er am besten, dass die Vermögenswerte des Klosters seit Jahren schrumpften. Das lag an den geringeren Einnahmen als Folge der Zerstörungen durch den württembergischen Herzog Ulrich und an den ständig wiederkehrenden Missernten durch schlechte Sommer und heftige Unwetter.

Raimund wechselte das Thema: »Es freut mich zu sehen, Anselm, dass dir Gebet und Arbeit offensichtlich innere Ruhe und Sicherheit geben. Du scheinst zu dir gefunden zu haben.«

»Ja, ich empfinde große Zufriedenheit mit meinem Leben und Tun – und auf der Suche nach Gott, die unser aller Ziel ist.«

»So ist es recht«, bestätigte Raimund, »doch lass dir auch

dies sagen: Wir leben nicht nur in Kontemplation und klösterlicher Abgeschiedenheit. Unsere Abtei und der Abt selbst sind nicht ohne Macht und Aufgaben im kirchlichen wie im weltlichen Leben.«

Der Mönch kniff die Augen zusammen. Wie aufs Stichwort bewegte sich unten eine Gruppe von Reitern, gefolgt von einer herrschaftlichen Kutsche, durchs Kloster in Richtung Abtshaus. Eskortiert wurden sie von mehreren bewaffneten Landsknechten. »Wer das wohl ist«, fragte sich Raimund laut und erhob sich zum Gehen.

Fast wäre Anselm die Schreibfeder aus der Hand gefallen, als in der hinteren Ecke des Scriptoriums die schwere Holztür aufflog. Johann Entenfuß von Unteröwisheim kam mit solchem Schwung durch den Steinbogen, dass die Schreiber an den Pulten unwillkürlich einen Schritt zurückwichen. Die energische Persönlichkeit des Abtes füllte den Raum.

Im Schlepptau hatte er eine Handvoll Männer, deren Kleidung sie als wichtige weltliche Herren auswies. Anselm erkannte die Reiter vom Vormittag, und der groß gewachsene, edel gekleidete Herr neben dem Abt musste in der Kutsche gesessen haben. Er konnte sich keinen Reim darauf machen, was hier vor sich ging.

Fuchsteufelswild fuchtelte der sonst so besonnene Klostervorsteher mit den Armen und kam ohne Umschweife zur Sache: »Seht euch das an, ihr Herren!«, rief er. »Das herzogliche Wappen, das der Landesherr Ulrich von Württemberg anbringen ließ, ist größer als unsere geliebte Muttergottes!« Empört deutete er auf das württembergische Machtsymbol an der Ostwand unterhalb einer Bemalung. Sie zeigte Maria in blauem Kleid, das Jesuskind auf dem Arm, die angebetet wurde von den Heiligen Benedikt und Bernhard. Das Arbeiten zu Füßen Mariens und der beiden wichtigsten Mönche des Ordens empfand Anselm als Geschenk. Das Wappenbild der Württemberger war für ihn untergeordnet.

Der Lange, Gutgekleidete ergriff das Wort: »So beruhigt Euch doch, Vater Abt. Als Anführer der kaiserlichen Gesandtschaft versichere ich Euch, dass Kaiser Maximilian Eure Abtei als reichsfreies Kloster betrachtet, das ihm in persona unterstellt ist.«

Abt Entenfuß wollte sich nicht beruhigen. »Was redet Ihr da?«, rief er, im Ton deutlich zu barsch gegenüber dem hohen Herrn. »Nach dem Überfall gab Euer Kaiser unser Kloster mit all seinen Besitzungen an Herzog Ulrich. Just an jenen Herrn also, der es gewagt hatte, unsere geweihten Mauern mit Kanonen zu beschießen, unsere Abtei zu plündern und unsere Dörfer niederzubrennen!« Der Abt rang nach Luft. Er reckte die Hände gen Himmel: »Ein Frevel vor dem Herrn!« Sein Gesicht rötete sich. »Ihr müsstet doch am besten wissen, dass der Kaiser dem Kloster befahl, sich unter den weltlichen Schutz des schwäbischen Raufbolds Ulrich zu stellen! Das Zisterzienserkloster Maulbronn – ein landsässiges württembergisches Kloster …!« Diesen letzten Satz schrie der empörte Abt geradezu heraus.

Das Kloster lag in stiller Mittagsruhe. Der Abt tobte.

Anselm wusste nicht, woher Bruder Raimund so plötzlich gekommen war. Der Bursarius verfolgte den Disput. Ihm war von Anfang an klar gewesen, dass dieser Zisterzienserabt Entenfuß ein großes Machtbewusstsein besaß. Statt sich auf seine internen klösterlichen Aufgaben zu beschränken, wollte er mitspielen im Spiel der Großen. Stets maß er sich mit den Mächtigen – und gedachte auch in diesem Fall die Geschicke des Klosters zu bestimmen und dessen Schutz in die eigenen Hände zu nehmen.

»Zu sehr mischt sich dieser Ulrich in unsere Ordensangelegenheiten ein«, wetterte der Abt weiter, »gar hat er die

Wahl meines unfähigen Vorgängers erpresst, indem er damit drohte, das Kloster in Schutt und Asche zu legen.«

Die Gäste schienen nun doch erstaunt.

»Dabei wäre es besser, Ulrich würde in seinem Herzogtum für Ruhe und Ordnung sorgen«, fügte der Abt spitz an.

Der Wortführer der Gesandtschaft merkte auf. »Denkt Ihr, es stünde Euch zu, über des Herzogs Tun zu urteilen?«, fragte er streng. Dennoch hakte er nach: »Sagt, Herr Abt, wie meint Ihr das?«

Johann Entenfuß reckte den Hals und erläuterte: »Ihr Herren kommt von weit her vom Hofe des Kaisers. So lasst Euch versichern, dass es in den Dörfern und Städten hierzulande rumort. Bauern, Bürger und der Adel in Württemberg murren über den Herzog und seine Ministerialen.« Nach einer kurzen Pause fügte er bedeutungsschwer an: »Ich sage, Aufruhr droht!«

Anselm warf Raimund einen fragenden Blick zu. Der hatte Ähnliches bereits vom Cellerar gehört, der häufig auf Reisen außerhalb des Klosters unterwegs war.

So konnte der weltoffene Bursarius Raimund von Hagenau, der einem weitverzweigten Händlergeschlecht entstammte, seine Augen nicht vor der Realität verschließen. Während viele hier in ihrer eigenen kleinen Welt lebten, braute sich außerhalb der Klostermauern erneut etwas zusammen. Etwas Unheilvolles, das letztendlich auch das Kloster Maulbronn treffen oder gar sein Ende bedeuten konnte.

Bei der nächsten Versammlung im Kapitelsaal sprach der Abt Klartext. »Wir befinden uns im Jahr des Herrn 1514, und die Menschen drohen, die gottgewollte Ordnung zu stören. Der Herr ist es, der die Gesellschaft in Bauern, Adlige und Geistliche einteilte, sodass jeder sich auf seinem Platz befinde. Doch das Volk will sich gegen den Adel erheben und unsere Klöster stürmen! Und es steht zu befürchten, dass die von

Ulrich einst geschlagenen Pfälzer die Gunst der Stunde nutzen und unser Kloster zurückerobern wollen.«

»Was sollen wir tun, Vater Abt?«, fragte sein Stellvertreter, der Prior.

»Wir werden das Kloster wehrhafter gestalten. Weitere Mauern und Türme errichten und vor den Toren Abwehrbollwerke bauen. Oben beim Eselstor, wo früher der Trutzbund stand, und an anderen strategisch wichtigen Punkten.«

Der Abt spricht wie ein Kriegsherr, dachte Anselm. Der Bursarius sorgte sich erneut um die Kosten.

Anselm spürte die Anspannung, die seither über dem Kloster lag. In der trüben Stimmung fragte er sich, ob die ganzen Geschehnisse vielleicht zusammenhingen. Strafte nicht Gott selbst die Menschen mit dem Schwarzen Tod? Hatte nicht ein gewisser Stöfler just für dieses Jahr des Herrn 1514 eine zweite, alles verschlingende Sintflut vorausgesagt? Und verkündeten nicht die Wandermönche die Apokalypse mit dem Jüngsten Gericht? Er suchte Raimund auf. Der Bursarius empfing ihn freundlich und lud ihn auf ein Glas Wein ein. Was für ein Luxusleben, dachte Anselm. War so ein Treffen im Sinne des Ordens und des Herrn?

Im selben Moment streckte ein Gehilfe Raimunds den Kopf herein und kündigte den Besuch des Cellerars an. Ingbert von Speyer, der Kellermeister des Klosters, kam zum Herrn der klösterlichen Finanzen.

»Gott zum Gruße, Bruder Raimund«, sagte er und hoffte wohl auf ein vertrauliches Gespräch. Freundlich grüßte Raimund zurück und fragte, ob Anselm bleiben könne. Er war gespannt, was der Cellerar von ihm wollte.

Der nickte nur und begann: »Ich war einige Zeit in unserem Stadthof in Speyer und an den Rheinhäfen unterwegs. Jetzt höre ich, dass viel geredet wird, und unsere Brudergemeinschaft recht uneins ist.«

»Ah«, meinte Raimund, »es hat sich auch bei den Laienbrüdern bereits herumgesprochen?«

»In der Tat. Also bitte, berichte«, forderte Ingbert ihn auf.

Der Bursarius berichtete, dass Abt Entenfuß neuerliche Bauvorhaben zum Schutz des Klosters vor äußeren Gefahren angekündigt hatte.

»Damit wird mir einiges klar«, meinte Bruder Ingbert und rieb sich das Kinn.

Der Cellerar und der Bursarius waren sich einig darin, dass der Abt, dem manche inzwischen offen Prunksucht und Machthunger vorwarfen, die Finanzen des Klosters in ernste Schwierigkeiten bringen könnte.

Als Anselm an diesem Abend in seiner Mönchszelle saß, überkamen ihn Zweifel. Einerseits waren Zisterzienser zur Einfachheit und Schlichtheit verpflichtet. Glatte Mauern waren jeglichem Zierrat, der doch nur Blendwerk war, vorzuziehen. Doch schien der ehrwürdige Abt gewillt, sein Abtshaus und weitere Bereiche des Klosters ungehörig zu schmücken! Einerseits sagte die Regel doch: »Der Abt, der würdig ist, einem Kloster vorzustehen […] vertritt im Kloster die Stelle Christi.« Auch er selbst hatte bei seiner Profess bedingungslosen Gehorsam gelobt. Andererseits hinterfragten ausgerechnet Frater Raimund und Frater Ingbert, die höchsten Amtsträger und Getreuesten des Abtes, dessen Entscheidungen. Wie konnte das alles sein?

Als die Mönche eines Tages die Abendkirche verließen und dem Dormitorium zustrebten, geschah es: An der Westpforte der Klausur zeterte plötzlich jemand mit dem Pförtner! »Lasst mich durch, Bruder!«, schrie er und wollte sich ungebührlichen Zugang verschaffen. Erstaunt blieben die Laienmönche stehen und erkannten ihren Bruder, der soeben aus dem nahen Markgröningen zurückgekehrt war. Mit staubiger Kutte stand er da, ruderte mit den Armen und ignorierte jegliche Anstandsregeln, als er rief: »Vater Abt, ich muss Euch etwas berichten.« Augenblicklich war es still in dem dunklen Kreuzgang. Gemessenen Schrittes näherte sich Abt Johann, es folgten dichtauf der Bursarius Raimund von Hagenau und Ingbert von Speyer. Alle drei hatten die Hände in den Ärmeln vergraben, und die Autorität des Johann Entenfuß von Öwisheim schüchterte nicht nur den Krawallmacher ein.

Mit einem strafenden Blick fragte er: »Nenne mir den Grund für dein unerhörtes Auftreten!« Der Laienbruder blickte zu Boden, faltete die Hände, und seine Stimme zitterte: »In der Stadtkirche zu Markgröningen ... der Pfarrer ... er predigte ... und weil er ...«

»Was ist das für ein leeres Gestammel!«, fuhr der Abt dazwischen, und nicht nur der Angesprochene zuckte zusammen. »Sag uns klar und deutlich, was geschehen ist.«

»Ehrwürdigster Vater Abt«, hob der Bedauernswerte erneut an, »Folgendes geschah: Der Stadtpfarrer, Reinhard Gaißlin aus Tübingen, wetterte von der Kanzel herab gegen eine geplante Steuerumlage für die gemeinen Leute. Er sprach von einer großen Ungerechtigkeit.«

»Und dann?«

»Seine Sonntagspredigt war dermaßen hitzig, ja aufrührerisch, dass sich danach im Kirchgarten und in der Stadt viel niederes Volk zusammenrottete. Sie schrien, und sie drohten der Obrigkeit!«

Der Bote des Unheils streckte seine gefalteten Hände in die Höhe und fiel mit gesenktem Haupt vor dem Abt auf die Knie.

Anselm war zutiefst erschrocken. Ohne dass er die Zusammenhänge genau verstand, wusste er doch, dass sich dort in der nahen Stadt etwas Schlimmes, etwas Bedrohliches ereignete. Er spürte die Bestürzung der Mönche.

Allein der Abt, er gab sich ruhig und gefasst. »Meine Brüder«, sprach er, »lasst uns in Ruhe über die Angelegenheit nachdenken. Für den Moment sage ich Euch nur dies: Wir sollten auf die Wut der Bauern und Tagelöhner vorbereitet sein. Denkt an meinen Vorschlag, den ich Euch in weiser Voraussicht unterbreitete, die Verteidigungsbastion auszubauen.«

»Erlaubt mir, Herr Abt, etwas anzufügen«, mischte sich der Bruder Cellerar ein. »Wir sollten verhindern, dass das Böse die Bediensteten unseres Klosters erreicht. Auch auf unseren Wirtschaftshöfen und Dörfern leben viele Leibeigene.« Der Cellerar befehligte die Laienbrüder und alle anderen, die für das Kloster arbeiteten, und war häufig draußen im Land unterwegs. So überwachte er die zahlreichen Grangien, die Wirtschaftshöfe, außerhalb und beaufsichtigte die mächtigen Pfleghöfe, die Maulbronn in Speyer und anderen Städten als Wirtschafts-Dependancen unterhielt.

Anselm traf den Blick seines väterlichen Freundes Bruder Raimund. Der war still. Wenngleich er über die Finanzen des Klosters wachte, hatte er Verständnis für die Lage der Bauern. Eine weitere Steuerlast für die Armen und Ärmsten? Er fragte sich, warum es besser sein sollte, Mauern gegen diese Menschen zu errichten, statt ihnen aus ihrer Not zu helfen. Der junge Novize konnte die Miene des in sich gekehrten Mönches nicht deuten.

Nur wenige Wochen nach Ostern, der Konvent der Herrenmönche hatte sich nach der Morgenmesse im Kapitelsaal zur Frühversammlung eingefunden, eröffnete der Abt mit ernstem Gesicht: »Brüder, ich habe einen Brief erhalten. Es schrieb mir mein Abtskollege aus dem Kloster Bebenhausen bei Tübingen.« Johann Entenfuß zog das Schriftstück aus seiner Kutte und begann zu lesen:

»Von Abt Johann an den Abt Johann Entenfuß von Öwisheim im Kloster zu Maulbronn.
Bebenhausen, 5. Mai anno domini 1514.

Lieber Abt!
Ich schreibe Euch diesen Brief, weil uns die Mühsal des Amtes in diesen Tagen weitere Aufgaben aufbürdet, deren Anlass ungebührlich und empörlich zu nennen ist. Sicher habt Ihr davon gehört, dass sich in dem kleinen Flecken Beutelsbach vor den Toren der landesherrlichen Stadt Stuttgart ganz Unglaubliches ereignete. Gerne will ich Euch darlegen, was genau sich – nur einen Tagesritt von uns entfernt – hier zutrug. Einer, den sie den Gaispeter nennen, versammelte eine Schar verderblicher Bauern um sich. Mit ihnen zog er hinunter zum Fluss Rems und nahm sich die Frechheit, einen ›Gottesbeweis‹ zu veranstalten. Der Ketzer wollte damit beweisen, dass der erlauchte Herzog Ulrich von Württemberg gegen göttliches Recht verstoßen habe, indem er das Land mit einem neuen Umgeld auf Korn und Fleisch belegte. Die Bauern und Armen ereifern sich nun dagegen, weil unser Herzog Ulrich diese Steuer erheben lässt und andererseits die geplante Steuer auf die Vermögen der Fürsten und der Ehrbarkeit fallen lässt, weil diese sich ihr widersetzten. Nun also rebelliert das einfache Volk und bezeichnet den Aufruhr als ›Armen Konrad‹. Damit nicht genug. Die Obrigkeit der Stadt Schorndorf hielt Gericht über den Gaispeter, doch bestrafte sie den Aufrührer in keiner Weise, sondern ermahnte ihn lediglich, sich weiteren öffentlichen Aufruhrs zu enthalten.
Nun wisst Ihr, lieber Abt Entenfuß, wie sich das unselige Treiben hier gestaltet. Erlaubt mir, die-

ses als äußerst verwerflich zu bezeichnen. Hoffend auf Gott, wünschen wir uns, dass unser Landesvater Ulrich diesem rasch ein Ende setzt. Immerhin drohte er den Aufrührern, als er von der unziemlichen Sache hörte, mit ernster Strafe und Rache!
Denn wie man hört, rotten sie sich in und um Schorndorf weiter zusammen, auch läuten sie die Sturmglocken und ziehen als bewaffnete Horden in die Städte ein. Aufruhr herrscht in Urach, Markgröningen, in Brackenheim und in Leonberg, wo die aufrührerischen Bauern und einfaches Landvolk Lager errichten und sich zum Sturm sammeln. Allesamt brave Städtlein, die keine Tagesreise von Eurem Kloster Maulbronn entfernt liegen.
Gottes Segen und Schutz!
Euer Abt Johann von Friedingen«

Betretenes Schweigen hatte sich im Kapitelsaal ausgebreitet. Ungläubig schauten sich die Brüder an. Anselm, der sich zufällig im Kreuzgarten aufhielt und so alles mitgehört hatte, hielt den Atem an. Ohne ein weiteres Wort gehört zu haben, schlich er sich davon. Die kleine Welt des gottesfürchtigen Novizen schien aus den Fugen zu geraten. Er wollte gar nicht erfahren, wie die Oberen seines geliebten Klosters darauf reagierten. Er ging in den Bereich der Novizen und versuchte, sich in die Vorbereitungen seiner Priesterweihe zu vertiefen. Insgeheim wusste er, womit man zu rechnen hatte.

Am Sonntag Jubilate wiegelte der Markgröninger Stadtpfarrer die Menschen erneut gegen die Obrigkeit auf. Am Montag darauf brach der Aufruhr los. Im Kloster Maulbronn erfuhr man davon ebenso wie von der Bauernrebellion in Schorndorf. Kurz nach Pfingsten hatten sie dort gewütet und die Macht über die Stadt an sich gerissen. Bewaffnete

Landmänner kontrollierten Mauern und Tore. Der Aufstand wurde zum Flächenbrand. Überall im Land läuteten nun die Sturmglocken und es kam zu Zusammenrottungen. Die Maulbronner zuckten zusammen, als sich im nahen Calw hunderte Leute aus Dörfern der Umgebung sammelten. Dann Güglingen: Nicht einmal vier Wegstunden vom Kloster entfernt, waren Kaspar Summenhard, Paul Kolb und der rote Enderli durch die Gassen gerannt. Mit Spießen und Büchsen in Händen drohten sie und ihre Gefolgschaft den Oberen. Der Arme Konrad bemächtigte sich der Torschlüssel, und nachdem sie Pulver und Blei aus den Beständen gestohlen hatten, stellten sie in der Stadt ihre Wachen auf.

Erneut erreichte Abt Entenfuß ein Brief des Abtes von Bebenhausen. Wieder unterrichtete er seinen Konvent darüber: »Mitbrüder, Abt Johann aus Bebenhausen schreibt, dass Herzog Ulrich Kaiser Maximilian um Waffenbeistand ersuchte. Er, der Abt selbst, werde in Bälde in Tübingen einem Landtag beiwohnen, zu dem Ulrich neben den Kirchenleuten die adeligen, fürstlichen und andere ehrbare Herren einlud, um die Lage zu besprechen.

Am liebsten hätte Anselm von alledem nichts erfahren. Doch er wusste: Er war nun fast erwachsen und musste sich der Realität stellen.

Der Sommer wurde unerhört heiß und trocken. Es gab böse Omen, oder waren es Zeichen Gottes, die die Menschen vor weiteren Missernten zittern ließen? Einmal waren nachts Dörfler in Stuttgart, und es fielen 40 Schüsse oder mehr. Es hieß, die Bauern, Tagelöhner und Handwerksgesellen wollten die Schlösser – und die Klöster (!) – im Land stürmen.

Im August dann erschütterten folgende Nachrichten, welche Boten über alle Straßen herbeitrugen, die Abtei Maulbronn:

Am 2. August des Jahres 1514 war Herzog Ulrich von Württemberg mit 1.800 Bewaffneten in Schorndorf eingezogen. 1.600 Menschen wurden festgesetzt, eingekerkert, gefoltert.

Am 7. und 8. August hatte er öffentlich Gericht halten lassen. Zehn Aufrührern wurde der Kopf abgeschlagen, das Haupt von Jacob Dautel hing zum Verwesen am Stadtturm. Ihre Häuser erfuhren Plünderung und Verwüstung.

Am 9. und 11. August waren in Stuttgart acht Köpfe gerollt, zwei davon stellte man weithin sichtbar auf Stangen zur Schau. Etliche Bauern wurden öffentlich ausgepeitscht oder für ihr Tun auf der Stirn gebrandmarkt. Und: Bischöfe bestraften diejenigen Geistlichen, die Sympathie für die Aufständischen gezeigt hatten.

Anselm schauderte. Er erschrak zutiefst, als Abt Johann Entenfuß teilnahmslos feststellte: »Der Arme Konrad fand nun also sein Ende.«

Tatsächlich handelte es sich um eine überaus brutale, blutige Niederschlagung eines Aufstandes von verzweifelten schwäbischen Bauern. »Die Vermögensverzeichnisse, die für die anfangs geplante Steuererhebung der Besitzenden angelegt wurden, sind vernichtet«, fügte Johann Entenfuß lapidar an. Anselm wusste vom Bursarius, dass es dem Abt nur darum ging, dass das Kloster keine weiteren Abgaben leisten musste.

Wenige Zeit später ließ Abt Johann Entenfuß seine Kutsche vorfahren, um nach Citeaux ins Gründungskloster des Zisterzienserordens zu fahren. Es lag mehrere beschwerliche Tagesreisen entfernt von Maulbronn in Richtung Lyon. Dorthin bezahlte das Kloster seinen Ordensbeitrag, und dort fand auch alljährlich das Generalkapitel der Zisterzienser statt. Jeder Abt aus den vielen hundert Klöstern in ganz Europa hatte die Pflicht, persönlich zu erscheinen. Den Oberhäuptern des Ordens war an einem ordensweit einheitlichen Handeln gelegen.

Es kam der 20. August, der Gedenktag des Heiligen Bernhard. In der Nacht suchte ein verheerendes Unwetter das Land heim. Blitz und Donner wüteten über der Klosterkirche, wie am Tag des Jüngsten Gerichts. Die Dämonen kreischten, und die Mönche riefen, wie bei Gewittern üblich, den Heiligen Bernhard an. Er schien sie nicht zu hören.

Kapitel 7

Kloster Maulbronn, anno domini 1515

Mit der Stille und Einkehr war es vorbei im Kloster Maulbronn. Über Anselms Kopf im Scriptorium klopfte und polterte es unentwegt. Er schloss das Tintenfässchen und säuberte die Feder. Dann verließ er den Schreibsaal durch den Nordausgang. Hier hämmerten und sägten die Zimmermänner beim Aufrichten eines neuen Daches auf der Außenmauer. Genervt ging der junge Mönch durch den Wirtschaftshof – und blieb stehen. Durch die geschlossenen Tore hörte er das Getöse der Leute vorn im Bereich der weltlichen Gäste. »Was ist hier los, Bruder Pförtner?«, fragte Anselm den Hüter des inneren Durchgangs.

»Seit geraumer Zeit schon strömten sie in Scharen ins Kloster, um Ablassbriefe zu erwerben.«

»Wir verkaufen Ablassbriefe? Ich dachte, die erhalten redliche Wallfahrer unten in unserer Lienzinger Marienkirche.«

»Abt Entenfuß versucht, noch mehr Sünder vom Ablass durch die Mutter Kirche zu überzeugen.«

Wie so oft wandte sich Anselm an Raimund, den Bursarius. Gemeinsam spazierten sie durch den Obstgarten und den Friedhof hinter der Klausur, während der Geldverwalter erklärte: »Der Abt lässt die Reisenden von der Fernhandelsstraße oben am Rossweiher mit dem Versprechen herunterlocken, hier im Kloster den Ablass ihrer Sünden erkaufen zu können.«

»Das sind harte Worte, Bruder Raimund«, stellte Anselm fest.

»Leider ist das die Wahrheit. Unser Abt versucht auf diese Weise, das Geld für seine teuren Baumaßnahmen einzutreiben.«

Anselm wollte nicht tiefer bohren und fragte: »Von wo nach wo führt die große Straße eigentlich?«

»Sie verbindet Bad Cannstatt im Südosten mit Speyer im Nordwesten. Insgesamt verläuft sie von Venedig in Italien über das hohe Gebirge im Süden bis Antwerpen in Flandern. Anselm hatte nur eine vage Vorstellung, worum es sich dabei handelte. Seine bisherige Welt endete in den bewaldeten Höhen ums Kloster. Nicht einmal benachbarte Orte wie Knittlingen oder gar Pforzheim kannte er.

»Das ganze Kloster ist in Unruhe«, bemängelte Anselm, dann entschuldigte sich Raimund. Er musste zum Vater Abt.

Johann Entenfuß lud den Bursarius ein, sich zu setzen. In seinem Amtszimmer herrschte ziemliche Unordnung. Der Abt registrierte Raimunds Erstaunen und erklärte: »Meine Mitarbeiter sind damit beschäftigt, Unterlagen zu sichten, laufende Einnahmen, Ausgaben und so weiter.« Der Bursarius wurde hellhörig. »Rechnungen und Einnahmelisten, die ich als klösterlicher Geldverwalter nicht kenne?«

»Gemach, gemach«, stoppte ihn Abt Entenfuß. »Ihr bekommt die Papiere umgehend, und ich sage Euch, was zu tun ist.«

Der Bursarius verstand nicht.

»Es verhält sich so«, erklärte der Abt, »dass unsere laufenden Einnahmen die Ausgaben nicht decken können. Also werdet Ihr als Verantwortlicher für das klösterliche Vermögen die Zahlen so darstellen, dass der Visitator, der bald kommen wird, kein schlechtes Bild von uns bekommt.«

Dem Bursarius entglitten die Gesichtszüge. Er sollte was tun? Was hatte der Abt da gerade von ihm verlangt?

Abrupt erhob sich Abt Entenfuß, malte mit den Händen

große Kreise in die Luft und sprach: »Ihr dürft gehen, Bruder Bursarius. Ich kann mich auf Euren Gehorsam verlassen!«

Langsam erhob sich Raimund von Hagenau, rückte seinen Habit zurecht und ging, ohne dem Abt die nötige Ehre zu erweisen, zur Tür. Er brauchte eine ganze Zeit lang, um diese Ungeheuerlichkeit zu verdauen. Sein Abt hatte ihn tatsächlich angewiesen, die Bücher zu fälschen, um den Abt des Maulbronner Mutterklosters Neuburg bei dessen jährlicher Visitation zu täuschen.

Als die Brüder ein paar Wochen später morgens nach der Prim in den Kapitelsaal kamen, erwarteten der Visitator und seine Gesandtschaft sie bereits. »Pax vobis sit«, Friede sei mit dir, begrüßten sich die Äbte, in Anselms Augen strahlte der Neuburger Klosterherr mehr Würde aus als sein Abt. Der Besucher war nicht gewillt, seine Zeit mit dem Maulbronner Konvent zu verbringen, sondern forderte den Abt, dessen Bursarius und dessen Cellerar auf, ihm zu folgen.

Anselm merkte, dass es seinem Freund Raimund unwohl war, den Grund dafür kannte er nicht. Durch die Ostpforte direkt neben dem Kapitelsaal schlüpfte er ins Scriptorium. Wie immer überkam ihn beim Eintreten ein Unbehagen, doch dann konnte er sich ganz seiner Schreibarbeit widmen. Für die Zeit der Visitation war Ruhe im Kloster angeordnet.

»Ihr wirtschaftet gut«, stellte der Neuburger Abt am Abend fest. Bei einem Becher heißem Gewürzwein saß er mit seinem Amtskollegen sowie dem Bursarius und dem Cellerar zu Tisch. Sie löffelten eine feine Krebssuppe, dann gab es fette Karpfen, verfeinert mit einer Herings- und Sardellensauce. Der anschließende Rehbraten wurde mit Preiselbeersoße gereicht, ergänzt durch Erbsenpüree und Weißbrot. Erst als sie ihr Mahl mit Honigkuchen schlossen, bemerkte Abt Entenfuß: »Ich hätte Euch, lieber Freund, gerne in meinem neuen Empfangssaal bewirtet, aber das muss eben bis zu Eurem Besuch im kommenden Jahr warten.«

»Ich bin erstaunt, wie Ihr trotz der regen Bautätigkeiten in der ganzen Abtei solche Überschüsse erzielen könnt«, entgegnete der Visitator. Abt Entenfuß faltete die Hände und antwortete: »Mit Gottes Hilfe, Vater Abt, mit Gottes Hilfe!« Bruder Raimund schaute grimmig und biss sich auf die Lippen. Sein Freund Ingbert, den er in die Machenschaften des Abtes eingeweiht hatte, verdrehte die Augen und hüstelte vernehmbar. Weder der Visitator noch seine Begleiter nahmen Notiz davon.

Stattdessen sprach der Abt von Neuburg ein Lob aus. »Eure Untergebenen«, er prostete Raimund und Ingbert lächelnd zu, »scheinen mir tüchtige Leute.« Die beiden erhoben ihre Becher und senkten demütig die Köpfe.

»Mitgefangen – mitgehangen«, raunte Johann Entenfuß seinem Geldverwalter später zu. »Denkt also nicht einmal daran, jemandem von Euren Schandtaten zu berichten.«

Der rechtschaffene Raimund von Hagenau bebte innerlich. Mit dem Hinweis auf ein plötzliches Unwohlsein verließ er kurz darauf den Tisch. Ingbert von Speyer schloss sich ihm an. Er wolle sich um seinen Freund kümmern.

Später schickten die Äbte die anderen Mönche in den nächsten Gottesdienst und ließen sich den köstlichen Wein vom Klosterweinberg weiter munden. »Sagt, Vater Abt, was treibt Euer Landesherr Herzog Ulrich so? Uns Elsässern kam zu Ohren, dass er gar schändlich unterwegs sei«, eröffnete der Besucher ein heikles Thema.

»Es fällt mir schwer, über diesen Unhold zu sprechen«, antwortete Johann Entenfuß. »Während seine Untertanen hungern und die Unordnung im Land zunimmt, vergnügt sich der Württemberger mit seinen Jagdgesellschaften in den herzoglichen Wäldern.«

»Auch jenseits des Rheins murrt das einfache Volk, und es gab hier und da kleinere Aufstände«, berichtete der Besucher. »Seit in Euren württembergischen Landen der Aufruhr namens Armer Konrad entstand«, fügte er an und zeigte damit, wie gut er über das politische Geschehen informiert war. »Doch nun möchte ich mehr über die jüngste Untat Eures Herzogs erfahren.«

»Oh ja, lieber Freund, es ist wahr. Am siebten Tag des Monats Mai in diesem Jahr erschlug Ulrich seinen hoch angesehenen Stallmeister Hans von Hutten, den ehrbaren Ehemann seiner Geliebten. Bei einem Ritt durch den Schönbuch zwischen Böblingen und Holzgerlingen lockte er ihn in eine Falle und stach zu.« Der Maulbronner Abt prahlte seinerseits mit Detailwissen, indem er fortfuhr: »Dabei verhielt sich Herzog Ulrich nicht eben ritterlich. Man fand seinen Widersacher mit sieben Stichwunden – fünf davon waren ihm von hinten in den Rücken zugefügt worden.«

»Fürchtet Ihr den Unhold, der immerhin Euer Schutzherr ist – und dessen Prunksucht und Kriegslust ja offenbar Unsummen verschlingen?«, wollte der Abt aus dem Elsass wissen.

»Die dauernde Geldnot des Herzogs und sein großer Bedarf an teurem Schießpulver beunruhigen uns in der Tat. Was, wenn er auf die Idee kommt, sich aus unseren klösterlichen Schatullen zu bedienen?«

»Vielleicht würde er sich besser bei uns in Neuburg in der klösterlichen Bibliothek bedienen«, lachte der Gast. »Schließlich verwahren wir hier zwei ebenso wertvolle wie nutzbringende alte Handschriften: eine alchemistische Anleitung zum Goldmachen und eine zur Herstellung von Schießpulver.«

Abt Entenfuß schaute todernst. Er ärgerte sich, dass er es versäumt hatte, Anselms herausragende Handschriften für gutes Geld zu verkaufen.

Dann hellte sich sein Gesicht auf. Er hatte einen großartigen Einfall.

Eines Tages suchten der Bursarius und der Cellerar Bruder Anselm im Scriptorium auf. Einen ganzen Sommer und Winter hatte er hier in Ruhe geschrieben. Nicht nur die anderen Schreiber waren erstaunt. »Folge uns«, befahl ihm Bruder Raimund – und führte den überraschten Freund ins Abtshaus.

Im Amtszimmer herrschte eine eisige Atmosphäre. Anselm schaute von einem zum anderen, aber keiner der drei Herren zeigte eine Regung.

Die Augen des Abtes verengten sich zu Schlitzen, als er Anselm musterte. »Der Schreiber hier soll unsere Unternehmung ausführen?«, fragte er spitz.

»Habt Ihr, Herr Abt, vielleicht eine bessere Alternative?«, fragte sein Bursarius gereizt zurück.

Bruder Anselm wusste nicht, wie ihm geschah, als der Abt ihn ansprach: »Mit Erklärungen wollen wir Dich nicht belasten, Dir sollte genügen zu wissen, dass Du einen Auftrag für uns zu erledigen hast.«

Fragend schaute Anselm ihn an.

»Unser Kloster ist in Gefahr. Du wirst helfen, es zu retten. Dafür musst du diesen Brief ins Kloster Neuburg bringen und ihn dem Abt überreichen. Dem Abt, keinem anderen. Hast du verstanden?«

Ohne dessen Reaktion abzuwarten, überreichte er Anselm das mit seinem Abtswappen versiegelte Schriftstück und schickte seine drei Untergebenen unwirsch hinaus.

Der Cellerar und der Bursarius verabschiedeten sich. Anselm stand ratlos im Hof. In der nächsten Zeit konnte er Raimund nicht antreffen. Den Brief hatte er in seiner Mönchszelle versteckt, doch noch immer fehlte ihm eine Erklärung. Sollte er sein Versprechen, das Kloster nicht zu verlassen, brechen? Stand das Wort des Vater Abtes über seinem Gelübde? Anselm ging in die Kirche. Vor dem riesigen Steinkreuz mit dem Gekreuzigten kniete er nieder und betete. Er bat Gott um Rat für seine Entscheidung. Soll ich gehen, um unser Kloster zu retten?

Als Anselm aufblickte, fiel ein Sonnenstrahl auf das Haupt Jesu und tauchte die Dornenkrone in rotes Licht. Ein Zeichen! Es war der 21. Juni, der längste Tag des Jahres.

Kapitel 8

Kloster Maulbronn, anno domini 1516

Dumpf fiel das schwere Eichentor ins Schloss. Mit dem ersten Licht des Tages verließ Bruder Anselm das Kloster und machte sich auf den Weg ins Elsass. An seiner Seite ging Vater Raimund, der ihn bis hinunter an den Rhein begleiten wollte. Vorbei am Gartensee folgten sie dem Pfad entlang der Salzach in Richtung Westen. Weiße Dunstschwaden krochen über den Talboden, wo der Bach unterhalb des Maulbronner Klosterweinberges leise gurgelnd von Fischteich zu Fischteich rann.

Der frühe Morgen schluckte die Schritte der beiden Mönche, die still nebeneinander hergingen. Außer ein paar quakenden Fröschen und dem Zwitschern der frühen Vögel war kein Laut zu hören. Als sie den siebten der künstlich aufgestauten Seen passierten, fragte Anselm: »Sag mir, Bruder Raimund, wird unsere Reise gefährlich werden?«

»Hast du Angst?«, fragte der Ältere zurück und warf Anselm einen prüfenden Blick zu.

»Nein«, antwortete der junge Mönch, »ich vertraue Gott, unserem Herrn, und lege mein Schicksal in seine Hände. Dann wird es gelingen.«

»Das ist gut«, erwiderte Raimund, dem Anselms Zuversicht gefiel.

Sie erreichten den Elfinger See, der direkt bei seinem Namensgeber, dem Elfinger Hof angelegt worden war. Ein Hund kläffte in die Stille hinein. Undeutlich nahm Anselm ein paar Bauern vor dem Tor der Ummauerung wahr, die ihr

Tagwerk bereits begonnen hatten. Er betrachtete die Wohnhäuser, die stattlichen Wirtschaftsgebäude und Ställe, die sich um ein Kirchlein gruppierten. Beim Anblick des Glockentürmchens wurde ihm bewusst, dass sie den Dachreiter der Klosterkirche bereits aus den Augen verloren hatten.

»Der Weiler hieß einst Albingheim und ist älter als unser Kloster selbst«, erzählte Raimund. »Doch wie du ja wissen müsstest, wird er längst nicht mehr von unseren Ordensbrüdern und Laienmönchen bewirtschaftet, sondern von uns hörigen Bauern und Tagelöhnern.« Nur ungern erinnerte sich Anselm an sein Leben auf dem Hof. Er beobachtete die ärmlich gekleideten Männer, die hier tagein, tagaus im Auftrag des Klosters schufteten. Mit Hilfe von Ochsen und Pferden bestellten sie die Felder, ernteten in den Steillagen die Weintrauben und betrieben die für die Mönche lebenswichtige Fischzucht. Nachdenklich schüttelte Anselm den Kopf. Nie hatte er ernsthaft darüber nachgedacht, wie viele Männer und Frauen – Bauern, Knechte, Mägde – in harter Fronarbeit außerhalb des Klosters für dessen Wohlergehen sorgten. Kein Wunder, dachte der junge Mönch, hatten sich die Ärmsten der Armen gegen ihre Herrschaften aufgelehnt; wenngleich zum Glück nicht direkt im Herrschaftsbereich seines Klosters Maulbronn.

»Lass uns weitergehen«, riss Raimund ihn aus seinen Gedanken. Nach einem kurzen Stück erreichten sie den Aalkistensee, in dem das Kloster die fettreichen dünnen Fische aufzog. Sie wurden mit sogenannten Aalkisten am Stauwehr des Sees gefangen. Anselm wusste, dass sich das Kloster von Fischern am Oberrhein mit lebenden Jungfischen beliefern ließ und auch die Setzkarpfen für die oberen Seen von weit weg gekauft wurden.

Sie verließen das Tal der Salzach und gingen den südlichen Hang hinauf. Als sie den kleinen Bachlauf überquerten, blinkten ihnen auf der Anhöhe die Dächer eines Dorfes in der Morgensonne entgegen.

»Ölbronn, früher Elebrunnen«, bemerkte Raimund, der seinem jungen Freund offenbar alles beibringen wollte, was er selbst für wichtig hielt.

»Bruder Raimund«, sagte Anselm endlich, »mich würde interessieren, was meine Mission ist und warum der Abt gerade mich schickt.« Der Angesprochene runzelte die Stirn und gab sich zugeknöpft: »Weil er dich offenbar für den Geeignetsten hält. Und es ist bestimmt besser, wenn du nichts über den Inhalt des Briefes weißt.«

Obwohl Anselm mit der Antwort unzufrieden war, hakte er nicht nach.

Sie näherten sich den ersten Häusern, und er hatte den Eindruck, dass sie als Kuttenträger von den Dörflern argwöhnisch beäugt wurden. Raimund sagte nichts. Raschen Schrittes nahmen sie den Höhenweg am Dorf vorbei. Ihre nächste Station lautete Bauschlott. Eine armselige Ansiedelung von Häusern und Höfen, wie Anselm fand. Die staubigen Gassen waren ohne Pflaster, und die in Lumpen gehüllten Kinder sahen verdreckt aus. Abgemagerte Straßenköter stritten sich um etwas Essbares und trollten sich mit eingezogenem Schwanz. Offensichtlich hatten sie von den Menschen nichts Gutes erfahren.

»Machen wir Rast?«, fragte Anselm, dessen Magen anfing zu knurren. Raimund schüttelte den Kopf.

»Lass uns noch ein Stück gehen, und einen ruhigen Platz außerhalb des Dorfes suchen.«

Die Straße war mittlerweile belebter geworden. Interessiert verfolgte Anselm die Bauern mit ihren Tieren und Ochsenkarren, die neben Reisenden zu Fuß, hoch zu Ross oder in Kutschen unterwegs waren. Wenn bewaffnete Landsknechte in ihren bunten Röcken auftauchten, wich das Volk zurück an die Straßenränder.

Im Schatten einer riesigen Eiche ließen sich die Mönche auf dem Erdboden nieder. Anselm öffnete seinen Beutel und kramte ein Stück Brot und nahrhaften durchwachsenen Speck hervor. Sein Begleiter packte einen Apfel aus und biss herzhaft hinein; mit vorgehaltener Hand blinzelte er in die Sonne, die durch den Blätterwald lugte, und schätzte die Tageszeit. »Die Fraters im Kloster werden sich gerade zur Terz in der Kirche einfinden«, bemerkte er.

Anselm gefiel die liebliche Hügellandschaft mit Feldern und Wäldern, die sich weithin erstreckte. Nach der Stärkung folgten sie der Straße weiter westwärts. Erstmals erlebte der junge Mönch das bunte Treiben auf der Landstraße und konnte sich kaum vorstellen, wie es unterwegs gefährlich werden sollte. Sein Problem war eher, dass ihm die Füße in den dünnen Lederschuhen ohne feste Sohle schon jetzt schmerzten. Bereits als sie erst ein paar Stunden unterwegs waren, jammerte Anselm, der zwar das Stehen, aber nicht das Gehen gewohnt war. Raimund schüttelte den Kopf und redete dem deutlich Jüngeren gut zu. Durch einen kühlen Wald führte die Straße stetig bergab, bis vor ihnen die nächste Siedlung auftauchte. »Stein«, sagte Raimund.

»Stein?«

»Ja, so heißt das Dorf dort unten.«

»Gibt es dort eine Herberge?«, wollte Anselm wissen.

»Warum?«

»Ich könnte eine Pause vertragen. Über Nacht.« Anselm hob demonstrativ abwechselnd seine Beine.

Raimund verdrehte die Augen. »Es ist noch heller Tag, und du bist auf Stuhl und Bett aus?«

»Morgen wird es schon besser gehen«, beteuerte Anselm.

Der Ältere ließ sich erweichen. Wenig später schoben sie die Tür der Herberge unterhalb der kleinen Ortsburg auf. Anselm verschlug es den Atem. Ein ekliges Gemisch aus Hitze, altem Schweiß und Bierdunst schlug ihnen entgegen. Es war düster in dem Schankraum, und die Gäste schrien durcheinander. So hatte er sich das weiß Gott nicht vorgestellt!

Sie fanden einen freien Platz hinten in der Wirtsstube, und Anselms Augen gewöhnten sich langsam an das Dämmerlicht. »Alles ist so schäbig«, beschwerte er sich, »die Männer sind dreckig und sie stinken.«

»Und viele von ihnen sind betrunken«, ergänzte Raimund, »also pass auf, was du sagst, und starre niemanden an. Das Messer sitzt hier locker im Gürtel.«

Anselm war beeindruckt. Auch von den Frauen in ihren weiten, bunten Röcken, deren nackte Brüste weit aus ihren Miedern quollen. »Sieh nicht hin!«, ermahnte ihn der erfahrene Mönch und winkte eine der Schankmägde herbei. Sie kam zum Tisch und lehnte sich aufreizend weit nach vorne, sodass Anselm und Raimund zwangsläufig tiefe Einblicke bekamen. Anselm stieg die Röte ins Gesicht.

»Wir wollen essen und trinken. Bier«, bestellte Bruder Raimund knapp.

»Wollen die Herren Mönche im Anschluss vielleicht noch etwas anderes?«, fragte die junge Frau keck, und er hörte die Anzüglichkeit aus der Frage heraus.

»Nein, bring unser Essen«, knurrte der Bruder.

Nach der Mahlzeit gingen die beiden Mönche hinaus. Weil Markttag war, herrschte ein emsiges Treiben. Anselm ekelte sich vor den stinkenden Tieren an den Ständen und dem vielen Unrat auf der Straße. Hier rannen auch menschliche Fäkalien – und um ein Haar hätte er den Kübel Dreckbrühe abbekommen, den eine Frau aus einem der oberen Fenster leerte. Man hätte meinen können, sie habe auf Anselm und Raimund gezielt.

»Ich habe genug von Stein«, moserte Anselm vor sich hin, und weil es seinem Freund ebenso ging, machten sie sich auf den Weg zurück zur Herberge. Vom Schankraum aus stiegen sie eine steile Holztreppe hinauf. Der Wirt hatte ihnen eine Kammer zugewiesen mit dem Hinweis, dass man schon weitgehend ausgebucht sei, und sie mit dieser vorliebnehmen müssten.

Das Zimmer entpuppte sich als primitiver Verschlag mit einer Öffnung, die eher einer Schießscharte als einem Fenster glich. Auf dem Boden lag eine Schicht dreckiger Binsen und auf dem groben Tisch, der neben zwei Hockern das einzige Möbelstück war, stand der Stumpf einer Wachskerze.

»Schön haben wir es hier«, ärgerte sich Raimund, »du wolltest ja unbedingt gleich hier übernachten.«

»Wenn ich gewusst hätte ...«, stammelte der im Reisen gänzlich unerfahrene Anselm, »ist es anderswo denn besser?«

»In den Herbergen, die ich nach wirklichen Tagesetappen für gewöhnlich aufsuche, ja.« Raimund war so verstimmt, dass er bis zum Einschlafen kein Wort mehr sprach.

Ihre Gebete hielten die beiden in sich gekehrt in aller Stille. Anselm kannte das Kapitel 50 der Benediktsregel über das Beten außerhalb des Klosters: »Auch die Brüder, die auf Reisen geschickt werden, übergehen die festgesetzten Gebetsstunden nicht«. Doch tagsüber hatte Raimund keine Anstalten gemacht, die Stundengebete einzuhalten – und zu seiner Überraschung hatte Anselm ebenso wenig darauf gedrängt. Der junge Mönch lang noch lange wach. Doch es war nicht der Lärm, der die halbe Nacht von der Gaststube heraufdrang, der ihn vom Schlafen abhielt. Er musste die vielen Eindrücke des Tages verarbeiten. Es fühlte sich an, als hätte er heute so viel erlebt wie sonst in einem Jahr. Wenn er die Augen schloss, sah er den blanken Busen der Schankmagd vor sich. Ihm wurde eigenartig. Auf dem Rücken liegend faltete der Mönch die Hände und betete inbrünstig. »Beim letzten Gebet des Gottesdienstes wird immer aller Abwesender gedacht«, lautete die Regel des Benedikt. Betet für mich, Brüder, betet! Mit diesem Wunsch im Herzen schlief Anselm irgendwann ein.

Das Frühstück am nächsten Morgen bestand aus Gerstengrütze mit etwas Obst und einem Schluck Dünnbier. Raimund drückte dem unfreundlichen Wirt eine Münze in die fettige Hand, dann brachen sie auf. »Bezahle immer erst hinterher«, schärfte er seinem jungen Begleiter ein, »niemals im Voraus. Sonst bekommst du nicht, was du bestellt hast, und dein Geld ist weg. Das gilt auch für das Übernachtungszimmer.« Anselm nickte. Er fragte sich, ob außerhalb der Klostermauern alle Menschen schlecht seien.

Dann genoss er das Wandern über sonnige Höhen mit Wiesen, Feldern und verstreuten Obstbäumen. Dazu diese herrliche Weitsicht! Sein Leben lang hatte er vom Tal der Salzach hinaufgeblickt zu den Bäumen. Nun lagen ihm Wald und Täler zu Füßen.

»Dieser Ort heißt Remchingen«, klärte Raimund ihn auf. »Die Herren von Remchingen sind ein altes Adelsgeschlecht und ihr Stammvater, Konrad mit Namen, war einer der namhaften Zeugen bei der Gründung unseres Klosters Maulbronn.« Anselm war beeindruckt vom umfangreichen Wissen seines Freundes. Dann sah er zum ersten Mal eine Wasserburg. »Die Stammburg derer von Remchingen«, erklärte Raimund weiter. »Burgen auf Felsen sind geschützt durch ihre Höhe, Tiefenburgen durch einen breiten Wassergraben oder See, in dem sie stehen.« Anselm hoffte, sich so viel wie möglich merken zu können. Raimund schmunzelte, da er erkannte, dass sich der junge Mann neben dem Glauben zunehmend für das Wissen interessierte. »Der Glaube bringt uns Gott näher, das Wissen hilft uns in der Welt.« Diesen Satz seines gebildeten Freundes merkte sich Anselm für sein ganzes Leben.

Wenig später folgten sie einem Pfad durch den Wald, der Anselm fast undurchdringlich schien. »Eine Abkürzung«, sagte Raimund und schritt voran. Anselm konnte kaum glauben, wie dicht und dunkel es hier war. Zum ersten Mal dachte er an Räuber. Sie gingen durch einen tief eingeschnittenen Hohlweg, und er malte sich aus, welch leichte Beute sie hier für so ein lichtscheues Gesindel wären. Er schloss dicht auf zu Raimund und wollte sich bei nächster Gelegenheit einen dicken Stock schneiden. Denn außer Diebesbanden und Mordgesellen hausten in so einem dichten Wald auch wilde Tiere. Mehrmals zuckte er zusammen, wenn es im Unterholz knackte. Raimund schaute kurz über die Schulter, Anselm nickte tapfer, und irgendwann hatten sie den Wald endlich hinter sich gelassen. Anselm hoffte, jenseits des Rheins offenere Landschaften vorzufinden, wenn er dann allein unterwegs sein würde.

Es ging steil hinunter ins Albtal, und sie gingen an dem Flüsschen entlang, das sie nach Ettlingen hinunterführte. Hier im Rheintal war es ungemein heiß. In den Straßen flirrte die Luft, und Anselm rann der Schweiß über den Rücken. Er war beeindruckt. Innerhalb der hohen Stadtmauer reihten sich entlang der Straßen und Gassen stattliche Fachwerkhäuser. Es gab weitläufige Plätze und Wehranlagen. Wenn ihm nur nicht wieder dieser üble Gestank in die Nase gestiegen wäre. Fortan wusste Anselm die Reinlichkeit im Kloster samt den unterirdischen Kanälen, die Fäkalien und sonstigen Unrat aus dem Kloster führten, besonders zu schätzen.

»In Ettlingen werden wir übernachten«, entschied Bruder Raimund. Anselm war froh, dass er an diesem Tag nicht weitergehen musste. In mehreren Stunden hatten sie eine lange Strecke zurückgelegt. Dazu versicherte ihm Raimund, dass man hier eine angenehme, saubere Herberge finden werde.

Am folgenden Morgen trennten sich ihre Wege. »Ich gehe nach Speyer und nehme an, du hast dir gut gemerkt, welche Route du zu nehmen hast«, erkundigte sich Raimund.

»Ja.«

»Du weißt auch, welche Dinge dir als Zisterziensermönch auf Reisen gestattet sind?«

»Unterkunft, Verköstigung und Reparatur der Schuhe.«

»Höre also meinen letzten Rat, Bruder Anselm von Dürrmenz: Versuche stets, dich einer ehrbaren Reisegesellschaft anzuschließen, dann bist du am sichersten unterwegs.«

»Danke, Bruder Raimund, ich werde zurechtkommen.«

»Geh mit Gott«, verabschiedete sich Raimund von seinem jungen Freund.

»Geh mit Gott, Raimund.«

Dann ging jeder seines Weges.

Niemals zuvor hatte Anselm so eine Landschaft gesehen. Wiesen und Gestrüpp, soweit das Auge reichte. Kein Hügel, kein Tal. Alles lag flach da wie eine Flunder. Er passierte zwei größere Ortschaften, dann kam der Rhein in Sicht. Was für ein Fluss! Silbern leuchtete das Wasser im Sonnenlicht, und je näher Anselm kam, um so breiter wurde er. Mehrere Trampelpfade führten hinunter zum Ufer. Anselm entdeckte den Fährmann. Er sah nicht sehr vertrauenswürdig aus: zerschlissene dunkle Kleidung, eine Kappe auf dem Kopf, sein struppiges Haar und der Vollbart verdeckten das meiste seines Gesichts. Darunter eine dunkle, faltige Haut, die Hände groß und fast schwarz.

»Kannst du mich übersetzen?«, fragte Anselm.

»Können schon«, antwortete der Alte, »doch ob ich will, hängt von der Bezahlung ab.«

»Du bringst mich hinüber, Fährmann, dann bekommst du dein Geld.« Er hatte die Lektion von Raimund gelernt.

»Du scheinst mir ein schlaues Bürschchen«, erwiderte der Mann nur und kniff ein Auge zusammen.

Sie stiegen in den Kahn, der vier Manneslängen maß und gerade so breit war, dass man darin sitzen konnte; ein Einbaum, wie Anselm feststellte, gehauen aus einer dicken Eiche. Mit seinem langen Stab stieß der Fährmann sie vom Ufer ab, dann stak er das schmale Gefährt vorwärts. Es schaukelte kräftig, und Anselm war die Fahrt nicht geheuer. Zwar hielt ein Seil, das von Ufer zu Ufer gespannt war, sie auf Kurs, doch was, wenn der Einbaum kentern würde?

Anselm schätzte, dass sie sich in der Mitte des Flusses befanden, als der Fährmann plötzlich stoppte. Jetzt wiegten sie sich leicht in den Wellen, und der Alte drohte: »Du wirst mir dein Geld geben, sonst gelangst du nicht hinüber, sondern schwimmst mit aufgeschnittener Kehle hinunter.« Zur Demonstration führte er sein Messer an der Kehle vorbei.

Anselms Herz schlug wild. Er konnte nicht schwimmen! Und keinesfalls wollte er sich auf ein Gerangel mit dem grobschrötigen Mann einlassen.

»Wie viel willst du?«, fragte er, und versuchte, seine Stimme fest klingen zu lassen.

»Alles.«

Fieberhaft suchte Anselm nach einem Ausweg.

»Mir scheint, du willst bei den Fischen landen«, knurrte der Fährmann und machte eine Bewegung auf Anselm zu. Der junge Mönch wusste nicht, was im nächsten Moment geschah. Instinktiv bewegte er sich mit einem Ruck nach hinten, der Fährmann stolperte, und beim Fallen krachte sein Schädel gegen die Bordwand.

Anselm stockte der Atem.

Der Angreifer lag reglos im Kahn, und langsam sickerte Blut über den Boden.

Was tun? Geistesgegenwärtig ergriff Anselm das Spannseil und zog den Kahn Hand für Hand über den Fluss. Seine Arme schmerzten, die Haut unter den Fingern wurde wund. Er zog mit aller Kraft, bis ihm fast die Lungen platzten.

Nach einer Ewigkeit war es geschafft. Die Leute am Ufer hatten offensichtlich verfolgt, was sich auf dem Fluss ereignete. Zu seinem Erstaunen wichen sie zurück und ließen ihn durch. Manche bekreuzigten sich. Der Fährmann war berüchtigt, kein Mensch fuhr allein mit ihm. Der Herrgott selbst oder seine Heiligen mussten schützend die Hand über den jungen Mönch gehalten haben!

Anselm schürzte seine Kutte und stolperte die Böschung hinauf. Kaum war Bruder Raimund weg, schon ereilte ihn die erste Gefahr. Es wäre wohl besser gewesen, sich auch bei der Überfahrt einer ehrbaren Gesellschaft anzuschließen, wie es der Freund ausgedrückt hatte. Er musste klüger agieren.

Hier im Elsass jenseits des Rheins hatte er sich am Fluss entlang in Richtung Süden zu halten. Das war nicht einfach. Vor ihm lagen unzählige Nebenarme, Wasserflächen und Sümpfe, die er umgehen musste. Es war heiß und feucht in der Auenlandschaft, die sich offensichtlich ständig veränderte. Immer wieder gab es Stellen, an denen der Weg direkt ins Wasser führte, weil er überflutet worden war. Leider war weit und breit keine Reisegesellschaft zu sehen, der er sich hätte anschließen können.

Nur mühselig kam Anselm voran. Die dauernden Umwege zerrten an seinen Nerven. Er war völlig durchgeschwitzt und überall juckte es schrecklich. Die Schwärme von Stechmücken, die um ihn kreisten, stachen an jeder freien Hautstelle erbarmungslos zu. Was für eine schreckliche Landschaft! Anselm arbeitete sich durch Dickicht, Unterholz und Schilf. Und ständig musste er aufpassen, dass seine Schuhe nicht im Morast stecken blieben. Irgendwann kreuzte sich seine Route mit einer Ost-West-Verbindung. Am Wegekreuz kniete er nieder und betete zu Gott. Er bat um eine glückliche Führung durch diese unwirtliche Gegend.

Er passierte kleine Ortschaften und Weiler, und allmählich wurde der Weg zu einer Straße, die meist schnurgeradeaus führte. Anselm war müde und hatte Hunger. Als sich die Sonne bereits senkte, hatte er Seltz erreicht. Das Städtchen war fast gänzlich von Wald umschlossen. Es hatte eine wehrhafte Ummauerung mit gut befestigten Toren. Auf den ersten Blick erkannte Anselm, dass sich hier Scharen von Reisenden tummelten. Die Märkte und Plätze waren überfüllt, und er hoffte, eine anständige Herberge zu finden. Zwei Wirte hatten ihn schon weggeschickt, weil sie keinen freien Schlafplatz mehr hatten. Auf dem Platz der Kirche unterhalb der Burganlage fand sich eine dritte Herberge. Weil sie am zentralsten lag, hatte Anselm wenig Hoffnung. Wie schon einmal empfing ihn beim Eintreten ein dunkler Gastraum von üblem Gestank. Doch war hier, im Unterschied zu seinem letzten Gasthauserlebnis, viel mehr los. Das mochte daran liegen, dass es bereits Abend wurde. »Gott mit dir«, grüßte er, als er sich zu einem Mann an einen kleinen Tisch setzte. Es war der einzige freie Platz. Ohne Erwiderung erhob sich der andere und spuckte auf den Boden. Der Wirt kam auf Anselm zu: »Was wünschst du, Mönch?«

»Ich brauche eine Kammer für diese Nacht«, antwortete Anselm. »Bring mir das hier übliche Essen und einen Humpen starkes Bier.« Es sollte seinem hungrigen Magen rasch Nahrung geben und seine Stimmung aufhellen.

Der Wirt mit dem fettigen Haar und seiner verdreckten Schürze hob die Hand auf. »Hier wird im Voraus bezahlt.«

»Nein.«

Der Wirt zuckte mit den Schultern. »Dann isst eben jemand anders deine Portion und nimmt den letzten Schlafplatz.«

»Halt!« Anselm war müde, spät dran und hoffte auf den Anstand des Gastwirts. Er wusste, dass es falsch war. Aber er holte die geforderten Pfennige aus seinem Beutel.

Dafür bekam er eine Schüssel vorgesetzt, deren Inhalt er nicht identifizieren konnte. Etwas mit Bohnen, Fleisch und anderen Einlagen. Höllenscharf und deshalb auch beim Essen nicht zu bestimmen. Das Brot war angeschimmelt, und das lauwarme Bier ohne jeden Schaum. Anselm hatte bezahlt, bevor er die Gegenleistung bekommen hatte.

Er schüttelte sich – und bestellte einen zweiten Humpen. Auch den leerte er fast auf einen Zug und knallte ihn missmutig auf die Tischplatte.

Der Mann am Tisch gegenüber hob kurz den Kopf. Er zog Anselms Aufmerksamkeit auf sich. Zwischen den Bauern, Tagelöhnern, Kaufleuten und dem bunten fahrenden Volk fiel er allein durch seine Kleidung auf: Er war gänzlich schwarz angezogen und trug eine schwarze Mütze. Aus seinem braunen Gesicht stachen kluge Augen hervor. In den Händen hielt er die Hand seines Gegenübers, der wissen wollte, ob er nun bald eine Frau fände und mit seinen Geschäften Erfolg haben würde. Im Lärm der Gaststube konnte Anselm die Antwort nicht verstehen. Doch der Händler, dem die Zukunft aus der Hand gelesen worden war, schien sehr zufrieden. Freudig erhob er sich und legte dem Handleser eine Münze auf den Tisch. Beim dritten Humpen Bier verfolgte Anselm mehrmals das gleiche Schauspiel. Der schwarz gekleidete Fremde sagte den Leuten die Zukunft voraus und wurde gut dafür bezahlt.

Plötzlich kam der Mann auf Anselm zu und setzte sich mit einem »Gott zum Gruße, Mönch. – Wie ich sah, will nicht jeder mit einem Kirchenmann am Tisch sitzen.« Trotz dieser Anspielung fand er den Fremden mit der sonoren Stimme durchaus vertrauenserweckend.

»Dein Bierkrug ist leer?«, fragte der Mann, »ich lade dich auf einen Schoppen Wein ein. Den kann man hier eher trinken als die fade Gerstenbrühe.«

Anselm wusste nicht, ob er sich auf ein Gespräch einlassen sollte, da stellte sich der andere als Magister der Sieben freien Künste vor. An den Universitäten zu Heidelberg, Bologna und Prag habe er studiert, sodass er sich doch Doktor nennen dürfe.

»Ihr übt Euch in der Kunst des Handlesens …«, bemerkte Anselm.

»Oho«, rief der Magister, »so bin ich aber kein billiger Wahrsager auf dem Jahrmarkt – sondern ein gelehrter Chiromant. Wisse, Mönch: Meine Chiromantie ist eine Wissenschaft, wie sie im alten Griechenland betrieben wurde, sie basiert auf einem Psalter der Mönche von Canterbury – und mein Zeuge ist Agrippa von Nettesheim, der größte Gelehrte unserer Zeit, der die Hand zu Recht als Abbild des Kosmos deutet!«

Anselm war verunsichert. Konnte es einen Unterschied zwischen dem Jahrmarktshokuspokus geben, als den sein Freund Raimund die Wahrsagerei bezeichnete, und der Handlesekunst eines Universitätsmagisters? Zu gerne hätte er gewusst, ob er seine Mission zur Rettung seines geliebten Klosters gut zu Ende bringen würde.

Weitere drei oder vier Krüge Wein leerte er mit dem fremden Magister, dann streckte er ihm seine Hand entgegen. »Lies«, forderte er ihn auf, »wird meine Reise erfolgreich sein?«

Der Wahrsager hielt Anselms linke Hand, fuhr die Lebens-, die Kopf- und die Herzlinie nach. Sein Gesicht hellte sich auf: »Es ist gut, was ich hier sehe, junger Freund. Fragen wir nun also deine Schicksalslinie nach dem Glück oder Unglück deiner Reise.«

»Glück, Unglück. Mein Schicksal liegt allein in Gottes Hand!«, protestierte der junge Mönch.

»Gut, gut, dann wollen wir sehen, was dein Herrgott für dich bestimmt hat.«

Der Magister vertiefte sich weiter in Anselms Handlinien. »Das ist eigenartig«, er stutzte.

»Sagt schon, Magister, was könnt ihr in meiner Hand lesen?«

»Ja, ja, deine Reise wird beschwerlich, aber erfolgreich verlaufen«, erklärte der Wahrsager in einem eher beiläufigen Tonfall. Er wiegte den Kopf, sah Anselm ins Gesicht, dann wieder auf die Hand. »Das ist eigenartig«, wiederholte er. Nachdenklich wiegte er den Kopf und meinte zögernd: »Nach deiner Rückkehr ins Kloster Maulbronn wirst du von einer hohen Dame mehr über deine Vergangenheit und Zukunft erfahren, als ich dir sagen kann.«

Der Fremde erhob sich, verzichtete auf seinen Lohn und ließ Anselm ratlos zurück.

Eine hohe Dame? Im Kloster? Anselm fragte sich, was diese kryptischen Worte zu bedeuten hatten. Ihm schwindelte der Kopf, er konnte keinen klaren Gedanken mehr fassen. Schwerfällig stand er vom Tisch auf und wankte zum Wirt hinüber, der mit den Daumen im Gürtel hinter seinem Schanktresen stand. »Wo ist meine Kammer?«, fragte Anselm mit schwerer Zunge.

»Welche Kammer?«, höhnte der Schmierige grinsend. »Ich habe dir nichts mehr als eine Schlafstatt versprochen. Und die ist draußen im Stall.«

»Hundsfott hinterhältiger, der Teufel soll dich holen!«, lallte Anselm, und der Wirt verzog sein Gesicht, als er den Mönch fluchen hörte wie einen alten Bierkutscher.

Anselm ärgerte sich über sich selbst. Zum zweiten Mal hatte er den Rat Raimunds in den Wind geschlagen. Beim

Hinausgehen ließ er die Eingangstür offen stehen und versuchte, sich im Dunkeln zurechtzufinden. Er hörte die Pferde im Stall neben der Herberge, schwankte darauf zu und ließ sich in den ersten freien Haufen Stroh fallen. Er war beileibe nicht der einzige hier. Um ihn herum schmatzte und schnarchte es, als er sich der Länge nach ausstreckte. Sein Bündel mit dem Brief für den Abt legte er unter den Bauch, seinen Beutel mit Münzen, den er am Gürtel unter der Kutte trug, hatte er in der rechten Hand.

Erschreckt fuhr Anselm hoch. Ein krachender Donner, der den Stall zittern ließ, hatte ihn aus dem Schlaf gerissen. Grelle Blitze zuckten durch die Nacht, und Regen prasselte nieder, als seien alle Himmelsschleusen geöffnet. Wollte Gott ihn strafen? War es Sünde gewesen, sich bei einem reisenden Chiromanten nach seiner Zukunft zu erkundigen? Schließlich stand doch geschrieben, dachte Anselm, Gottes Wege sind unergründlich. Wie also hatte er sich anmaßen können, diese zu erfragen? Anselm fühlte sich klein wie eine Maus. Bei jedem Blitz zuckte er zusammen, und das Grollen des Himmels fuhr ihm durch alle Glieder. Starr vor Angst lag der junge Mann auf dem Rücken. Er kniff die Augen zusammen und hielt sich die Ohren zu. Würde Gott ihn strafen und dabei viele andere mit in den Abgrund reißen, die sich außer ihm im Stall befanden? Als er sich diese Frage stellte, riss er instinktiv wieder die Augen auf. Direkt vor ihm bäumte sich ein riesiges schwarzes Pferd auf. Es tänzelte auf den Hinterbeinen und Anselm blickte in seine feurigen Augen!

Dann war alles schwarz. Und still.

Kapitel 9

Seltz, anno domini 1516

Anselm erwachte. Er sah in die neugierigen Gesichter der Menschen, die sich über ihn gebeugt hatten. Um sich zu vergewissern, dass er noch hier lag, im Stroh des Pferdestalls, tastete er über seine Brust, seine Arme und Beine. Das Pferd hatte ihn nicht totgetrampelt. Der Mönch stand auf und wunderte sich darüber, dass man ihn in die Mitte nahm und erwartungsvoll anstarrte.

»Ich bin Martin, der Anführer unserer Pilgergruppe«, stellte sich einer vor und deutete auf die Männer und Frauen um sich herum. »Der Herr hat uns einen Mönch geschickt.« Er und alle anderen bekreuzigten sich.

Anselms Kopf dröhnte. Sein Mund war ausgedörrt. Er nickte kaum merklich. »Was willst du von mir?«, fragte er mit krächzender Stimme.

»Schenke uns ein Morgengebet, Mönch«, bat der Anführer.

Nach der Andacht, bei der Anselm im Dreck hinter dem Pferdestall Latein sprach, erkundigte er sich nach dem Weg der Pilger.

»Wir wollen über Hagenau zum Kloster Neuburg im Modertal, um dort die Nacht zu verbringen. Dann wird uns der Weg westwärts weiter durch Frankreich führen.«

Anselm konnte es kaum fassen. »Schließe dich einer ehrbaren Reisegesellschaft an«, hatte Raimund gesagt. Mit einem Stoßgebet dankte er Gott für diese glückliche Fügung. Der Herr grollte ihm nicht mehr. Anselm fühlte sich gut und voller Tatendrang. »So lasst uns gehen«, rief er, »jetzt habt ihr einen weltlichen und einen geistlichen Führer.« Er zwinkerte dem Anführer der Pilger zu und legte eine auffällige Selbstsicherheit an den Tag.

Während man in der Stadt einigermaßen gehen konnte, war es außerhalb der Mauern unglaublich matschig. Der nächtliche Wolkenbruch hatte die Straße in eine Schlammwüste verwandelt. Karren und Fuhrwerke steckten in tiefen Pfützen fest, und bei jedem Schritt musste man aufpassen, nicht im Morast zu versinken.

Nur langsam kam die Gruppe voran. Doch wenn jemand ausrutschte, stützte man sich gegenseitig, und falls einer fiel, wurde ihm aufgeholfen. Anselm war guter Dinge. Das waren bessere Menschen, als er in den letzten Tagen angetroffen hatte.

Sie folgten dem breiten Tal des Rheins flussabwärts, bis rechterhand ein riesiges Waldgebiet auftauchte. Auf Anselm wirkte es wie eine dichte grüne Wand. »Eine undurchdringliche Wildnis«, bestätigte Martin, der neben ihm ging. »Es ist der Heilige Wald«, erklärte er weiter und fragte Anselm erst jetzt nach dessen Namen und Ziel.

»Bruder Anselm von Dürrmenz-Lomersheim«, antwortete der Mönch, »auch ich bin auf dem Weg von Maulbronn zu unserem Mutterkloster Neuburg.« Über den Zweck seiner Reise schwieg er sich aus.

Sie waren bereits ein paar Stunden unterwegs, als sie auf ein Flüsschen stießen, das Martin die Moder nannte. Ruhig floss es im Sonnenlicht dahin, und seine baumbestandenen grünen Ufer luden zu einer schattigen Rast ein. Gerne ließen sich alle im Gras nieder und packten ihren Proviant aus. Anselm segnete die karge Mahlzeit und biss in das alte Brot, das er am Morgen in der Herberge ergattern konnte. Der Käse, den er mitgenommen hatte, war schmierig, die Nüsse ranzig. Doch der junge Mönch hatte, seit es seinem Magen an diesem Tag besser ging, mächtig Hunger.

Nach dem Essen gönnte sich die Gruppe etwas Ruhe. Einige dösten im Gras, andere lehnten mit dem Rücken an einem Baumstamm und sprachen leise. Anselm musste zugeben, dass es nicht nur schlechte Menschen gab. Für sie lohnte es sich, im Kloster zu beten. Und er gönnte ihnen die Pilgerfahrt, die ihren Seelen Frieden bringen und ihre Sünden schmälern würde.

Nachdem sie weitere Stunden gegangen waren, tauchten vor ihnen die Türme einer gewaltigen Stadt auf: Hagenau. »Du warst schon einmal hier, Bruder Anselm?«, wollte Martin wissen.

»Nein«, entgegnete Anselm. Er band ihm nicht auf die Nase, dass er vor dieser Reise genau genommen nirgendwo anders war als in seinem Heimatkloster Maulbronn. Der erfahrene Pilgerführer erklärte, dass die Reichsstadt Hagenau die beliebteste Kaiserpfalz der Regenten des Heiligen Römischen Reichs Deutscher Nation war.

»Sacrum Imperium Romanum Nationis Germaniae«, wiederholte Anselm auf Latein, und der andere nickte anerkennend. Von dieser elsässischen Stadt im Tal der Moder ging wahrlich eine majestätische Würde aus. Ohne Probleme passierten der Mönch und die Pilgergruppe eines der mächtigen Stadttore und gingen weiter den Fluss entlang. Wo er sich in zwei Läufe teilte, stand hoch erhoben die schwer befestigte Kaiserpfalz. »Hier halten die reisenden Kaiser des Reiches Hof«, erklärte Martin. Das wusste Anselm. Ebenso, dass es der berühmte Kaiser Friedrich I. Barbarossa war, der vor Jahrhunderten das Jagdschlösschen seines Vaters zur mächtigen Kaiserpfalz Hagenau ausbauen ließ. Die Kapelle war der Aufbewahrungsort der Reichsinsignien gewesen! In der Theorie kannte Anselm viele Fakten, Zusammenhänge und kirchliche wie weltliche Gepflogenheiten, die ihm der Novizenmeister, Bruder Raimund und andere im Kloster beigebracht hatten.

Von Martin erfuhr er: »In Hagenau hat man bereits vor mehr als zehn Jahren den neuen Buchdruck eingeführt. Der berühmte Meister Gran liefert die Werke aus seinen Pressen bis nach Ungarn.« Heinrich Gran sei ein Freund des Dichters Ulrich von Hutten und des Philosophen Johannes Reuchlin aus Pforzheim, der in Diensten des württembergischen Herzogshauses gestanden hätte.

Pforzheim, die Stadt an der heimischen Enz, und das Herzogtum Württemberg, sie waren Anselm geläufig, wenngleich ihm der Herzog persönlich nicht bekannt, aber in schlechter Erinnerung geblieben war.

Die Gruppe verließ die Kaiserstadt durchs andere Ende und bewegte sich das Modertal aufwärts. Die überschaubare Landschaft mit Wiesen und Buschwerk erinnerte Anselm an seine Heimat. Er war gespannt, was ihn in Neuburg erwartete. Einmal mehr machte er sich bewusst, dass er in einem wichtigen Auftrag zwischen zwei bedeutenden Zisterzienseräbten diesseits und jenseits des Rheins unterwegs war.

Dann standen sie vor dem Klostertor. Anselm klopfte. »Deus salvete, Gott zum Gruße«, grüßte er das Gesicht hinter dem Guckloch, »wir bitten um Einlass.«

»Gott mit Euch, Bruder, wer seid Ihr?«

»Eine Pilgergruppe, die um Quartier bittet«, ergänzte Martin.

»Und ich, Anselm von Dürrmenz-Lomersheim. Ich bringe einen Brief meines Abtes im Kloster Maulbronn für Euren Abt.«

Das Gesicht des Mönchs hellte sich auf und er öffnete das Tor.

»Im Namen Gottes«, er machte eine einladende Geste, »tretet ein.«

Andere Mönche kamen herbei und baten die Pilger in die Gästeunterkunft direkt hinter der Mauer. Martin und die anderen winkten Anselm zum Abschied, als er dem Pförtner ins Innere des Klosters folgte; der erfahrene Bruder hatte sogleich einen jungen Mönch losgeschickt, um dem Abt den Besucher zu melden.

Als sie auf die Klausur zugingen, registrierte Anselm, dass die Klosterkirche linkerhand, also im Süden, und der Kreuzgang samt anderen Gebäuden rechterhand im Norden lagen. Genau umgekehrt wie in Maulbronn. Er wunderte sich auch darüber, dass er nicht auf direktem Weg ins Haus des Abtes geführt wurde. Schließlich hatte er sich die Benediktsregel zur Aufnahme von Gästen genau eingeprägt: »Sobald ein Gast gemeldet wird, sollen ihm daher der Obere und die Brüder voll dienstbereiter Liebe entgegeneilen.« Ihm kam niemand entgegen. Stattdessen führte ihn der Bruder Pförtner in die Unterkunft für mönchische Gäste.

Zumindest der für die Unterbringung zuständige Bruder begrüßte ihn. »Laudetur Jesus Christus, Bruder Anselm.«

»In aeternum, Amen«, gab Anselm zurück.

»Als Zeichen unserer Gemeinschaft lade ich dich zu einem gemeinsamen Gebet ein.«

Anselm folgte dem Gastgeber in eine kleine Kapelle, und er dankte Gott inbrünstig für das glückliche Ende seiner ersten Reise. Dann tauschten sie den Friedenskuss aus. Anselm wusste, dass man den Friedenskuss wegen der Täuschung des Teufels erst nach dem Gebet bekommen durfte.

Er bekam seine Gästekammer gezeigt, und im Türstock stehend fragte er: »Wo ist Euer Abt, der an dem Brief interessiert sein sollte, den ich bringe.«

»Unser ehrwürdigster Abt ist beschäftigt, den Brief sollst du mir aushändigen«, lautete die knappe Antwort.

»Auf keinen Fall. Ich habe meinem ehrwürdigen Abt versichert, das Schreiben allein dem Abt persönlich auszuhändigen.«

Der Mönch schaute ihn überrascht, auch vorwurfsvoll an, wie Anselm fand.

»Ich streite mich mit keinem Gast«, erwiderte er nur und machte kehrt.

»Voll dienstbereiter Liebe«, murmelte Anselm und schloss die Tür. Er wollte die Zeit nutzen, sich nach dem langen Reisetag auszuruhen. Im Liegen schaute er sich um. Keinerlei Zierrat störte in diesem Raum den Geist. Außer der Schlafstatt und einem Kruzifix darüber gab es nichts.

Anselm war eingenickt, als es klopfte. Der Gästemönch lugte herein und forderte Anselm auf, ihm zu folgen. »Ich bringe dich zum Abt«, erklärte er.

Im Abtshaus wies der lange Eingangsflur außer wenigen Holzverkleidungen nur kahle Steinwände auf. So, wie es sich im Zisterzienserorden gehörte, dachte Anselm. Er wartete. Als sich die hinterste Tür öffnete, war er überrascht. Mehrere Herren kamen ihm entgegen. Alle trugen einen weißen Waffenrock, darüber ein weißes Skapulier mit schwarzer Kapuze sowie einen breiten Pilgerkragen. Wie Rittermönche in einer Ordenstracht, überlegte Anselm. Doch war die Zeit der Kreuzzüge ja seit hunderten von Jahren vorbei.

Anselm wurde hineingerufen und senkte in Demut den Kopf.

Der Abt warf ihm einen prüfenden Blick zu: »Unser junger Gast weigerte sich also, den Brief vom lieben Abt Entenfuß wie von mir angeordnet zu übergeben?« In seiner Stimme klang Empörung.

Kein guter Anfang, dachte Anselm, und war gespannt.

»Nun denn, also her mit dem Schriftstück«, ergänzte der Abt barsch, »ich denke darüber nach, meinen Kollegen in Maulbronn über deinen Ungehorsam zu unterrichten.«

Innerlich zuckte Anselm zusammen. Noch immer hatte er keine Ahnung, worum es hier eigentlich ging. Auf ein Nicken des Abtes hin überreichte er dessen Sekretär das Schreiben.

»Du kannst gehen«, beschied ihm der Abt, »ich lasse dich erneut rufen.«

Als Anselm in seine Gästezelle zurückkam, erwartete ihn ein junger Mönch. Mit seinen Locken um die Tonsur und den vielen Sommersprossen sah er lustig aus. »Gott zum Gruße, Bruder«, sagte er freundlich, »ich werde auf dich aufpassen.«

»Aufpassen?«, entfuhr es Anselm.

»Besser gesagt, ich werde für deinen angenehmen Aufenthalt bei uns im Kloster sorgen«, verbesserte sich der andere.

Der Junge gefiel Anselm. »Wie heißt du?«, fragte er.

»Bruder Anton. Ich habe erst vor Kurzem meine Profess abgelegt.«

»Mein Name ist Anselm von Dürrmenz-Lomersheim«, stellte er sich vor.

»Ich bin Anton, von nirgendwo her. Zumindest weiß das keiner. Man gab mich als Waisenkind im Kloster ab.«

Anselm ging darauf nicht ein, sondern fragte ganz direkt: »Bruder Anton, sage mir, wer die Leute mit den seltsamen Trachten sind. Sie waren bei deinem Obersten.«

Der junge Mönch erklärte ihm, dass es sich bei den Herren tatsächlich um Rittermönche handle. Sie gehörten dem zisterziensischen Ritterorden Calatrava an und seien vor einigen Wochen aus Spanien gekommen.

Anselm zeigte ein verdutztes Gesicht, sodass Bruder Anton weiter ausführte: »Pass auf! Der Orden von Calatrava wurde vor langer Zeit in Spanien gegründet, um gegen die Mauren zu kämpfen.«

»Sie sollten Andersgläubige im Namen unseres Glaubens töten?« Anselm machte seiner Entrüstung Luft.

»Wie die Kreuzritter auch«, erwiderte Anton. »Jedenfalls standen die Ordensritter lange Zeit unter der geistlichen Aufsicht unseres Mutterklosters Morimond sowie dem unseren. Dann unterstellte der Papst die Calatravisten den spanischen Königen.«

Soweit verstand Anselm. »Doch warum sind die Spanier bei euch in Neuburg?«

»Das habe ich mich auch gefragt«, bekannte Bruder Anton, »und ich erfuhr Folgendes: Als König Ferdinand II. von Aragon und Kastilien starb, nutzten die Ordensritter die Gunst der Stunde. Sie sagten sich vom Königshaus los und kamen hierher.«

Anselm ahnte nicht, wie wichtig diese Angelegenheit für ihn werden sollte.

Er musste zur Kenntnis nehmen, dass keiner der Klosterbrüder ihm zur Begrüßung die Füße wusch und dass weder der Abt noch sonst jemand ihn zum Essen einlud, wie es die Regel vorsah. Stattdessen musste er mit einer gemeinsamen Abendmahlzeit im Herrenrefektorium vorliebnehmen.

Vorher ging Anselm zum Brunnen im Kreuzgang, um sich die Hände zu waschen. Als er näher trat, fuhren zwei alte Mönche herum. Sie starrten ihn an, als stünde der Leibhaftige vor ihnen. Eilig bekreuzigten sie sich: War ein Mönch, den sie von früher her kannten, wiedergeboren worden? Die schlanke Gestalt Anselms, die blauen Augen, sein schwarzes Haar: Genau so hatte ein junger Novize im Kloster Neuburg vor vielen Jahren ausgesehen.

Bruder Anton kam und begleitete den Gast in den Speisesaal. Bei Tisch hielt man sich an das Schweigegebot der Zisterzienser, der Mönch in der Lesekanzel auf der Längsseite des Refektoriums las Bibeltexte vor.

Zu seiner eigenen Verwunderung genoss Anselm innerhalb des Klosters große Freiheiten. Er schloss sich den Stundengebeten an, wann er wollte, und spazierte viel durch die Gärten hinter der Klausur. Baulich war die ganze Anlage bis auf die Platzierung der Kirche ein Abbild des Maulbronner Klosters. Oder andersherum.

Bruder Anton kam direkt auf Anselm zu: »Ich soll dich zum Bruder Bibliothecarius bringen.«

»Was will der von mir?«

»Das weiß ich nicht.«

Anselm folgte dem Mönch durch den Kreuzgang in die Bibliothek. »Das ist unser Besucher aus Maulbronn«, wurde er dem Bibliothecarius vorgestellt.

»Du kannst gehen«, schickte der Anton weg und grüßte Anselm knapp. »Ich gehorche meinem Vater Abt, indem ich Euch etwas aushändige, das in unsere großartige Bibliothek gehört.« In den endlosen dunklen Holzregalen lag ein Vielfaches der Bücher, die Anselm von seinem Kloster her kannte. Doch der Leiter der Bibliothek nahm keines der Exemplare heraus, sondern forderte ihn auf, mitzukommen. Neugierige Blicke der Schreiber im Scriptorium folgten ihnen, als der Bibliothecarius die Tür zu einem langen dunklen Gang aufschloss. Weiter hinten steckte er einen zweiten Schlüssel ins Türschloss und öffnete einen kleinen Raum. Im Kerzenschein konnte Anselm eine Reihe von Büchern ausmachen, die hier im Dunkeln verborgen lag. Zielsicher griff der Herr der Bücher zwei Werke heraus: ein dünneres, einfach gebundenes und ein dickes mit schwerem Ledereinband. Er steckte sie in einen Lederbeutel, der sich mit zwei Schnallen verschließen ließ. »Ich habe Euch unser Bücherheiligstes gezeigt, damit Ihr würdigen könnt, welch große Gunst wir Neuburger eurem Maulbronner Abt erweisen. Du wirst sie in Ehrfurcht hüten und uns nach dem Gebrauch wieder zurückbringen!«

Abt Entenfuß hatte in seinem Brief also um zwei Bücher gebeten, schloss Anselm. Dass er mit den Schriften ehrfürchtig und sorgsam umgehen würde, war für ihn selbstverständlich.

Zurück in seiner Besucherkammer konnte er es kaum erwarten, die Bücher näher in Augenschein zu nehmen. Er setzte sich auf sein Bett und zog das kleinere der beiden heraus. »Practika in artem alchimicam«, übe dich in der alchemistischen Kunst, las er. Eine Abhandlung über Alchemie! Geschrieben von … Das konnte nicht sein. Von Maria. Maria von Alexandria, geschrieben kurz nach dem Tod Jesu Christi.

Hastig überflog er das Inhaltsverzeichnis. Die Überschriften machten ihm klar, dass diese Maria Vorrichtungen und alchemistische Gerätschaften beschrieb und dazu genaue Arbeitsmethoden lieferte. Es ging um die Durchführung des Opus magnum zur Herstellung des Steins der Weisen. Und dieser diente, soweit er das wusste, nur dem einen Zweck: der Herstellung von Gold!

Allerdings wurde er aus der ersten Anleitung, die er sich ansah, nicht schlau: »Aus Eins wird Zwei, aus Zwei wird Drei, und das Eine des Dritten ist das Vierte; so werden die Zwei Eins.« Da musste es um Mengenverhältnisse gehen.

Mit zittrigen Händen griff er nach der dünneren Handschrift im Beutel: »Liber ignium ad comburendos hostes, Feuerwerksbuch, um den Feind zu verbrennen«, sprach Anselm leise zu sich. Ungläubig schüttelte er den Kopf. Ein Buch spanischen Ursprungs mit uralten geheimen Regeln zur Herstellung von Schießpulver! Er reimte sich zusammen, dass es im Zusammenhang mit den zisterziensischen Ordensrittern hierher ins Elsass gekommen war.

Anselm zuckte zusammen. Mit einem lauten Klopfen trat Bruder Anton ein.

»Was hast du denn da?«, fragte er mit einem strahlenden Lächeln.

»Die Neugier zählt nicht zu den Tugenden eines Mönches«, schalt ihn Anselm.

»Meines Wissens sagt unsere Regel dazu nichts«, erwiderte Anton leichthin.

Anselm musste grinsen.

»Nun sag schon, was sind das für Schriften, die dir, wie ich annehme, unser Bibliothecarius aushändigte«, drängte der Neuburger Jungmönch.

Er erwischte Anselm auf dem linken Fuß. Der war aufgewühlt vom Inhalt der Bücher und war erleichtert, mit jemandem darüber sprechen zu können. »In den Schriften geht es um die Herstellung von Gold und Pulver«, brachte er es auf den Punkt.

Anton machte große Augen. »Gold und Pulver?«, wiederholte er.

»Ja, das habe ich gesagt.« Anselm rieb sich das Kinn und sinnierte.

»Du weißt nicht, wozu du die Bücher nach Maulbronn bringen sollst?«, fragte Anton.

»So ist es.« Anselm trommelte mit den Fingern auf den Ledereinband. Ein Zeichen dafür, dass er angestrengt nachdachte.

»Unsere Maulbronner Bibliothek besitzt ebenfalls Bücher über diese Themen. Warum also braucht unser Abt weitere?«

Auf diese Frage fanden die beiden keine Antwort. Nachdenklich verließ Anton mit einem kurzen Abschied die Kammer – und Anselm wunderte sich, warum er so schnell wieder ging.

Anselm machte sich auf in die Klostergärten. Im Gehen konnte er besser denken. Die Hände auf dem Rücken verschränkt, zermarterte er sich das Hirn. Lange ging er unter den blühenden Obstbäumen auf und ab. Dann hatte er es gefunden: Mönche wie Albertus Magnus und Roger Bacon, deren Bücher sich ebenfalls mit Alchemie beschäftigten, hatten sicher keine konkreten Anleitungen zur Herstellung von Gold und Pulver verfasst. Darum also musste es seinem Klostervorsteher gehen. Um Herstellung und Besitz von Gold und Schießpulver.

Warum allerdings der Abt des Klosters Neuburg ihn dabei unterstützte, erschloss sich Anselm nicht.

Als er zurück in Richtung Klausur ging, wurde seine Aufmerksamkeit geweckt. Im offenen Konversengang unterhielten sich zwei ungleiche Männer. Am feinen Kettenhemd, den schwarzen Lederstiefeln und dem leuchtend blauen Waffenrock war der eine leicht als Edelmann zu erkennen. Anselm bemerkte die drei Geweihstangen auf seinem Wappen. Die Zeichen des württembergischen Herzogs. Ihm gegenüber stand, halb verdeckt von einer Säule, ein Mönch mit tief heruntergezogener Kapuze.

Für einen Augenblick meinte Anselm, in ihm Bruder Anton zu erkennen.

In Gedanken war er bereits bei seiner Rückreise, die er gleich am nächsten Morgen antreten wollte. Beim Abendessen bemerkte er nicht, wie Bruder Anton ihn beobachtete.

Während die Mönche sich zur Komplet, der Abendandacht, aufmachten, schlug Anselm den Weg zu seiner Kammer ein. Plötzlich war Anton neben ihm. »Du wirst uns verlassen?« Seine Frage klang eher wie eine Feststellung.

»Ja, morgen mit dem ersten Licht des Tages.«

Anton verabschiedete sich. »Wir sehen uns«, sagte er und wünschte Anselm Ruhe und Gottes Segen.

Nach einer unruhigen Nacht und einem hastigen Frühstück in der Gästeunterkunft schulterte Anselm seinen Reisebeutel und den zweiten mit den Büchern darin. Am Torturm wurde er bereits von Anton erwartet, der ihm ziemlich nervös erschien. Er kümmerte sich nicht darum, sondern fragte: »Bruder Anton, ich musste eine schlimme Erfahrung mit einem Fährmann machen, gibt es nicht eine sichere Brücke über den Rhein?«

»Opfere dem Flussgott doch eine Münze«, machte sich Anton über den Schutzbrauch lustig, dem sogar noch mancher Gottesmann anhing, wenn er in die Fluten eines Flusses steigen musste.

»Im Ernst: Es gibt eine Brücke. Im Süden, bei der Stadt Straßburg. Sie bietet einen bequemen Übergang und ist bestens bewacht. Wegelagerer und anderes Gesindel findest du dort nicht.«

Anselm hörte das gern, und die beiden Mönche verabschiedeten sich freundlich voneinander.

»Danke für alles, und Gottes Segen für dich«, wünschte Anselm.

»Gottes Schutz für dich«, gab Anton zurück, »ich hoffe, dass du die Wirrungen des Schicksals gesund überstehst, und des Verzeihens mächtig bist.«

Mit dieser Äußerung zum Verzeihen wusste Anselm nichts anzufangen. »Wir sehen uns, wenn ich die Bücher wieder in eure Bibliothek zurückbringe«, versicherte er zum Abschied, und der Bruder Pförtner öffnete ihm das Tor.

Anton blickte Anselm nach. Unvermittelt trat der Edelmann im blauen Waffenrock neben Anton. Der Pförtner beobachtete, wie er den jungen Mönch etwas fragte. Der erwiderte und deutete mit dem Arm in südliche Richtung.

Kapitel 10

Schloss Reichenweiher, Elsass

Bruder Anselm war guter Dinge. Auf der bestens ausgebauten Nord-Süd-Verbindung jenseits des Rheins kam er gut voran, und die vielen Reisenden um ihn herum gaben ihm Sicherheit. Außerdem war die Straße an vielen Stellen bewacht. Hier konnte man nicht vom Weg abkommen, und kein Strauchdieb oder Räuberpack würde einen Überfall wagen. Er traf auf Menschen, mit denen er ein paar Worte wechseln konnte, und neben denen, die offenbar keine Pfaffen mochten, gab es auch solche, die ihn um seinen Segen baten. Die offene Landschaft gefiel ihm, und auch das Wetter spielte mit. Nicht zu kalt, nicht zu heiß, und es war trocken an diesem Sommervormittag.

Mit jedem Schritt kam Anselm seinem Heimatkloster näher, und allmählich freute er sich darauf, Raimund und andere Brüder wiederzusehen. Darüber hinaus interessierte es ihn inzwischen brennend, wie es mit den Büchern weitergehen sollte.

Als die Sonne hoch am Himmel stand, wurde es etwas ruhiger auf der Straße. Anselm ging nun fast allein und fragte eine entgegenkommende Reisegruppe, ob sie aus Straßburg kämen.

»Nein, wir kommen von Gambsheim her«, sagte ihr Anführer. »Und du bist auf dem Weg nach Straßburg?«

»Ja«, bestätigte Bruder Anselm, »wie weit ist es noch?«

»Nur wenige Stunden, für einen, der gut zu Fuß ist«, lachte

der Angesprochene. Mit einer ausladenden Handbewegung erklärte er: »Dabei durchquerst du ein Waldstück, dann wirst du bald die roten Türme des Liebfrauenmünsters sehen.«

»Ah«, meinte Anselm, und der andere ergänzte:

»Dann blickst du auf die höchste Kathedrale, die zu Gottes Ehren auf Erden erbaut wurde.« Das gefiel Anselm. Er dankte und war gespannt.

Geradezu vergnügt ging er weiter, doch es dauerte eine ganze Weile, bis der Wald vor ihm auftauchte. Anselm wunderte sich, warum er jetzt gänzlich allein unterwegs war.

War er etwa doch von der Hauptstraße abgekommen? Nein, das konnte nicht sein.

Er folgte dem Weg in den Wald hinein, der rasch dichter wurde. Das kam ihm nicht vor wie ein Waldstück, eher wie ein ausgedehntes Waldgebiet. Der Weg wurde schmaler und schlängelte sich durch stattliche Baumreihen und dichtes Unterholz. Immer wieder ging es durch tief eingeschnittene Hohlwege, die Anselm nicht mochte. Ihm war lange niemand mehr begegnet. Die mächtigen Baumkronen ließen immer weniger Licht bis zum Boden durch.

Anselm hatte keine Zeit zu reagieren. Wie Dämonen aus der Tiefe sprangen vor, neben und hinter ihm mehrere Kerle auf. Im nächsten Augenblick war er umzingelt, wurde gepackt und zu Boden geworfen. Anselm blickte dem bärtigen Anführer über sich direkt ins Gesicht. Der hatte seinen dreckigen Stiefel auf seine Brust gesetzt. Anselm rang nach Luft.

»Na, Mönchlein«, höhnte der Räuber, »bist uns in die Falle gegangen?«

»Lasst mich sofort los«, zischte Anselm, »ich bin ein Mann Gottes. Hütet euch vor seiner Strafe!«

Die wilden Gesellen brachen in ein bedrohliches Lachen aus.

»Hört, hört, frech ist der Pfaffenlümmel auch noch!« Der Mann drückte Anselm den Absatz seines Stiefels gegen den Kehlkopf.

Anselm stöhnte auf und würgte.

»Dann wollen wir mal sehen, welche Schätze du in deinem schweren Beutel hast.« Der Anführer griff hinein und schrie: »Bücher, Männer, der Kerl trägt dumme, wertlose Bücher mit sich herum!«

Er funkelte Anselm böse an, und die um ihn herum zogen ihre Dolche.

Anselm konnte nicht sprechen.

»Schneidet ihm die Kehle durch«, giftete der Anführer der Bande, »aber langsam. Ganz langsam! Dann hat der Hurenbock von einem Mönch genug Zeit, sich bei seinem Gott anzukündigen.«

Raues Gelächter um Anselm herum. Er wusste, sein letztes Stündlein hatte geschlagen. Ich bin noch jung, schrie es in Anselms Kopf, meine erste Reise, lieber Gott im Himmel!

Einer der groben Burschen bückte sich zu Anselm hin. Ein lautes Zischen durchschnitt die Luft – mit einem Schrei fiel der von einem Pfeil getroffene Mann vornüber auf Anselm. Die anderen fuhren herum, und schon preschte eine Gruppe bunt gekleideter Landsknechte in vollem Galopp heran. Es war fürchterlich. Ein lautes Geschrei mit Flüchen und Verwünschungen, überall um ihn herum sah Anselm Blut spritzen. Eine abgehackte Hand wirbelte durch die Luft, dann rollte ein Kopf mit wirrem Haar über den Waldboden. Anselm schlug sich die Hände vors Gesicht. Er bekam einen harten Schlag gegen den Schädel und verlor die Besinnung.

Als er erwachte, waren die Wegelagerer tot. Die kampferprobten Landsknechte hatten ganze Arbeit geleistet. Anselm griff sich an den Hals, an den Kopf und dankte dem Herrn für seine Rettung. Obwohl sein Kopf dröhnte und ihm die Spucke kaum zum Schlucken reichte, kniete er nieder und betete.

Anselm wusste nicht, wie ihm geschah. Einer seiner vermeintlichen Retter zog ihn am Arm hoch, ein anderer schnappte sich seine Beutel, dann wurde er ohne ein Wort auf ein freies Pferd gehoben. Schon war der Trupp reitfertig, und der Mönch musste sehen, dass er sich irgendwie im Sattel halten konnte. Der Reiter neben ihm hielt die Zügel seines Pferdes und rammte ihn grob an, wenn er zu diesem hinüberkippte.

In lockerem Trab ging der Ritt in südlicher Richtung. Wie ausgedörrt war Anselms Mund. Mehrmals versuchte er, seinen Nebenmann anzusprechen, doch der schaute stur geradeaus. Keiner der Männer redete ein Wort. Anselm konnte sich keinen Reim darauf machen, was da eben vor sich ging. Ungläubig ließ er das Ganze geschehen. Die größte Überraschung war für ihn der Reiter, der die Gruppe anführte. Über seinem Brustharnisch trug er einen leuchtend blauen Waffenrock mit dem Zeichen der Württemberger.

Anselm sah die Türme der Kathedrale in den Himmel ragen. Allerdings standen sie weit entfernt, denn die Gruppe machte einen weiten Bogen um Straßburg. Das Land war flach wie ein Ritterschild und Anselm konnte keine besonderen Wegmarken ausmachen. So zog sich der Ritt ewig hin. Sein Kopf wurde mit der Zeit besser, und er fragte sich, worauf es seine Entführer abgesehen hatten. Raub stand nicht zur Debatte, sie hatten ihn ja aus den Händen der Räuberbande befreit. Lösegeld? Das wollten sie für einen einfachen Mönch wohl kaum fordern. Die zweite große Frage lautete: Welche Rolle spielte dieser württembergische Edelmann oder Ritter, der den gleichen Umhang trug wie der Mann, den er im Kloster Neuburg bemerkt hatte? Man befand sich doch im Elsass, weit weg vom Herzogtum Württemberg.

Anselms Magengegend kribbelte, als er daran dachte, wie nah er sich am Morgen seinem Kloster gefühlt hatte. Jetzt war er unterwegs nach Süden, auf dem Weg zu einem unbekannten Ziel und ohne zu wissen, was ihn dort erwartete. Dennoch verspürte er keine Angst. Seine Zuversicht in Gott war stetig gewachsen, seit er zu dieser Reise aufgebrochen war. Der Herr hatte ihn zweimal beschützt. Ihm würde nichts Schlimmes zustoßen.

»Schlaft nicht ein, Männer!« Der Ruf des Reiters vorn neben dem Anführer riss Anselm aus seinen Gedanken. »Wir wollen bei Tageslicht in Reichenweiher ankommen.« Der Name war ihm unbekannt. Doch immerhin wusste er jetzt, auf welches unbekannte Dorf oder welche Stadt sie zuritten. Inzwischen knurrte sein Magen so laut wie ein Straßenköter, und mit jeder Stunde schmerzte sein Hinterteil mehr. Er war kein Reiter, nicht einmal auf einem Esel hatte er jemals gesessen.

Auf beiden Seiten begleiteten in der Ferne hohe Bergrücken die Straße. Mit jeder Meile kamen sie dem bewaldeten Gebirge rechterhand näher. Als weit oberhalb der Ebene eine riesige Burg ins Blickfeld kam, führte ihr Weg unten entlang der Höhen. Nach ein paar kleineren Ortschaften, die Sonne stand bereits tief, lag Reichenweiher vor ihnen.

»Verdammt, wurde auch Zeit«, fluchte einer der Landsknechte. »Du weißt doch, wie lange der Ritt von Straßburg hierher dauert«, wunderte sich sein Nebenmann. Anselm war froh, dass diese unsägliche Reise nun ihr Ende finden würde.

Sie ritten auf die Stadt zu. Rechterhand lagen steile Weinberge, direkt dahinter erhob sich der dunkle Gebirgswald. Je näher sie kamen, desto eindrucksvoller zeigte sich Reichenweiher. Auf jeden Fall war die Stadt deutlich stärker befestigt als das Kloster Maulbronn und die meisten anderen Siedlungen, die Anselm inzwischen kennengelernt hatte. Es gab zwei Ummauerungen mit einer Reihe von Türmen, die nicht nur die Ecken überragten. Auf einer breiten Straße ritten sie darauf zu. Den ersten Mauerring passierten sie durch ein Torgebäude. Die Wachen blickten die Heimkehrer gelangweilt an, und Anselm fiel auf, dass es weder eine Frage noch eine Begrüßung gab. Sie überquerten den breiten Graben, dann hatten sie die innere Wehrmauer vor sich, die nochmals deutlich höher war als die äußere. Ihr vorgelagert stand ein Torturm, dem sich ein größeres Torhaus anschloss. Wer schützte sich und seine Stadt mit so einem gewaltigen Bollwerk? Anselm war klar, dass es eine hochgestellte Persönlichkeit sein musste. Inzwischen war er begierig darauf, bald Antworten auf seine Fragen zu bekommen. Direkt nach dem Torhaus bog die Reitergruppe nach links ab und hielt auf eine Mauer zu, deren Holztor geschlossen war. Mehrere Bewaffnete sicherten es, und der Oberste der Wachhabenden fragte herunter: »Sucht ihr alle Einlass?« Er kannte die Männer.

»Nein, nur ich und die beiden da, die den Gefangenen führen«, entgegnete der Anführer. »Der Rest bleibt draußen. Das Wirtshaus wartet.«

»Öffnet das Tor!« Die Wachen leisteten dem Befehl folge, und die vier Reiter klapperten über das Pflaster in den Hof. Vor ihnen stand ein Stadtschloss. Was sollte er hier? Was wollte man von ihm? Anselm war endgültig verwirrt. Und er hatte die Nase vom Rätselraten gestrichen voll.

»Absteigen!« Seine Entführer blieben wortkarg.

»Wohin bringt ihr mich?«, versuchte Anselm es erneut. Keine Antwort.

»Los, vorwärts!« Einer der Landsknechte stieß ihm in den Rücken, ihr Herr folgte ihnen. Sie gingen auf eine Nebentür im Hauptgebäude des Schlosses zu, die nach dem Klopfen geöffnet wurde. Ein kurzes Nicken, dann spürte Anselm erneut einen Stoß und trat in einen düsteren Flur. Bevor sich seine Augen an die Dunkelheit gewöhnt hatten, gingen sie eine schmale Treppe hinunter, und er wurde in einen kleinen, schmucklosen Raum gesteckt. Ohne ein Wort ließen ihn die beiden Schergen des Edelmannes stehen und nachdem die Tür ins Schloss gefallen war, hörte Anselm, dass der Schlüssel zweimal umgedreht wurde. Hier unten herrschte völlige Stille. Anselm vermisste seinen Reisebeutel und den mit den Büchern. Er hatte Durst, Hunger – und kein gutes Gefühl.

Eine Ewigkeit verging, bis sich draußen Stiefelschritte näherten. Die Tür ging auf, und jemand stellte ihm einen Teller mit Brot, Käse und Trauben hin. Dazu einen Humpen Bier. Anselm stürzte sich darauf. Wieder wartete er angespannt, und die Zeit floss zäh dahin wie Schlamm in einer Pfütze. Obwohl er hundemüde war und ihm alle Glieder schmerzten, war an Schlaf nicht zu denken. Anselm sah an sich hinunter. Sein Habit war vom Waldboden verdreckt und verstaubt von dem langen Ritt. Er fasste sich an den Haarkranz, der sich verklebt anfühlte. Was für eine missliche Lage. Anselm kniete nieder und betete.

Mit der Stirn und den Armen ausgestreckt auf der Tischplatte liegend, erwachte er. Seine Sitzposition war alles andere als bequem. »Hier, dein Essen«, sagte ein Mann und stellte ihm einen Teller Mehlsuppe hin. Dazu gab es ein Stück Brot und verdünnten Wein. Anselm griff zu. Danach fühlte er sich besser. Er wurde abgeholt und durfte seine Notdurft verrichten. Sie behandeln mich nicht schlecht, dachte er, nur ziemlich nachlässig. Zu seiner Überraschung forderte der Mann ihn auf, ihm durch den ebenerdigen Flur zu folgen. Er wurde in ein Zimmer geführt.

»Hier wirst du warten«, befahl der Mann. Anselm vermutete, dass seine Kleidung die eines Schlossdieners war.

»Worauf soll ich warten?«, fragte er.

»Was weiß ich?«, kam die Antwort, und weg war der Diener. Knackend drehte sich der Schlüssel im Schloss.

Anselm staunte nicht schlecht. Was für ein prunkvolles Zimmer! Die Wände zeigten ein kräftiges Rot, das im Kontrast zu zwei Zimmertüren aus honigfarbenem Glanzholz stand. Ein dicker Teppich mit prächtigen Ornamenten bedeckte den Boden, und die Decke zierten kunstvolle Muster. Der Tisch, die gepolsterten Stühle und ein buntes Sofa an der Wand hatten filigran geschwungene Beine und Lehnen. Überall glänzte Gold in Form von Verzierungen, Leuchtern und verschnörkelten Bilderrahmen. Schwere Vorhänge rahmten das Fenster ein.

Anselm spähte in alle Richtungen hinaus. Auf dem Hof war niemand zu sehen. Er hätte fliehen können. Wären da nicht die Gitter vor der Scheibe gewesen. Allerdings waren auch die Fenster des gegenüberliegenden Gebäudes vergittert. Es ging also eher darum, dass keiner einstieg, als dass jemand ausbrechen könnte.

Die Hände auf dem Rücken verschränkt, ging Anselm auf und ab. Er zermarterte sich das Hirn. Allein, es wollte sich kein erhellender Gedanke einstellen. Als die Sonne im Zenit stand, war der junge Mann ausgesprochen gereizt. So konnte es nicht weitergehen! Was sollte diese elende Warterei?

Man brachte ihm eine Mahlzeit zu Mittag. »Mag sein, es ist deine letzte«, meinte der Diener trocken und zuckte teilnahmslos die Schultern. Anselm erschrak. Hatte er doch Grund, sich Sorgen zu machen? Drohte ihm der Tod?

Nichts geschah.

Anselm ermahnte sich zur Einkehr. Schließlich war er weder ein tumber Bauer noch ein ungebildeter Handwerker oder Händler. Er war ein Zisterziensermönch! Ihm wurde leichter ums Herz, als er sich auf Gottes Güte besann. »Hilf mir Herr, diese Zeit zu ertragen«, flehte er. Da kam ihm das

Stundenbuch des Friedrich von Aragon in den Sinn. Der Maulbronner Bibliothecarius hatte es ihm eines Tages in die Hand gedrückt. Anselm erinnerte sich an das Bild, das Bernhard von Clairvaux zeigte. Der Heilige saß an einem Tisch und betete, wie er, Anselm, selbst am Tisch saß. Ein schwarzer Dämon mit Hörnern und Ziegenbart wollte Bernhard verführen. Der heilige Mann besiegte den Dämon und bezwang den leibhaftigen Satan. So kam es zu den acht heilbringenden Psalmversen des Abtes Bernhard, aus denen Anselm sich diese in Erinnerung rief:

»In deine Hand lege ich voll Vertrauen meinen Geist; du hast mich erlöst, Herr, du Gott der Treue. Zu dir, Herr, habe ich geschrien, ich sagte: Du bist meine Zuflucht, mein Anteil im Land der Lebenden.«

Welchen Trost diese Psalter spendeten. Anselm gab sich dem ganz hin. Voller Inbrunst sprach er mit gefalteten Händen, das Kinn auf die Brust gelegt:

»Wirke an mir ein Zeichen zum Guten! Die mich hassen, sollen es sehen und sich schämen; denn du, Herr, hast mir geholfen und mich getröstet.«

Beseelt schaute Anselm aus dem Fenster. Der Edelmann, der ihn hierhergebracht hatte, erschien im Hof. Er trug den Bücherbeutel bei sich, erreichte das Gebäude gegenüber und verschwand mit einem forschenden Blick hinter einer Tür.

»Herr, ich weiß nichts, ich verstehe nichts«, betete Anselm, »mein Leben lege ich in Deine Hände.«

Ruhig lag Anselm da. Er hatte sich auf dem Teppich ausgestreckt und seine Ruhe gefunden. Still harrte er der Dinge. Dass der Edelmann den Weg, den er gekommen war, mit dem Bücherbeutel wieder zurückging, registrierte er nicht.

Die Sonne ging unter. Anselm lag da und wartete.

Plötzlich tat sich etwas im Raum nebenan. Durch die Tür hörte Anselm zwei Männer. »So lasst mich hören, was Ihr mir zu sagen habt!« Die Stimme klang herrisch und relativ jung. »Ich gebe zu bedenken …«, begann der andere, und Anselm war sicher, die Stimme des Alten schon gehört zu haben. »Ich gebe zu bedenken«, wiederholte er, »dass hinter dieser ganzen Sache der hinterhältige Maulbronner Abt Entenfuß steckt.«

Johannes Burrus von Bretten! Anselm erkannte die schneidende Stimme mit dem lauernden Unterton seines ehemaligen Abtes im Kloster Maulbronn. Umgehend kam die Bestätigung: »Einer meiner Nachfolger also, der mit anderen den Konvent gegen mich aufhetzte, was mit meiner Abwahl endete. Und Ihr, Herr, musstet wegen diesem Entenfuß und anderen um das Kloster kämpfen, das ich Euch zu Füßen gelegt hätte.«

»Sprecht weiter.«

Anselm fragte sich, ob es den beiden bewusst war, dass er sich in dem Nebenraum befand und ihr Gespräch mithören konnte.

Im selben Augenblick senkte Johannes Burrus die Stimme, sodass Anselm nichts mehr verstehen konnte.

»Es ist jener armselige Abt Entenfuß, der Euren Namen vor den Kaiserlichen in den Dreck zog!«, knarrte Burrus. Im Flüsterton fuhr er fort: »Und dieser Bruder Anselm nun ist sein Günstling; ein hergelaufener Bastard, der sich hochmütig Anselm von Dürrmenz und Lomersheim nennt. Ihn hat Entenfuß ins Kloster Neuburg geschickt, um die Bücher zu holen.«

Burrus zischte weiter: »Ich sage, behaltet die Bücher und sorgt dafür, dass der mönchische Taugenichts nichts erzählen kann. Er darf sein Kloster nie erreichen.«

Anselm war aufgestanden. Ihm schwirrte der Kopf. Auch wenn er nicht alles hatte hören können: Offensichtlich steckte der abgesetzte Maulbronner Abt Burrus mit seinen Entführern unter einer Decke. Er kannte seinen Namen, er wusste

Bescheid über die Bücher, und er war informiert über den Ärger, den Abt Entenfuß im Kloster mit den kaiserlichen Gesandten hatte.

Lautstark trat im Nebenzimmer eine weitere Person auf den Plan. »Sprich: Wie ist die Lage?«, herrschte die jüngere Stimme den Dritten im Bunde an.

»Mein Gebieter«, antwortete der Mann betont sachlich, »die Sache ist kompliziert.« Anselm erkannte die Stimme des Edelmannes mit dem blauen Umhang.

»Was soll das bedeuten?«

»Seht, Herr, dies sind die beiden Bücher, deren Inhalt schwer zu verstehen ist. Die Anleitungen sind kaum nachzuvollziehen und die Zahlenreihen und Formeln ergeben keinen Sinn.«

»Das heißt?«

»Keiner im Schloss wird mit den Büchern arbeiten können«, stellte der Edelmann in aller Sachlichkeit fest.

»Meine Untergebenen, ein Haufen unnützer Dummköpfe!«, schrie der Herr, »und du bist einer von ihnen!« Anselm hörte, wie ein Glas zersplitterte, das offenbar gegen die Wand geschleudert worden war. »Geh mir aus den Augen, du Wicht«, schnaubte der Mann, »bevor ich dir persönlich den Kopf abreiße.« Der Herr war außer sich, und selbst auf die Distanz zog Anselm instinktiv den Kopf ein und entfernte sich von der Tür.

Damit entging ihm das letzte Wort des Herrn nebenan: »Ich soll das Mönchlein also einkerkern oder gleich umbringen? Welch törichter Ratschlag, Burrus. Wir brauchen diesen Anselm noch dringend.«

Dann schickte er die beiden anderen hinaus. »Ich muss nachdenken«, sagte er.

Anselm hörte eine Tür zufallen. Dann war es ruhig. Er traute sich kaum zu atmen. Nur getrennt durch die Tür sah er sich einem hohen, bösartigen Herrn gegenüber.

Er versuchte, logisch zu denken. Folgendes konnte er sich gedanklich erschließen: Im Kloster Neuburg gab es einen Verräter; Bruder Anton. Er musste den Edelmann, der ein herzoglicher Spitzel war, über die Bücher und ihn selbst informiert haben. Wie Abt Entenfuß hatte der Herr im Zimmer nebenan das Ziel, Gold und Schießpulver herstellen zu lassen. Vielleicht hatte er Schulden. Möglicherweise wollte er das bestmögliche Pulver oder brauchte Gold, um ein Söldnerheer aufzustellen. Doch warum trachtete dieser Johannes Burrus nach seinem Leben?

Anselm hörte Geräusche. Tür auf, Tür zu. Ein leises Gespräch. Schritte.

Die Tür wurde aufgerissen. Vor ihm standen der Edelmann, der zurückgekommen sein musste – und ein Mann von kräftiger Statur, mit einem grauenhaften Helm auf dem Kopf. Der zeigte eine menschliche Fratze mit Metallaugen, einer unförmigen Nase und einer grässlichen Zahnreihe aus Blechstreifen.

Wie gebannt starrte Anselm auf den Vermummten und ging zwei Schritte rückwärts. Er stieß gegen den Tisch und blieb stehen. Sein Gesicht war blutleer.

»Pass auf, Pfaffe, und höre mir gut zu, ich sage das nur ein einziges Mal«, zischte der Edelmann. Er kniff beide Augen zu und öffnete beim Sprechen kaum den Mund. »Wir werden dich zurückbringen in dein unbedeutendes Kloster und du wirst keiner Menschenseele von uns und deiner Entführung erzählen!« Durchdringend starrte er Anselm an. »Ansonsten bist du tot!« Er fuhr sich mit dem Daumennagel um den Hals.

Nach dieser Drohung fasste der andere an seinen Helm und klappte den unteren Teil auseinander.

Ein feuerroter Vollbart und der rote Lockenschopf des Mannes kamen zum Vorschein. »So kannst du auch mich klar und deutlich verstehen: Du wirst die Bücher in dein Kloster schaffen – und wenn ihr bei der Herstellung von Gold und Pulver erfolgreich sein solltet, werde ich es mir holen: das gelbe und das schwarze Gold! Wage es nicht, meinen Plan durchkreuzen zu wollen. Meine Folterknechte freuen sich auf so jämmerliche Gestalten wie dich!«

Die beiden machten kehrt, hinter ihnen fiel die Tür krachend ins Schloss.

Wie versteinert stand Anselm da. Das dritte Mal auf dieser Reise hatte er panische Angst gehabt. Wie durch dicke Watte war ihm das Gesagte in die Ohren gedrungen. Er brauchte Zeit, das Ganze zu verdauen.

Früh am nächsten Morgen kam der Diener herein. »Folge mir«, sagte er und machte auf dem Absatz kehrt. Anselm trottete ihm hinterher. Er hatte kein Auge zugemacht und sah schrecklich aus. Den Blick auf den Rücken des Dieners geheftet, ging er durch den langen Flur und trat auf einen Innenhof hinaus. Es erwarteten ihn vier Berittene. Grobschrötige Männer, bunt gekleidet und schwer bewaffnet. Einer von ihnen hatte seine zwei Lederbeutel bei sich. Neben den Pferden stand ein gesatteltes Maultier, das offensichtlich für ihn bestimmt war. Ohne dass gesprochen wurde, stieg Anselm auf das Reittier. »Los geht's, auf nach Maulbronn«, befahl der Anführer, und das Klappern der Pferdehufe erfüllte die kühle Luft des Morgens.

Sie ritten bis zum Rhein, den sie ohne Zwischenfall überquerten. Nicht einmal den Brückenzoll mussten sie entrichten. Anselm war in schlechter Stimmung. Aber nicht verzagt. Er hatte so viel erlebt auf dieser Reise. Jetzt ging es darum, das Beste für sich und das Kloster Maulbronn zu erreichen. Genügend Zeit zum Nachdenken hatte er ja, schließlich musste er sich unterwegs nicht um seine Sicherheit kümmern. Wenn ihre Gruppe auf Menschen stieß, wichen sie vor ihnen zurück, und es gab viel Erstaunen darüber, dass vier Landsknechte einen einfachen Mönch auf einem Maulesel eskortierten. Vielleicht wurden manche ja an den Einzug Jesu nach Jerusalem erinnert.

Anselm konnte sich sogar etwas freuen, als sie am Ende über Stein und Bauschlott hinunter Richtung Aalkistensee ritten. Dort machten seine Begleiter kehrt und Anselm stieg ab. Mit dem Tier an den Zügeln ging er auf den Elfinger Hof zu, vorbei am See und dann talaufwärts der Salzach entlang.

Seine Reise hatte nicht viele Tage gedauert, ihm kam sie ungleich länger vor. Das Kloster mit dem Glockenturm der Kirche kam in Sicht. Ruhig und vertraut lag es da. Niemand hätte vermutet, was sich bald hinter seinen Mauern ereignen würde. Es ging um Gold, um Pulver, um Macht. So viel war Anselm klar. Eine große Sache. Doch wer dabei welche Rolle spielen sollte, konnte er sich bis hierhin nicht vorstellen. Er selber würde versuchen, nicht zwischen die Stühle zu geraten – und, falls möglich, zu verhindern, dass der Plan der Verschwörer um den alten Johannes Burrus aufging.

Kapitel 11

Kloster Maulbronn

»Du hast einen zweiten Reisebeutel bei dir, Bruder?« Anselm war heilfroh, sein Kloster Maulbronn wieder gesund erreicht zu haben, und statt ihn zu begrüßen, beäugte ihn der Bruder Pförtner argwöhnisch.

»Gott mit dir«, wünschte der Heimkehrer.

»Wie du weißt«, legte der andere grußlos nach, »ist es uns bei Strafe verboten, auf Reisen ein Geschenk anzunehmen oder irgendetwas sonst mitzubringen. Also, was trägst du bei dir?«

Entschlossen antwortete der Dreiundzwanzigjährige: »Ich war im Auftrag unseres Abtes unterwegs und bringe ihm das, was er mir auftrug zu holen.«

»Nun denn, dann werde ich den Inhalt des Beutels eben in Augenschein nehmen müssen.«

»Bruder Pförtner«, herrschte Anselm den Mönch an, der vielleicht dreimal so alt war wie er selbst. »Ich kann dich nicht in den Beutel schauen lassen. Der Vater Abt hat mir das untersagt, und allein ihm steht das zu!«

Der alte Pförtner holte tief Luft. Seine Augen funkelten streitlustig, als er zwei seiner Gehilfen rief. Eilig kamen sie aus dem Gästehaus.

Unversehens tauchte Bruder Raimund auf. Welch eine glückliche Fügung, dachte Anselm.

»Was gibt es hier?«, fragte der Bruder Bursarius.

»Es ist meine Aufgabe und Pflicht, den Rückkehrer zu kontrollieren«, ereiferte sich der Pförtner.

»Beruhige dich, Bruder, und sei ohne Sorge. Ich weiß um den Auftrag unseres Bruders Anselm, und ich kenne den Befehl unseres Abtes. Ich übernehme die Verantwortung.«

Mit einer abfälligen Handbewegung machte der alte Mönch auf der Stelle kehrt und grummelte etwas vor sich hin.

Anselm und Raimund begrüßten sich herzlich. Endlich zu Hause! Sie hakten einander unter und verließen den Torbereich. Den Mann in der Ecke zwischen Wachhaus und Besucherkapelle bemerkten sie nicht. Er war weltlich gekleidet und hatte die Szene beobachtet. Auch er setzte sich in Bewegung.

Im Bursarium angekommen, ließ Raimund Wein bringen, dazu Brot, Käse und Obst. Anselm war überrascht. »Mit Gottes Einverständnis«, erklärte der Amtsträger, »für einen ausgehungerten Reisenden darf es eine Ausnahme geben. Greif zu, mein junger Freund.«

Das fühlte sich schon besser an. Eigentlich hätte Anselm direkt zum Abtshaus gehen müssen, doch das hatte, wie er fand, Zeit. Der Bursarius, der Anselm von Kindesbeinen an kannte, bemerkte, dass sein Gast trotz freudiger Rückkehr bedrückt war. Er hatte seine Beutel abgelegt und sah immer wieder stirnrunzelnd hinüber. Bruder Raimund sagte nichts. Er wollte abwarten, ob sein Schützling vielleicht von sich aus berichtete. Stattdessen fragte er: »Was wirst du jetzt tun, Bruder Anselm?«

»Zuerst werde ich die Hosen, die ich für die Reise bekam, waschen und unserem Bruder Vestiarius für die Kleiderkammer zurückgeben. Dann sollte ich den Herrn Abt aufsuchen.«

Der Bursarius musste angesichts der Reihenfolge schmunzeln, ließ aber auch diese Aussage unkommentiert.

Der Abt empfing Anselm augenblicklich. »Gott zum Gruße, ehrwürdigster Vater Abt«, sagte Anselm und küsste den Ring.

»Was bringst du uns?«, fragte der Oberste ein wenig skeptisch.

»Die beiden Bücher, ehrwürdigster Vater Abt, wie Ihr es wünschtet.«

»Gut, mein Sohn.« Die Miene seines Herrn hellte sich auf. »Hast du in den Büchern gelesen?«

»Ja, ein paar Zeilen – ich habe nichts verstanden.« Anselm blickte zu Boden.

Der Abt ließ sich nichts anmerken und wechselte das Thema: »Du weißt wohl, dass dir nun die Gottesdienste helfen werden, dich wieder in die Gemeinschaft deiner Brüder einzufinden?«

Anselm nickte. Er rezitierte die Benediktsregel: »Bei der Rückkehr von der Reise aber sollen sich die Brüder noch am selben Tag bei allen festgesetzten Gebetszeiten am Schluss des Gottesdienstes im Oratorium zu Boden werfen und alle um das Gebet bitten wegen der Fehler, die vielleicht unterwegs vorgekommen sind, wenn sie Böses gesehen und gehört oder Unnützes geredet haben.«

Der Abt nickte zufrieden. Er wusste, was er von dem jungen Bruder Anselm erwarten konnte. Trotzdem erinnerte er ihn daran, dass es entsprechend der Regel bei Strafe verboten war, von dem zu berichten, was er außerhalb des Klosters erlebt hatte: »Auch nehme sich keiner heraus, einem anderen alles zu erzählen, was er außerhalb des Klosters gesehen und gehört hat, denn das richtet großen Schaden an. Wenn sich einer das herausnimmt, verfällt er der von der Regel vorgesehenen Strafe.«

Pflichtschuldig nickte Anselm. Das gleiche hatte man ihm – wenn auch in ganz anderen Worten – in Reichenweiher zu verstehen gegeben. Mit dem Unterschied, dass ihm von dort die Todesstrafe drohte, falls er etwas über seine Entführer und deren Absichten verraten sollte. Er musste einerseits dem

Kloster helfen, andererseits wollte er nicht zur Herstellung von Gold und Pulver beitragen, das dem Kloster dann weggenommen würde. Er brauchte Zeit, um eine Lösung zu finden.

Der Abt entließ Anselm. Der verneigte sich und ging, ohne den Abt zu fragen, was nun mit den Büchern geschehen sollte. Anselm nahm an allen restlichen Gottesdiensten des Tages teil, warf sich am Schluss jeweils zu Boden, und die Brüder beteten für ihn. Die Gemeinschaft tat, was sie konnte. Sein Problem war damit nicht gelöst.

Bereits am nächsten Vormittag, nach der Terz, suchte Anselm das Scriptorium auf. Es war wie immer: Am Wendeltreppenturm beschlich ihn ein mulmiges Gefühl, das Stehen am Pult fühlte sich prächtig an. »Schön, dich wieder bei uns zu haben, Bruder Anselm«, freute sich der Bibliothecarius. Freundlich wurde er auch von den anderen Schreibern gegrüßt. Anselm suchte die Routine, um Ruhe zu finden. Oft kamen einem ja die besten Einfälle, wenn man sich, statt krampfhaft nachzudenken, einfach in seiner Hände Arbeit vertiefte. Es war schwierig. Immer wieder musste Anselm das vom Papier kratzen, was er eben geschrieben oder gemalt hatte. Sein Nebenmann war irritiert, dass Anselm so viele Fehler machte.

An den kommenden Tagen fiel das auch dem Bibliothecarius auf. Anselm kopierte einen Buchtext und ärgerte sich über den nächsten Fehler. Unsanft landete sein Griffel auf dem Schreibpult neben der Tinte.

»Was ist mit dir, Bruder Anselm, so kennen wir dich ja gar nicht. Du scheinst abgelenkt. Oder bedrückt dich etwas?«

Anselm schüttelte den Kopf, was allerdings wenig überzeugend aussah.

»Hm«, brummte der Bibliothecarius, »vielleicht wäre es besser, du würdest dir nach der Reise ein paar Tage Ruhe gönnen, bevor du wieder arbeitest?«

Anselm war mitgenommen. Er verstaute seine Schreibsachen und ging hinaus in den Kreuzgarten. Jetzt im August war es heiß und stickig. Er ließ sich nieder. So konnte es nicht weitergehen. Er musste eine Lösung finden. Wie gerne hätte er sich Bruder Raimund anvertraut. Die Regel verbot es. Lange starrte Anselm vor sich hin. Er erhob sich, ging ein paar Schritte, setzte sich unschlüssig wieder hin. Nein, so konnte es nicht weitergehen. Er musste einen Ausweg aus dem Dilemma finden.

Tage vergingen. Wann immer sich zwischen den Gottesdiensten die Möglichkeit bot, sah man ihn ruhelos im Kloster umhergehen. Wenn er Schatten brauchte, suchte er sich gerne einen Platz im Paradies. Mittlerweile wunderte er sich, dass vom Abt nichts zu hören war. Versuchte er bereits, das Klostervermögen durch die Herstellung von Gold und Pulver mehren zu lassen? Doch wer innerhalb der Abtei hätte das Wissen und die Fähigkeiten, die Anleitungen aus den Büchern in die Tat umzusetzen? Wie schon die großen Kirchenmänner würden sich die Maulbronner Mönche sicher nicht auf die Praxis alchemistischer Magie einlassen. Selbst wenn sie es könnten.

Die Schriften bereiteten ihm nicht nur Unbehagen, weil seine elsässischen Entführer hinter den Ergebnissen her waren, sondern auch, weil die Kirche solche dunklen Praktiken als Ketzerei verdammte. Anselm sah auch nichts von Weltlichen, die ihn – so seine Vermutung – möglicherweise innerhalb des Klosters bespitzeln sollten.

Anselm wurde aus seinen Gedanken gerissen: »Du scheinst missgelaunt, mein Freund!« Geblendet vom Sonnenlicht erkannte er Bruder Raimund, der direkt auf ihn zukam.

Anselm zuckte mit den Schultern. Statt zu antworten, stellte er die Gegenfrage: »Bruder Raimund, weißt du, ob sich Fremde im Kloster aufhalten?«

»Das entzieht sich meiner Kenntnis«, gab Raimund von Hagenau zurück.

Als Anselm von ihm als Bursarius auch noch wissen wollte, wie sich das Vermögen des Klosters entwickle, zog er die Augenbrauen hoch und stutzte. »Wie bitte? Bruder Anselm, was fragst du mich da?«

Anselm erkannte, dass er eindeutig zu weit gegangen war. »Verzeih, Bruder Raimund«, sagte er.

»Gibt es da etwas, das du mir vielleicht sagen möchtest?«

»Das würde ich gerne«, bekannte Anselm, »aber es ist mir verboten.«

Der Bursarius ahnte, was los war. »Es hängt mit deiner Reise zusammen, nicht wahr?«

»So ist es.«

Jetzt wusste der Bursarius Bescheid. »Ich möchte dir etwas anbieten«, sagte er mit ernstem Gesicht.

»Was denn?«

»Wenn es dir hilft, kann ich dir als Priester die Beichte abnehmen.«

»Wann?«

»Sogleich.«

Anselm folgte seinem Freund, der auch sein Beichtvater werden sollte, in die Kirche.

Der Priestermönch nahm Platz auf dem hochlehnigen Beichtstuhl. Anselm kniete neben ihm auf den Steinboden nieder. Sie bekreuzigten sich, und der Ältere forderte ihn auf: »Sprich.«

Anselm berichtete, welche Schriften er vom Abt im Kloster Neuburg erhalten hatten, was für den Bursarius nichts Neues war. Dann erzählte er, was auf seiner Rückreise und im Folgenden geschehen war. Raimund führte seine gefalteten Hände zum Mund. Anselm endete mit der Drohung, die gegen ihn ausgesprochen worden war, sollte er mit irgendjemandem über die Sache sprechen. Raimund sog hörbar Luft durch die Nase ein.

»Ich weiß nicht, für welche Sünde, die du zu bekennen hättest, ich dir die Absolution erteilen sollte«, sprach Raimund. »Also gehe hin in Frieden, bete zu Gott und hoffe. Er allein kann dich beschützen.«

Anselm war mehr als erleichtert. Ihm waren Steine vom Herzen gefallen, und er war Bruder Raimund unendlich dankbar. Zumindest für den Moment hatte er ihn von seinem schlechten Gewissen und der Angst befreit.

Als sie die Kirche verlassen hatten, stellte Bruder Raimund mit dem Hinweis auf das Beichtgeheimnis klar, dass sie sich keinesfalls weiter über das Thema austauschen durften.

Anselm folgte dem Ruf der Glocke zur Vesper in die Kirche. Bei der Abendlektion im Kreuzgang schaute er in die Gesichter der Brüder. Keiner schien ihn in irgendeiner Weise besonders zu beachten. Doch ihm selbst war gleich beim Gottesdienst der Gedanke gekommen, dass einer aus der Gemeinschaft der Brüder ihn beobachten könnte. Anselm erschrak über sich selbst, bekreuzigte sich schnell und verwarf diesen schlimmen Gedanken.

Anselm hatte wieder begonnen, in der Schreibstube zu arbeiten. Mit Wohlwollen registrierte der Herr über Bibliothek und Scriptorium, dass der junge Mönch seine Tätigkeit nun wieder wesentlich konzentrierter und gewissenhafter ausführte. Bis ihn eines Tages der Abt zu sich rief. Dies nun zum zweiten Mal, wie seine Mitbrüder feststellten.

Zu Anselms Überraschung trafen auch der Bursarius und der Bruder Cellerar fast zeitgleich mit ihm im Abtshaus ein. »Sehen wir, ob die Einberufung ähnlich unterkühlt wird wie beim letzten Mal«, bemerkte Bruder Raimund. Anselm reagierte nicht. Seine letzte Begegnung mit dem Abt war angenehm verlaufen. Ingbert von Speyer machte eine gleichgültige Geste.

Sie betraten das Amtszimmer und spürten sofort, dass Abt Johann Entenfuß besserer Laune war. Er lud sie ein, sich zu setzen. Sogleich zeigte er ihnen sein Gesicht des Machtpolitikers. Ohne Umschweife stellte er trocken fest: »Ihr, Bruder Bursarius, habt vor der Visitation aus Neuburg die Bücher über unsere Vermögensverhältnisse gefälscht. Und Ihr, Bruder Cellerar, wusstet darüber Bescheid.«

Anselm war wie vom Donner gerührt.

»Ich muss nicht betonen«, fuhr der Abt in lakonischem Tonfall fort, »was mit Euch geschehen würde, wenn ich an entsprechender Stelle darüber Auskunft gäbe.«

Anselm sah, wie beide Mönche vor Wut bebten. Das war glatte Erpressung. Allerdings: Wie um alles in der Welt hatten der Bursarius und der Cellerar so betrügerisch handeln können? Anselm war erschüttert.

Ungerührt kam der Abt zum nächsten Punkt. »Um es Euch nochmals in Erinnerung zu rufen: Ich plane erstens, Schießpulver herstellen zu lassen. Wir brauchen es, um unser Kloster zu schützen. Es drohen die Kaiserlichen, die inzwischen mit Herzog Ulrich im Streit liegen. Es drohen die Kurpfälzer, die die Macht des Herzogs schwinden sehen und das Kloster zurückhaben wollen. Und es drohen Bauern und gemeines Volk, die sich gegen die göttliche Ordnung der Stände auflehnen.«

Den letzten Punkt hatte Johann Entenfuß besonders betont.

»Zu unserem Schutz muss ich weitere Bastionen bauen und vielleicht auch Landsknechte anheuern. Um das alles bezahlen zu können, müssen wir das klösterliche Vermögen mehren.«

In dieser Klarheit hatte Anselm die Dinge bisher nicht

gesehen. Er war erstaunt, in welcher Deutlichkeit der ehrwürdige Abt seine Pläne weiter ausführte.

»Unser Vermögen mehren wir, indem wir einen Teil des Schwarzpulvers verkaufen. Zweitens werde ich Gold herstellen lassen. Darüber hinaus gilt es, die Zahl unserer Höfe und Dörfer sowie die Ländereien zu vergrößern, um die Einnahmen zu steigern.«

Anselm fand, dass sich das alles einerseits einfach und andererseits auch kompliziert anhörte.

»Wer, Herr Abt, sollte Pulver und Gold herstellen können?«, hakte der Bursarius ungefragt ein.

»Auch das werde ich Euch sagen«, antwortete Johann Entenfuß mit stolzer Brust. »Doch zunächst: Ihr, Bruder Cellerar, werdet auf die Reise gehen, um in unserem Namen mit den weltlichen Herren in und am Rande unserer klösterlichen Gebiete zu verhandeln. Dir sind unsere mehr als 30 Dörfer und über ein Dutzend Wirtschaftshöfe ja bestens bekannt. Wie gesagt, es gilt, noch mehr Zehntrechte zu gewinnen, um unsere Einnahmen zu mehren.«

»Ihr, Bruder Bursarius, werdet mit Bruder Anselm nach Knittlingen gehen und mir den berühmten Alchemisten, der sich selbst Doktor Faustus nennt, herbringen. Laut meinen Erkundigungen ist er kürzlich aus Erfurt in seine Heimatstadt zurückgekehrt.«

»Diesen Johann Georg Faust«, mischte sich Ingbert von Speyer ein, »den Prahlhans und Gotteslästerer?« Obwohl ihn der Abt streng ansah, ereiferte sich der Cellerar: »Er ist ein Magier der schwarzen Künste, den der große Gelehrte Trithemius, Abt des Klosters Sponheim, als nichtsnutzigen Toren bezeichnet, der mit Knaben schändlichste Unzucht trieb!«

»Schweigt!«, herrschte Abt Entenfuß Bruder Ingbert an.

Im Moment der kurzen Stille fasste sich Anselm ein Herz und bat den Abt, sprechen zu dürfen.

Der war sichtlich überrascht, doch erteilte er dem jungen Mönch tatsächlich Redeerlaubnis.

»Ehrwürdigster Vater Abt«, begann Anselm in aller Ruhe, »ich muss Euch etwas mitteilen. Etwas, das ich auf meiner Reise erlebt und erfahren habe.«

»Du kennst die Regel«, wies ihn der Abt streng zurecht. Nach kurzem Nachdenken ergänzte er: »Der Herr wird es uns verzeihen, wenn wir in dieser dringlichen Angelegenheit zum Wohle des Klosters eine Ausnahme machen.« Mit durchdringendem Blick schaute er seine drei Untergebenen an und drohte: »Wer darüber außerhalb meines Amtszimmers ein Wort verliert, begeht eine schwere Sünde, die ich bestrafen werde. Der Herr sei mein Zeuge.«

Zu Anselm gewandt, befahl er: »Berichte, mein Sohn.«

Bruder Raimund bewunderte den Mut Anselms, alles zu erzählen, was er ihm gebeichtet hatte. Und er fand unglaublich, was Anselm weiter berichtete: »Ich weiß jetzt auch, wer mich entführen ließ und es auf die Klosterschätze abgesehen hat. Es ist der Mann mit dem auffällig roten Haar und Bart, der im Gewölbe unseres Herrenrefektoriums aufgemalt ist.«

»Herzog Ulrich von Württemberg«, stellte Abt Entenfuß entgeistert fest. »Dieser Vermaledeite! Möge er in der Hölle schmoren.« Der erste Moment, in dem der Klostervorsteher eine innere Regung zeigte. Staunend sahen sich die drei anderen an.

Noch größer war die Überraschung, als Anselm ausführte, dass ihr ehemaliger Abt Johannes Burrus von Bretten mit dem Herzog unter einer Decke steckte.

Der Abt erinnerte daran, dass Burrus einst Novize im Kloster Neuburg war, das nicht allzu weit entfernt von der Grafschaft Mömpelgard mit ihrem Zentrum Reichenweiher lag. Die Grafschaft zählte zu den linksrheinischen Besitzungen des württembergischen Herzogs Ulrich, dessen Geburtsort das Schloss Reichenweiher war.

»Dennoch werdet ihr tun, was ich euch befahl«, stellte der Abt nach seinen Ausführungen klar. »Wir müssen nur vorsichtig sein. Niemand darf von unserer Sache mit Faustus erfahren.«

Draußen vor dem Abtshaus brach es aus Bruder Ingbert heraus: »Was für ein übles, hinterhältiges Spiel des Johann Entenfuß. Und jetzt zieht er uns sogar mit hinein in diese unwürdige Alchemistengeschichte!«

»Als hätte es nicht gereicht, mich zum Umschreiben der Bücher zu zwingen«, merkte Raimund bitter an. »Ja, Anselm, du hast richtig gehört«, ergänzte er, »unser ehrwürdiger Abt verlangte von mir, Unrecht zu tun – und ich bin ihm durch mein Gelübde zu bedingungslosem Gehorsam verpflichtet …«

Anselm erkannte das Dilemma. Die Welt jenseits des Gebetes und der klösterlichen Arbeit war kompliziert.

Die Bäume zeigten die ersten Farben des Herbstes, als Anselm und Bruder Raimund aufbrachen. Um den Berg zwischen Maulbronn und Knittlingen zu überqueren, folgten sie der Steige, die vom Tal der Salzach steil hinaufführte. In dem lichten Buchenwald erwartete sie auf der Kuppe das Hochfürstliche Württembergische Hoch- und Halsgericht. Am Galgen auf der Richtstatt baumelte der Körper eines Erhängten.

Bei seinem Anblick erfasste Anselm das Grausen. Raimund sah es ihm an. »Es ist nicht das, was du siehst, das dir Unbehagen bereitet«, erklärte der Mönch.

»Nicht?«, fragte Anselm, »was ist es dann?«

»Der Universalgelehrte und Theologe Heinrich Cornelius, genannt Agrippa von Nettesheim, erklärt uns das so«, dozierte Raimund. »An der Stelle, wo ein Mensch getötet wurde, werden wir von einer plötzlichen Angst oder Beklemmung befallen, weil die schrecklichen Bilder der Tat in der Luft liegen. Beim Einatmen gelangen diese Bilder in unseren Geist, woraus Furcht und Bangigkeit entstehen.«

Anselm fragte sich, warum ihn am Wendeltreppenturm im Scriptorium stets dasselbe Unbehagen überkam.

Von Raimund wollte er wissen, wer da hing. Ein Wegelagerer, vermutete Raimund. Solche Exempel würden statuiert, um andere Straßenräuber abzuschrecken. Oft würden sie vor dem Hängen gerädert, um ihnen die Knochen im Leib zu brechen.

»Wie lange haben wir noch zu gehen?«, wechselte Anselm das Thema.

»Es ist nicht mehr weit«, entgegnete Raimund. Tatsächlich tauchte Knittlingen kurz darauf vor ihnen auf. Bergabwärts errichten sie den Ort auf der neuen Postroute, die seit einiger Zeit von Innsbruck südlich der Alpen über Füssen und Memmingen und weiter über Worms bis nach Mechelen in Holland führte.

Beim Näherkommen bewunderte Anselm die Befestigung aus Ringmauer und Wassergraben. Bei einem mächtigen Torturm mit Zugbrücke überwanden sie den tiefen Graben und nahmen das kleine Tor neben dem breiten für Fuhrwerke. In den gepflasterten Gassen herrschte viel Betrieb, wozu die Poststation einiges beitrug.

Besonders fielen Anselm die Spielleute in ihrer bunten Kleidung auf. Anders als die ehrbaren Bürgerfrauen, die ihr Haar unter Hauben versteckten, trugen ihre Frauen die Haare offen wie die Dirnen. Vorbei an Wirtshäusern, die offensichtlich bereits am Vormittag von Reisenden und Einheimischen gut besucht waren, erreichten sie die Anhöhe in der Mitte des Ortes. Hier am Marktplatz thronte die Kirche. »Die

Liebfrauenkapelle, auch genannt die Kapelle uff dem Berge«, erklärte Raimund und wies seinen Begleiter auf das Wappen des Klosters Maulbronn an einem Strebepfeiler hin: »Es zeigt, dass Knittlingen ein klösterliches Lehen ist.«

Sie drängten sich durch das Menschengewimmel und erreichten das Haus von Johann Georg Faust, der hier anno domini 1480 im Schatten des Gotteshauses geboren war.

»Ist der Magier so schlimm, wie Bruder Ingbert behauptet?«, wollte Anselm wissen.

»Was soll man über einen fahrenden Alchemisten, Astrologen, Magier, Wunderheiler und Wahrsager schon sagen, der sich Doktor und Meister der weißen Magie nennt? Die einen verteufeln ihn als Schwarzmagier oder Teufelsbündler und würden ihn am liebsten auf dem Scheiterhaufen brennen sehen – die anderen lassen sich von ihm ein Horoskop erstellen oder aus der Hand lesen.«

Anselm zuckte kurz zusammen. »Darüber musst du mir bei Gelegenheit mehr erzählen«, bat Anselm, und Raimund freute sich insgeheim, dass sein junger Freund mittlerweile deutlich offener für solche Dinge war.

»Auch wenn der heilige Bernhard sagt, dass Glühen mehr sei als Wissen, gibt es auf dieser Welt doch wahrlich mehr, als das Gebet und die innere Einkehr«, wiederholte der Ältere einmal mehr, »doch dürfen wir bei alledem nicht vergessen, warum wir hier sind.«

Als sie vor Fausts Tür standen, entdeckte Anselm über dem Portal den Drudenfuß, ein Schutzsymbol für das Haus und seine Bewohner. Er sollte Dämonen und das Böse ganz allgemein bannen, besonders die nächtlichen Spukgeister, die Druden.

Bruder Raimund klopfte. Wider Erwarten öffnete der Herr des Hauses selbst die Tür. »Quod mirum inquisi uisi?«, spottete er.

»Deus salvete, Gott segne dich«, entgegnete Bruder Raimund kühl. »Die Überraschung uns zu sehen gestehen wir Euch gerne zu, doch besucht Euch nicht die Inquisition. Mein Name ist Bruder Raimund, das ist Bruder Anselm und es schickt uns der Abt des Klosters Maulbronn, Johann Entenfuß.«

»Ihr steht vor Georgius Faustus Helmitheus Heidelbergensis«, stellte sich Johann Georg Faust vor.

Raimund runzelte die Stirn.

»Euch gefällt mein Name nicht? Dann nennt mich doch einfach den ›Magister Georgius Sabellicus, Faustus iunior. Fons necromanticorum, astrologus, magus secundus, chiromanticus, agromanticus, pyromanticus, in hydra arte secundus.‹«

»Genug.« Raimund von Hagenau hob die Hand. »So kommen wir nicht weiter.«

Johann Faust bat die beiden Mönche weder herein noch schien er an einem ernsthaften Gespräch interessiert. Er fragte nicht einmal nach dem Grund ihres Besuches.

»Habt ihr schon einmal Gold hergestellt, Magister Faustus?« Raimund fiel mit der Tür ins Haus und erwischte den eitlen Alchemisten an seinem wunden Punkt.

»Gold hergestellt? Worum geht es hier?«

»Unser Abt lädt Euch ein, uns ins Kloster zu folgen. Dort bekommt Ihr die Anleitung zur Herstellung von Gold. Alles andere wird Euch der Abt persönlich erklären.«

»Pah«, rief Faust, »die alchemistischen Bücher, die ich kenne, taugen nichts. Und am wenigsten die, die von Pfaffen und Heiligen verfasst wurden. Nicht einmal Albertus Magnus, Euer hochgelehrter Bischof von Köln, konnte eine vernünftige Anleitung zur Herstellung von Gold liefern.«

»Unser Abt ist im Besitz der legendären Anleitung des Goldmachens.« Er machte eine Pause. Faust hing an seinen

Lippen. »Es handelt sich um das Buch, das Maria von Alexandria vor Urzeiten im alten Ägypten schrieb. Man behauptet, die einzigartige Schrift wäre mit der Bibliothek von Alexandria verbrannt. Was aber nicht stimmt.«

Johann Georg Faust pfiff durch die Zähne.

Bruder Raimund warf seinen zweiten Köder aus. »Sag uns, Magister Faustus, kennst du vielleicht die Formel für das beste Schießpulver der Welt?«

Johann Georg Faust verzog das Gesicht. Eine Frage, auf die er nicht antworten wollte.

»In den Händen unseres Abtes befindet sich auch das sagenumwobene Liber ignium, das Buch des Feuers, das die Mauren einst mit ihrem Wissen nach Spanien brachten.«

»Wartet hier. Ich packe meine Sachen«, entgegnete der berühmte Doktor Faustus aus Knittlingen.

Die drei waren die letzten, die die Stadt verließen, bevor die Tore geschlossen wurden. Als sie den Galgenberg überquerten, gingen sie bereits im Schutz der Dunkelheit durch den Wald.

»Warum schleichen wir wie Verbrecher in der Nacht nach Maulbronn?«, fragte Johann Georg Faust, »ein Mann wie ich ist es gewohnt, bei Tageslicht mit allem Komfort in einer Kutsche zu reisen.«

»Gewisse Umstände erfordern Diskretion«, antwortete Bruder Raimund nebulös. Als sie aus dem Wald traten, verließen sie sogar den Weg, und Anselm war überrascht, dass sich der Magier mit Raimunds Antwort zufriedengab. Durch den klösterlichen Weinberg schlichen sie in Richtung Tiefer See. Schließlich hatte der Abt befohlen, Faustus streng geheim herbeizuschaffen. Durch ein Schlupfloch in der Ostwehrmauer gelangten sie in den Zwingergraben und dann bei der Infirmerie in den östlichen Klosterhof.

Nur schemenhaft waren die Gebäude im spärlichen Mondlicht zu erkennen und außer dem Rascheln von Blättern hörte man keinen Laut. Vorsichtig klopfte Anselm an die Tür des Abtshauses. Grußlos ließ ein alter Mönch sie ein. Anselm und Raimund führten den Gast ins Amtszimmer des Abtes, der sie umgehend in die Nacht entließ.

»Sehen wir, dass wir in der Küche etwas Essbares bekommen«, schlug Raimund vor. »Einen Kanten Brot und ein Stück Käse wird man ja bestimmt für uns haben«, hoffte Anselm. Ihm wurde bewusst, dass sie den Tag über kaum etwas gegessen hatten.

Sobald die Dunkelheit sie hinter der nächsten Gebäudeecke verschluckt hatte, huschte ein Mönch aus der Abtsküche. Geräuschlos tippelte er mit seinen weichen Lederschuhen übers Pflaster und verschwand bei der Ostummauerung. Er hatte die Ankunft des berühmten Alchemisten aus Knittlingen zu melden.

Im Abtshaus herrschte große Betriebsamkeit. Die Küchenmönche wurden angewiesen, ein Gastmahl zu bereiten, dem es an nichts fehlen durfte.

Abt Johann Entenfuß lud Doktor Faustus in den großen Saal, wo er die Tafel für den hohen Gast decken ließ. »Nehmt Platz, Doktor.« Mit einer großen Geste wies er ihm einen gepolsterten Stuhl zu und ließ sich Faust gegenüber an dem langen dunklen Holztisch nieder. Galant dankte der Weitgereiste, und der Abt versprach ihm ein »kleines Mahl zum Abend.«

Wie ein König klatschte Johann Entenfuß in die Hände, und ein Mönch trat mit einem Krug Wein ins Licht der Kerzenleuchter an den Wänden und auf dem Tisch.

Die hell erleuchteten Fenster des Abtshauses warfen gelbe Lichtstreifen auf den Osthof. Vom Dormitorium aus konnten die Brüder sehen, dass ihr Abt wieder einmal Hof hielt.

Wer sein Gast war, wussten sie nicht. Aber das Gerücht, dass eine hochrangige Persönlichkeit im Kloster weilte, verbreitete sich in Windeseile.

Irritiert schauten sich Anselm und Raimund an. Sie konnten nicht glauben, dass sie den Knittlinger auf verschlungenen Pfaden ungesehen ins Kloster hatten einschleusen müssen. In Zeichensprache tauschten sie sich darüber aus, dass Abt Entenfuß seinem Hang zum Pomp nicht hatte widerstehen können. Geheimhaltung? Im Kloster würde es sich alsbald herumsprechen, welch illustrer Gast sich im Kloster befand.

Anselm hatte ein ungutes Gefühl. Er hielt den Magier für einen Aufschneider und Ketzer. Er dankte Gott, dass er den Gold- und Pulvermacher nur hatte herholen müssen. Mit dessen unsittlichen, ja vielleicht teuflischen Machenschaften wollte er nichts zu tun haben. Solches Treiben war dem Seelenheil abträglich.

Im Gästesaal des Abtes wurde die Suppe serviert: In dünner Erbsenbrühe dampften Klöße aus gehacktem Hecht, Eiern und Mehl, gewürzt mit Majoran, Pfeffer und Muskatblüte. Die beiden Herren nahmen ihre goldenen Löffel zur Hand und ließen sich die Vorspeise schmecken.

»Was tragt Ihr Gutes auf, Bruder?«, fragte der Abt vor dem Zwischengang und ließ den Tischmönch erklären:

»In Schweineschmalz ausgebackene Flusskrebse in einem dünnen Lebkuchen-Eierteig.« Johann Georg Faust speiste formvollendet, was dem Abt so sehr zur Freude gereichte, dass er den ersten Hauptgang als eine seiner Lieblingsspeisen vorstellte: »Lasst Euch nun, verehrter Doktor Faustus, den ersten Hauptgang munden. Es ist in Wein gesottener Karpfen mit Apfelschnitzen und Pflaumen, gewürzt mit Ingwer, Pfeffer, Muskatblüte und Gewürznelken. Dazu wird uns Wurzelgemüse und Kohl gereicht.«

Faust legte den Kopf schräg und rieb sich die Hände. Auch hierbei griffen beide Herrschaften kräftig zu. Zum Fisch ließ der Abt einen blumigen Weißwein kredenzen, das Wild im Anschluss wollte er mit einem schweren Roten herunterspülen. Der Klosterweinberg war gut für die unterschiedlichsten Sorten Rebensaft.

»Warum bin ich hier?«, fragte Faust unvermittelt. Der Abt kaute, schluckte demonstrativ hinunter und fragte zurück: »Wollen wir bei Tisch ein ernsthaftes Gespräch beginnen?«

»Ich bin neugierig, Herr Abt«, antwortete der Gast. »Ich würde gerne die beiden Bücher sehen, und ich möchte wissen, was genau ich damit für Euch tun soll.«

»Nun gut«, nahm Abt Entenfuß den Faden auf, »dann will ich es Euch erklären: Ich ließ besagte Bücher beschaffen, damit ein Kundiger mit ihrer Hilfe für mich Gold und Pulver herstellt.«

»Aha, so weit, so einfach«, kommentierte Faust.

»Glaubt Ihr, dass Ihr der Kundige seid?«, fragte der Abt spitz.

»Der Glaube, lieber Abt Entenfuß, ist Euer Metier«, gab Faust zurück, »ich für meinen Teil bevorzuge das Wissen.«

»Und?«

»Ich weiß, dass ich mit den richtigen Anleitungen zum Erfolg kommen werde. Nur«, er zögerte, »wo liegt für mich der Vorteil?«

»Ganz einfach: Ich habe die Anleitung, Ihr habt das Wissen. Und wenn ihr zu unserer Zufriedenheit arbeitet, soll es Euer Schaden nicht sein.«

»Wie viel?«, fragte Faust mit todernster Miene.

»Sagen wir so viel Gold für Euch, wie ein Maulesel tragen kann.«

»Zwei Maulesel.«

»Abgemacht. Außerdem«, führte der Abt aus, »wenn Ihr die Formeln habt, könnt Ihr doch jederzeit weiteres Gold herstellen.«

»Sofern ich über ein Labor und alle notwendigen Utensilien verfüge – und sofern mich Eure heilige Kirche nicht auf dem Scheiterhaufen verbrennt.«

Der Abt reagierte nicht. Er klatschte zum zweiten Hauptgang: Rehragout mit Preiselbeeren, dazu feines Weißbrot. Als sie beim Nachtisch aus Frischkäse, Honig und gehackten Walnüssen angelangt waren, beschied der Abt seinem Gast: »Nun werden wir schlafen gehen. Man wird Euch euer Zimmer zeigen, und wir werden morgen weitersprechen. Dann werdet Ihr auch die Bücher zu sehen bekommen.«

Nach der Versammlung im Kapitelsaal am folgenden Morgen befahl der Abt seinem Bursarius und seinem Cellerar, ihm ins Abtshaus zu folgen. Das galt auch für Bruder Anselm, der eben seine Schreibarbeit aufnehmen wollte. Nur widerwillig folgte er, wohlwissend, dass bereits diese innere Haltung eine Verfehlung bedeutete. Denn wie sagte die Benediktsregel zum Gehorsam der Mönche: »Wegen des heiligen Dienstes, den sie gelobt haben, oder aus Furcht vor der Hölle und wegen der Herrlichkeit des ewigen Lebens darf es für sie nach einem Befehl des Oberen kein Zögern geben, sondern sie erfüllen den Auftrag sofort, als käme er von Gott.«

»Als käme er von Gott«, wiederholte Anselm stumm. Deshalb hieß es, sofort jeglichen Eigenwillen aufzugeben und jeglichen Befehl des Abtes »nicht zaghaft, nicht saumselig, nicht lustlos oder gar mit Murren und Widerrede« auszuführen.

Anselm fügte sich in sein Schicksal.

Als sie den Gästesaal erreichten, saß der Magier bei einem üppigen Frühstück. Man begrüßte sich, und Anselm konnte nicht glauben, dass der Abt seine drei Untergebenen mit an den Tisch lud. Sowohl er selbst als auch die Brüder Raimund und Ingbert griffen nur zaghaft zu, während sich der Abt und der Knittlinger die Teller und Schalen bis über den Rand füllten.

»Lieber Doktor Faustus«, säuselte der Abt, »diese drei Brüder sind in meine Pläne eingeweiht, und sie werden Euch nach Kräften unterstützen.« Die drei senkten den Blick und nickten.

»Ei, welch wackere Mannschaft«, erwiderte Faust belustigt. Anselm versuchte, sich nicht zu ärgern.

»Mein Bursarius, Raimund von Hagenau, wird dafür sorgen, dass Ihr die Mittel bekommt, die Ihr für unser Vorhaben benötigt. Mein Cellerar, Ingbert von Speyer, wird für die Beschaffung der Dinge sorgen, die Ihr benötigt. Und Bruder Anselm von Dürrmenz wird Euch als Euer Gehilfe in allem unterstützen, was Ihr sonst im Kloster braucht.«

Faust runzelte die Stirn. »Und wozu taugt dieses blasse Mönchlein?«, fragte er ebenso dreist wie herabwürdigend.

Anselm versuchte, seine Wut zu unterdrücken. Am liebsten hätte er sich erhoben und den Raum verlassen. Er war verärgert und enttäuscht, dass ihm weder der Abt noch seine Freunde zur Seite sprangen. So blieb die Frage des unverschämten Gastes unbeantwortet, und der Abt wandte sich an die beiden älteren Mönche: »Damit wisst Ihr fürs Erste Bescheid. Ich lasse Euch rufen, wenn Euer Zutun gefragt ist.«

Er entließ die beiden und blickte Anselm direkt in die Augen. »Du wirst, was die Gottesdienste und dein Tun im Kloster betrifft, weiterhin große Freiheiten genießen – und wirst unserem Goldmacher stets zu Diensten sein!«

Anselm sah, wie der Magier zufrieden grinste. Dieser Mann war ihm widerwärtig.

Eigenhändig holte der Abt die beiden alchemistischen Schriftwerke, und legte sie vor Faust auf den Tisch. »Das

Liber ignium ad comburendos hostes«, las der Magier, »und die Practica in artem alchimicam. Zwei wirkliche Anleitungen, wie es heißt.« Er gab den Takt vor: »Ich werde als Erstes die Bücher studieren«, entschied er, »danach lässt sich sagen, was ich für meine Arbeit brauche.« Er gab sich betont jovial, indem er Anselm aufforderte: »Und nun, mein junger Freund, führe mich zu dem Turm, in dem wir unser Labor einrichten werden. Wir brauchen den Überblick. Und nenne mich einfach Meister.«

Nur schwer konnte Anselm sein Missfallen verbergen. Er war bereits darüber informiert worden, dass der Turm hinter dem Abtsgarten gemeint war. Auf der Nordostecke der Ummauerung unterhalb des Schafhofs stand er etwas abseits.

Dennoch schaffte es Anselm nicht, den Alchemisten gänzlich ungesehen zum Turm zu begleiten. Er musste davon ausgehen, dass selbst die Spitzel des Herzogs außerhalb der Klausur bestens informiert waren. Wie es um sein Leben stand, konnte er nicht einschätzen. Hatten die Herzoglichen erfahren, dass er seinen Abt in die Pläne Herzog Ulrichs eingeweiht hatte? Würde er – wie angedroht – dafür bestraft werden? Er hoffte, dass sie ihn als Gehilfen des Gold- und Pulvermachers zunächst unbehelligt ließen.

Mit Faust stieg Anselm die steilen Treppenhausstiegen zur Turmstube hinauf. Der Raum war größer, als man von unten annahm, und dank vieler Fenster war er ausgesprochen hell. In der Mitte stand ein klobiger Holztisch, der einige Last aushalten würde. Darum reihten sich mehrere Stühle, und die Wände zwischen den Fenstern eigneten sich dafür, bei Bedarf Pulte, Regale und Schränke zu stellen.

Der Meister der alchemistischen Künste packte die Bücher auf den Tisch und schickte seinen Gehilfen fort. »Bring mir zur Mittagszeit etwas zu essen«, sagte er, »und lass mich bis dahin in Ruhe studieren.«

Anselms erstes Ziel war der Kreuzgang. An der Grabplatte des Ulrich von Dürrmenz sank er auf die Knie. Inbrünstig bat er den einstigen Bischof von Speyer und Förderer des Klosters im stillen Gebet um Beistand. Er war in schwere Gewissenskonflikte geraten: Einerseits hatte Anselm feierlich gelobt, seinem Abt unbedingten Gehorsam zu leisten, und wollte natürlich helfen, das Kloster – seine Heimat und geliebte Gemeinschaft – zu retten. Andererseits war sein sittenreines, gottgefälliges Leben in Gefahr, wenn er einen ketzerischen Alchemisten unterstützte, der womöglich sogar Schwarze Magie betrieb!

Nach dem Gebet wandelte er rastlos im Geviert. Ein kalter Herbstwind wehte durch die Gänge. Anselm überwand sich und steuerte der Küche zu. Dem Küchenmeister brauchte er nichts zu erklären, als er um ein Mittagessen bat.

»Ich weiß schon, für deinen neuen Freund«, meinte der Mönch, was Anselm vehement verneinte.

»Dieser Mann ist nicht mein Freund! Er riecht nach Verdammnis!« Anselm bekreuzigte sich. Verdutzt reichte der Küchenmeister ihm einen Essenskorb weiter, den die Küchengehilfen gut und reichhaltig gefüllt hatten.

Mehr schlecht als recht brachte Anselm den Tag herum. Immer in Bereitschaft, dem Meister – oder Scharlatan – gefällig zu sein. Erst gegen Abend wurde er entlassen. Vor dem Abendbrot eilte Anselm durch den Kreuzgang und verschwand in der Laienkirche, in der es bereits recht dunkel war.

Wieder suchte er Zuspruch. An der Grabplatte von Walther von Lomersheim unter dem nördlichen Altarbaldachin kniete er nieder und faltete die Hände. Anno 1138 hatte der Ritter aus dem edelfreien Geschlecht der Herren von Lomersheim den Abt des elsässischen Klosters Neuburg um die Entsendung eines neuen Konvents gebeten. Ihm schenkte er Ländereien und war damit der erste Stifter des Klosters Maulbronn. Wie oft schon hatte sich Anselm in das Stifterbild an der vorderen Kirchenwand, oberhalb des Chorgestühls, vertieft? Es zeigte, wie der fromme Walther vor den Mönchen seine Ritterrüstung ablegte und in größter Demut als Laienbruder in das Kloster eintrat.

»Sieh meine Not«, wünschte sich Bruder Anselm, »und weise mir den richtigen Weg.« Ins Gebet versunken, hatte er kaum bemerkt, dass es um ihn herum völlig dunkel geworden war. Er tastete sich hinüber zur Nordwand, wo er einen Kienspan entzünden konnte. Erneut kniete Anselm nieder – und zuckte zusammen. Im flackernden Licht der Flamme starrten ihn die toten Augen menschlicher Schädel an. »Memento mori!«, ermahnten sie ihn, »bedenke, dass du sterben wirst!« Erst kroch ihm eine Gänsehaut den Rücken hinauf, dann begann er am ganzen Leib zu zittern. »Memento mortis, gedenke des Todes«, kreischten die Dämonen in seinem Kopf. Anselm rang nach Luft. Er wusste, dass dieser Faust ein Teufel war. Er würde ihn, unter dem Befehl seines Abtes, mit in die Hölle reißen. Im Fegefeuer würde er landen und vielleicht für alle Ewigkeit in der Hölle schmoren.

Anselm geriet in Panik. Ihm wurde schwindelig, dann schwanden ihm die Sinne. Es war keiner da, der ihm vom kalten Steinboden der Laienkirche aufhelfen konnte.

Kapitel 12

Kloster Maulbronn, anno domini 1516

Abt Johann Entenfuß baute. Von morgens bis abends hallten die Hammerschläge der Steinmetze durch die Gemäuer. Vom Winterrefektorium auf der Westseite der Klausur bis zum Abtshaus auf der Ostseite reichten die Baustellen. Darüber hinaus ließ der Klostervorsteher an verschiedensten Stellen Verzierungen anbringen und Decken kunstvoll ausmalen. Bruder Raimund, der Bursarius, musste tief in die Klosterschatullen greifen, um die Handwerker, Kunstmaler und ihre zahlreichen Gehilfen gut zu entlohnen. Abt Entenfuß hoffte auf das Gold des Alchemisten. Jedoch waren bei den Bemühungen des Doktor Faustus keine Fortschritte erkennbar. Unermüdlich arbeitete er in seinem Labor, und selbst in der Nacht waren die Fenster des Südostturmes oft erleuchtet.

Anselm hatte mittlerweile seinen Frieden mit der Anweisung des Abtes und den Machenschaften des Magiers gemacht. In Bruder Raimund hatte er einen wohlwollenden Beichtvater gefunden; ihm konnte Bruder Anselm seine vermeintlichen Sünden jederzeit beichten, um seine Seele zu erleichtern. Er benannte die Schuld, die er jeweils auf sich geladen hatte, und bereute aufrichtig, worauf ihm der Priestermönch vor Gott vergeben konnte. Dennoch blieb Bruder Anselm der Gehilfe eines Ketzers.

Pflichtschuldig hatte Bruder Ingbert, der Cellerar, dem Goldmacher das Labor eingerichtet. Er hatte dafür die von Faust gewünschten Destillations-, Extraktions- und Sublimationsapparaturen sowie weitere Gerätschaften herbeischaffen lassen. Bronzene Mörser und Stößel sowie verschiedene Filter kannte Anselm von den heilkundigen Mönchen im Kloster. Doch hatte er anfangs keine Ahnung, was er da vor sich sah. Der Meister zeigte ihm den Muffelofen samt dreieckigen Schmelztiegeln in unterschiedlichen Größen, und er benannte ihm Alembik, Aludel, Kupelle, Pelikan, Retorte und Serpentine. Die Namen sagte er seinem Gehilfen nur, damit er ihn anweisen konnte. Über die Funktionsweise der einzelnen Apparaturen schwieg er sich aus.

Aus seinem Laboratorium in Knittlingen hatte sich Faust zwei Bücher herholen lassen: die Alchymey teuczsch und die Tabula smaragdina. Ohne den Meister um Erlaubnis zu bitten, griff sich Anselm die etwa hundert Jahre alte Handschrift zur deutschen Alchemie. Er war allein im Labor und begann an einem Pult vorm Fenster zu lesen. Welche Enttäuschung! Das Werk, das offenbar mehrere Alchemisten gemeinsam verfasst hatten, war großteils »mit ferporgner geschrift« geschrieben; in Geheimschrift! Dadurch wollten die Autoren bestimmt verhindern, dass ihr alchemistisches Wissen in die Hände von Uneingeweihten wie ihm gelangte. Missmutig schlug Anselm das Buch zu. Er griff nach der Tabula Smaragdina, in der Hoffnung, dass die in Latein geschriebene smaragdene Tafel keine verschlüsselten Texte enthielt. Über das Buch gebeugt, überflog er die ersten Seiten. Tatsächlich gab es keine Verschlüsselungen, dennoch war ihm der Inhalt weitgehend unverständlich. Der Autor Hermes Trismegistos schrieb, »wahr ist es, ohne Lüge, sicher und wahrhaftig: Was oben ist, ist wie das, was unten ist, und was unten ist, ist wie das, was oben ist, um die Wunder des Einen zu vollbringen. Und so wie alle Dinge aus der Kontemplation des Einen entstehen, so entstammen alle Dinge aus diesem Einen durch das Adaptieren. Vater dieser Dinge ist die Sonne. Die Mutter ist der Mond. Der Wind hat es in seinem Bauche getragen. Die Ernährerin ist die Erde. Dies ist der Vater aller Vollkommenheit der ganzen Welt. Seine Kraft ist vollkommen. Wenn sie in der Erde zugewandt ist, trennt sie das Erde- vom Feuerelement, das Subtile vom Groben, sanft und mit Sorgfalt. Von der Erde steigt es zum Himmel und wieder herab zur Erde, um die Kraft des Oberen und Unteren zu vereinigen. So wirst du die Herrlichkeit der ganzen Welt erlangen. Alle Finsternis wird von dir weichen. [...] Darum werde ich Hermes Trismegistos genannt, weil ich die drei Teile der Weisheit der ganzen Welt in Händen halte.«

Anselm schob das Buch zur Seite und sinnierte. Es handelte sich anscheinend um so etwas wie die Bibel der Alchemisten, die alle Weisheit auf Erden und im Himmel enthalten sollte. Was für eine gotteslästerliche Anmaßung! Anselm bekreuzigte sich und legte beide Bücher zurück an ihren Platz. Weil ihm sein Seelenheil wichtig war, wollte er sich mit dieser Art von Alchemie keinesfalls befassen.

Als er den Meister die Holzstiege heraufsteigen hörte, setzte er sich auf einen Schemel. Faust trat ein. Er schien übel gelaunt. Den ganzen Winter über hatte der Magier die für ihn neuen Bücher studiert und experimentiert. Weil er viel mit Feuer arbeitete, konnte sich Anselm im Labor wenigstens ein wenig aufwärmen. Im restlichen Kloster herrschte außer in der Wärmestube eisige Kälte.

»Verdammt soll alles sein«, brummte der Alchemist. »Alles weiß ich über die Kunst des Goldmachens, dennoch will es nicht gelingen.« Mit dem Stiefel trat er gegen einen Stuhl, der krachend in der Ecke landete. In solchen Momenten zog es Anselm vor, sich aus dem Staub zu machen. »Und du Nichtsnutz von einem Gehilfen«, schrie ihm der Meister hinterher, »bist mir nicht mehr behilflich als die Ratten, die unter den Dielen hausen.«

Johann Georg Faust arbeitete unermüdlich. Zum tausendsten Mal versuchte er es mit dem vierstufigen Prozess von nigredo über albedo und citrinidas bis rubedo. Nichts! Wieder ging er über zur Trinität, einem dreistufigen Prozess. Sogar die Methode der siebenstufigen Transmutation von unedlen Metallen zu Gold probierte Faust aus; obwohl sie von diesem Paracelsus stammte, den er hasste. Kein Erfolg.

Anselm saß untätig da, wenn Faust immer ungeduldiger herumhantierte. Tropfte Quecksilber oder schwefelige Brühe zischend auf den Holzboden, hatte er die Aufgabe, die gefährlichen Flüssigkeiten rasch zu entfernen. In der Tat war er dem Meister keine große Hilfe.

Von Woche zu Woche, von Monat zu Monat verschlechterte sich die Stimmung des Alchemisten. Als der Schnee allmählich zu schmelzen begann und die ersten warmen Lüfte das Frühjahr ankündigten, startete der Getriebene einen letzten Versuch: Ein weiteres Mal kombinierte er Anleitungen und Verfahren aus seinen Büchern mit denen im Goldbuch des Abtes. Dabei variierte er in langen Versuchsreihen die Mischungsverhältnisse der Elemente sowie die Zeiten bei der mehrstufigen Destillation oder der Sublimation von Stoffen.

Faust sah schrecklich aus, als Anselm eines Morgens die Labortür öffnete. Womöglich hatte er die vergangenen beiden Nächte durchgearbeitet und war nun am Ende. »Kein Stein der Weisen, kein Gold, nichts!«, rief der Meister. Selbst zum Brüllen fehlte ihm anscheinend die Energie. Kraftlos schleuderte er die Anleitungen der Maria von Alexandria gegen die Wand. Dumpf fiel das schwere Werk zu Boden. Die Flüche, die er dazu ausstieß, waren Anselm zu viel. Auf dem Absatz machte er kehrt.

Im Hof vor dem Paradiesbau traf er den Bursarius. »Gott zum Gruße, Bruder Raimund«, sagte er.

»Gott zum Gruße.«

Der Herr der Klosterfinanzen erkundigte sich, wie es um die Goldmacherei stehe.

Anselm schüttelte den Kopf.

»Ich verstehe«, meinte Raimund und ergänzte: »Bald werde ich in der Angelegenheit unseren Vater Abt aufsuchen. Dabei wäre mir deine Anwesenheit recht.«

»Ist gut«, bestätigte Anselm, »lass mich einfach rufen.«

Der Bursarius war sehr beschäftigt und eilte weiter.

Anselm setzte sich auf eine Holzbank und lehnte den Rücken an die Sandsteinfassade. Er war sich nicht klar darüber, wie er empfand. Ärgerte er sich mehr, dass dieser Knittlinger nicht helfen konnte, die leeren Klosterkassen zu füllen, oder freute er sich insgeheim sogar, dass diese alchemistische Wissenschaft vielleicht doch nur Hokuspokus war? Was, wenn der selbsternannte Doktor Faustus wirklich nichts weiter als ein Großmaul war? Ihm kam ein ganz anderer Gedanke. Anselm fragte sich, ob es möglicherweise der Wille des Herrn war, solch gottloses Treiben im Kloster zum Misserfolg zu führen.

Als die ersten Krokusse bereits verblühten, begleitete Anselm Bruder Raimund ins Abtshaus. Er war beeindruckt, wie klar und deutlich der Bursarius Abt Entenfuß auf die finanzielle Schieflage des Klostervermögens hinwies. »Ich muss Euch mitteilen, ehrwürdiger Vater Abt, dass es uns nicht mehr lange möglich sein wird, die Bauleute zu bezahlen und das für das Kloster Notwendige einzukaufen.« Anselm war sicher, dass Raimund bewusst zuerst das Bezahlen der Handwerker und Helfer nannte und erst an zweiter Stelle die Ausgaben für den klösterlichen Betrieb.

Mit grimmigem Gesicht ging Johann Entenfuß mehrmals vor seinen Besuchern auf und ab. Sein Missmut füllte geradezu die Amtsstube. Mit erhobenem Haupt, den Rücken kerzengerade, stand Raimund von Hagenau vor ihm und erwartete die Reaktion seines Obersten.

Der wandte sich Anselm zu: »Sage mir, Anselm von Dürrmenz, wie steht es um unsere Sache? Wann wird uns Doktor Faustus das versprochene Gold aus dem Labor liefern?«

Anselm schluckte. Er suchte nach der richtigen Antwort. Raimund nickte ihm aufmunternd zu – und mit fester Stimme klärte Anselm den Abt des Klosters auf: »Es scheint, als hätte der Meister aufgegeben. Er schleuderte die Anleitung zum Goldmachen zu Boden und fluchte so gotteslästerlich, dass ich es nicht wiedergeben kann.«

Abt Entenfuß ließ sich auf seinen Amtssessel fallen. Er stützte die Ellbogen auf die Tischplatte, legte das Kinn auf seine Fäuste und schickte die beiden Mönche hinaus. »Ich muss nachdenken«, sagte er.

Kurze Zeit später zitierte der Abt den Magier her. Der hatte sich wieder gefangen. Auf den Vorwurf des Abtes, »Ihr habt nicht Wort gehalten, Faust«, gab er kühl zurück: »Euer Goldbuch aus Afrika, mein lieber Abt, hielt nicht das, was es versprach.«

»Ihr wagt es …«, setzte der Abt an, doch im Brustton der Überzeugung fuhr der berühmte Doktor Faustus fort: »Diese Anleitungen sind das Pergament nicht wert, auf dem sie geschrieben sind.«

Abt Entenfuß funkelte ihn böse an. »Hütet Euch, mir noch einmal ins Wort zu fallen«, drohte er seinem Gast. »Und seid demütig. Ihr habt versagt.«

Faust holte Luft – und der gewiefte Entenfuß sprach mit leiser, schneidender Stimme: »Es wäre ein Jammer, wenn ich den Papst bitten müsste, einen Inquisitor zu schicken, um die Praktiken eines Magiers der dunklen Kräfte zu untersuchen.« Sein Tonfall ließ keinen Zweifel an der Ernsthaftigkeit seiner Worte.

Sein Gegenüber hatte nicht die Absicht, klein beizugeben. Der Abt taxierte ihn und überlegte, ob diesen Doktor eher der Ehrgeiz oder die Gier trieb.

»Ich mache Euch einen Vorschlag, Herr Abt«, lenkte Faust ein. Er reckte das Kinn, zeigte dem Kirchenmann die offenen Handflächen und erklärte: »Mir scheint, im Unterschied zu dem Buch eines ägyptischen Weibes taugt das Liber ignium etwas. Man könnte nach den Anleitungen der Mauren ein Schwarzpulver von höchster Güte herstellen.«

»Was soll das heißen, ›man könnte‹?«, fragte Abt Entenfuß spitz.

»Ich werde Schießpulver von höchster Explosionskraft in großer Menge produzieren«, legte der Alchemist nach und meinte dreist: »Wie viel bezahlt ihr mir dafür?«

»Ha!« Der Abt patschte auf die Tischplatte. »Keinen Kupferpfennig sage ich Euch vorab zu! Haltet diesmal Wort, und wir werden sehen.«

Für den Kirchenmann war die Unterhaltung beendet. Er rief einen Mönch herein und ließ Johann Georg Faust hinausführen.

Dass er selbst mit dem Rücken zu Wand stand und Faust vielleicht seine einzige und letzte Rettung war, konnte der Abt brillant verbergen. Nicht nur die Klosterkasse musste so schnell wie möglich gefüllt werden. Im Raum stand bereits die nächste Jahresvisitation mit Prüfung der Bücher.

Anselm nahm das Ganze gelassen hin. Raimund hatte ihn über die neue Wendung informiert. Bei einem Spaziergang, den die beiden wie selbstverständlich außerhalb des Klosters unternahmen, fragte der Bursarius: »Anselm, du scheinst mir sehr gelöst. Keine Angst mehr um dein Seelenheil und vor den Spitzeln des Herzogs?«

»Nein, Bruder Raimund«, gab Anselm entspannt zurück, »ich bin der Meinung, dass ich mich vor dem Herrn nicht schuldig mache; handle ich doch stets nach den Anweisungen des Vaters Abt, und ich lege regelmäßig die Beichte ab.«

»Das tust du«, pflichtete ihm Raimund bei.

Nebeneinander stiegen sie den Weinberg hinauf und erfreuten sich der prächtigen Aussicht. Unter ihnen glänzten die Klosterseen, wie eine Herde Schafe zogen weiße Wölkchen über den blauen Himmel.

Sie waren guter Dinge.

Dazu passte Anselms zweite Antwort, die Spitzel betreffend: »Erstens müssen sie doch denken, dass ich diesen Faustus unterstütze, sodass sie mich also noch brauchen. Warum sollten sie mir dann etwas antun? Zweitens hat Herzog Ulrich sicher genug mit sich selbst zu tun. Wir wissen ja, dass er bei Kaiser Maximilian in Ungnade fiel – und er ihn mit der Reichsacht belegte; vielleicht sogar mit der Acht und Aberacht, wie manche meinen. Damit wäre er neben dem Verlust seines Herzogtums auch rechtlos und vogelfrei!«

Der Bursarius fand großen Gefallen daran, wie sich sein Schützling entwickelte. Er erlebte ihn erwachsen und reichlich abgeklärt. Anselm war so entspannt, dass er sich sogar ein wenig spöttisch über den umstrittenen Herrscher von Württemberg äußerte. »Weißt du eigentlich, wie Ulrichs Wahlspruch lautet? Verbum dei manet in aeternum – Gottes Wort bleibt in Ewigkeit.« Demonstrativ schüttelte er den Kopf: »Ein frommer Spruch von dem Mann, der mit Kanonen auf unser Kloster schoss!«

Raimund gefiel das.

Zurück im Kloster, führte Anselms erster Weg zum Turm. Oben angekommen, empfing ihn der Alchemist: »Mönchlein, ich habe Aufgaben für dich.«

Anselm überhörte die Unverschämtheit und hielt dagegen: »Es sind Dinge, die Ihr selbst nicht fähig seid, zu erledigen?«

»Du kleiner Hundsarsch! Was nimmst du dir heraus? Ich bin dein Herr und Meister!«, tobte Faust.

»Meine Herren sind der Abt und unser Herrgott«, entgegnete Anselm seelenruhig. »Ihr, Herr Magier, gehört nicht dazu.«

Faust beherrschte sich. Er wusste, dass er seinen Gehilfen inzwischen tatsächlich brauchte, und lenkte ein: »Bruder Anselm, schon seit geraumer Zeit warte ich auf Materialien, die ich beim Cellerar bestellte. Du kennst doch diesen Ingbert von sowieso. Frage ihn, wo die Sachen bleiben.«

Anselm war egal, warum sich der Knittlinger nicht selbst darum kümmerte. Er freute sich auf Ingbert von Speyer, den er schon eine Weile nicht mehr getroffen hatte. Inzwischen war der junge Mönch im Kloster so bekannt, dass man ihn ohne Nachfragen oder Anstände zum Cellerar durchließ. Anselm stieg die wenigen Stufen vom Konversengang in den Lagerkeller hinunter. »Gott zum Gruße«, rief er und Bruder Ingbert erwiderte.

Anselm erkundigte sich nach den Ingredienzien, die Faust wünschte: Salpeter, Schwefel und Holzkohle. Die drei Bestandteile von Schwarzpulver, wie Anselm inzwischen wusste.

»Sage mir, Bruder Anselm, nach welcher Anleitung gedenkt der Magier bei der Pulverherstellung zu arbeiten?« Anselm befand sich nun in einer Rolle, in der man auch ihn um wichtige Auskünfte bat!

»Ich habe ihm in unserem Mutterkloster das Liber ignium beschafft«, erklärte Anselm. Er nahm an sich selbst den Anflug von Stolz wahr. Es war ihm unangenehm, und er ergänzte: »Wie du weißt, Bruder Cellerar, schickte mich der Abt nach Kloster Neuburg, um zwei Schriften zu holen.«

»Die Demut steht dir gut zu Gesicht«, spottete der Ältere, dem die kleine Verfehlung Anselms ebenfalls aufgefallen war.

»Das berühmte Liber ignium ist also sein Lehrbuch«, stellte der Cellerar fest, »deshalb speziell die Kohle des Faulbaumes.«

Anselm verstand nicht.

Bruder Ingbert legte seine Schreibtafel zur Seite und setzte sich auf einen Absatz. »Dass der Magier auf Holzkohle von Faulbäumen besteht, ist ein Grund dafür, dass er noch warten muss«, erklärte er. »Die Köhler hier in unseren Wäldern verkohlen üblicherweise Buchen- und Eichenholz. Stattdessen müssen sie zunächst das Holz des seltenen Faulbaums beschaffen, bevor sie anschließend neue Kohlemeiler errichten können. Dann rauchen die Meiler ein paar Wochen, bis die Holzkohle aus dem Pulverholz fertig ist.«

»Pulverholz.« Anselm nickte.

Auch die Beschaffung größerer Mengen Schwefels brauche Zeit. »Die Händler bringen das gelbe Zeug vom weit entfernten Sizilien zu uns«, führte der Cellerar aus und hob entschuldigend die Arme. »Wir müssen auf der Handelsstraße oberhalb des Klosters diejenigen ausfindig machen, die Schwefel bei sich haben.«

Und dann war da noch der Salpeter. »Die Salpetersieder, die von Dorf zu Dorf ziehen, kommen auch bei uns jedes Jahr vorbei«, wusste Bruder Ingbert. »Aber: Es dauert! Manche der Gesellen schaben das Grundmaterial von den Mauern der Tierställe, andere waschen es aus dem Boden. Die ganze Prozedur dauert einige Wochen lang. Der weiße Salpeter weist dann leider große Unterschiede in Beschaffenheit und Qualität auf. Welche Sorte die beste ist, kann ich nicht sagen.« Der Mönch kratzte sich das Kinn. Vielleicht wisse das nicht einmal der Magier selbst, mutmaßte er.

»Was also kann ich Faust sagen?«, fragte Anselm.

»Dass es noch dauern wird.« Der Herr der Klosterwirtschaft zuckte mit den Schultern.

In der Tat musste der Alchemist lange auf die Zutaten warten. Als sie ihm endlich in den Turm gebracht wurden, reihte er die drei Behälter auf einem langen Holztisch auf. Ofen, Schmelztiegel, Zangen und Sonstiges für die Goldherstellung waren verräumt. Dafür hatte er sich weitere Mörser mit besonders schweren Stößeln, einen Satz Mahlsteine und eine Handdrehmühle beschaffen lassen.

Faust griff zum Liber ignium. Er setzte sich auf einen Stuhl, ihm gegenüber nahm Anselm Platz. Lesend blätterte er darin herum. »Diese Schrift ist über dreihundert Jahre alt«, erklärte der Meister seinem Gehilfen.

Anselm wunderte sich über Fausts ehrfurchtsvollen Ton.

»Sie enthält Geheimwissen, das zum Teil auf arabische Quellen zurückgeht, und niemand weiß, wer es in Byzanz erstmals niederschrieb. Jedenfalls tauchte die Handschrift irgendwann in Spanien auf, wo Mönche eine oder mehrere Abschriften anfertigten.«

Er hielt das Buch hoch. »Dies hier wird mich zum Erfolg führen«, rief der Alchemist, »und mir Reichtum bringen.« Denn Donnerkraut, erklärte er Anselm, lasse sich für gutes Geld verkaufen.

»Lass uns an die Arbeit gehen«, sagte der Pulvermacher. Auf seine Anweisung hin ging Anselm daran, die Zutaten für das Schwarzpulver so fein und gleichmäßig wie möglich zu zerstoßen und zu mahlen. Er probierte dabei alle Gerätschaften aus, die im Labor zur Verfügung standen. Als er damit fertig war, kam der Magier um den Tisch herum und begutachtete die Konsistenzen.

»Für den Anfang reicht das«, befand er. Dann musste Anselm an drei gleich großen Behältern Markierungen anbringen, um den gemahlenen Schwefel, die Holzkohle und den Salpeter in der jeweils richtigen Menge abzufüllen.

Faust hatte bei seinen Studien festgestellt, dass sich in dem

Feuerbuch unterschiedliche Rezepturen fanden. Einige hielt er für unbrauchbar, andere erschienen ihm vielversprechend. Zunächst entschied er sich für eine Grundmischung von sechs Teilen Salpeter, zwei Teilen Holzkohle und einem Teil Schwefel; also für das Volumenverhältnis von 6 : 2 : 1. Andere Mischungsverhältnisse wollte er später ausprobieren.

Die gefüllten Behälter standen vor Anselm auf dem Tisch. Wenngleich es ihm zunächst schwerfiel, musste er sich doch eingestehen, dass das alles nicht uninteressant war.

»Vermische die Materialien nun so gleichmäßig, wie du kannst«, sagte der Meister. Er stellte eine große Schale hin, und Anselm rührte alles zusammen. »Weiter, weiter«, befahl Faust. Selbst als der Gehilfe meinte, das Gemisch sei völlig homogen, trieb ihn der Meister an. »Die sorgfältige Vermischung der Bestandteile ist ebenso wichtig wie das vorherige Zermahlen«, dozierte der Magier. Erneut wunderte sich Anselm. Dieses Mal über dessen plötzliche Gesprächigkeit.

Um das Pulvergemisch weiter zu trocknen, stellte der Magier es eigenhändig in einer Fensternische in die Sonne. »Vielleicht muss ich es zur Trocknung zusätzlich in den Ofen stellen«, sinnierte er laut. Anselm beobachtete jeden Handgriff des Meisters. Bis der ihn hinausschickte: »Geh, und lass mich auch morgen allein.«

Zum ersten Mal verließ der junge Mönch das Labor etwas widerwillig. Er vermutete, dass Faust für den nächsten Tag die ersten Brandversuche ins Auge gefasst hatte.

In der Tat. Als Anselm wieder in den Turm kam, lagen neben einer Steinplatte am Boden Feuerstein, Zunderschwamm und Schlageisen. Es fanden sich mehrere kleine Aschehäufchen.

Der Alchemist war schlechter Laune. »Viel zu viele Rückstände«, meckerte er mit Blick auf die schwarzen Kegel. Die folgenden Tage und Wochen verbrachten Anselm und er damit, in endlosen Versuchsreihen Pulver in unterschiedlicher Körnung zu mahlen und beim Mischen die Mengenverhältnisse immer wieder leicht zu verändern. Und jedes Mal gab es einen Abbrennversuch.

Einmal durfte Anselm zuschauen. Mit einigem Abstand lehnte er an der Wand. Er verfolgte, wie Faust etwas getrocknetes Pulver auf die Steinplatte gab und mit dem Eisen gegen den Feuersteig schlug. Funken fielen auf den Zunder und bei der Entzündung schoss eine zischende, gelbe Stichflamme empor. Anselm zuckte zusammen. Beißender Rauch stieg auf. Der Magier lachte ihn aus. »Sieh an, sieh an«, spottete er, »das Mönchlein erschrickt und hat gar Angst vor Rauch und Schwefeldunst.« Er musterte den jungen Mann: »Befürchtest du gar, dein Herrgott könnte dich vielleicht nicht vor dem höllischen Gestank des Leibhaftigen schützen?« Anselm atmete hörbar aus und ließ sich nichts weiter anmerken. Mit jedem weiteren Versuch wurde der Meister unzufriedener. Er trat auf der Stelle.

Eines Abends dann, als um den Turm langsam die Dämmerung heraufzog, fasste der Magier einen Entschluss.

»Gehilfe«, sprach er, »ich will, dass du mir meinen magischen Schrank aus Knittlingen herholst.«

»Wie erkenne ich in Eurem Haus den richtigen?«, fragte Anselm.

»Meine Magd soll ihn dir übergeben.«

Anselm stand auf, und bevor er zur Tür hinaus war, rief ihm Faust hinterher: »Und wage es nicht, den Magierschrank zu öffnen! Mein Schutzzauber und die kreischenden Dämonen darin würden dich zerreißen!«

Anselm schluckte. »Gewiss, Meister«, versprach er. Bereits am folgenden Tag polterten Anselm und seine Helfer mit dem Schrank die Turmstiege hoch. »Giftschrank«, hatte die Magd das sternförmige Möbelstück genannt. Die Spitzen der sechs

Zacken waren mit Intarsien versehen. Anselm erkannte in vier Symbolen die Elemente des griechischen Philosophen Empedokles: Erde, Luft, Feuer und Wasser. Dass die beiden weiteren für Quecksilber und für das standen, was der Alchemist und Arzt Paracelsus Sal nannte, wusste er nicht.

Faust war aufgesprungen, ließ den Giftschrank an die Wand stellen und jagte die Mönche aufgeregt hinaus. Die Helfer stapften die Stiege hinunter, Anselm blieb vor der Labortür stehen und lauschte. Seine Neugier überwog die Angst, von dem zornigen Magier entdeckt zu werden.

Unbewegt und leise atmend verharrte der Mönch. Er vernahm nur undeutliche Geräusche, dann hörte er Faust leise und monoton sprechen. Es hörte sich an wie beten – vielleicht las der zwielichtige Magier auch in einem Zauberbuch. Inzwischen war es in dem Treppenhaus stockdunkel geworden, aber durch die Türschlitze fiel trübes Kerzenlicht. Weiterhin tat sich nichts Nennenswertes hinter der Holztür, sodass sich Anselm irgendwann hinunterschlich und den Turm in Richtung Klausur verließ.

Am darauffolgenden Tag ließ der Abt Anselm rufen. In dessen Amtszimmer sollte er vom Stand der Dinge berichten. »Just gestern schloss sich der Magier in seinem Labor ein, nachdem wir ihm seinen Schrank brachten«, erklärte er.

»Seinen Schrank?«

»Ja, seine Hausmagd bezeichnete ihn als Giftschrank. Ich denke, es handelt sich um einen Zauberschrank.«

»Und wie weit kam Doktor Faustus mit dem Pulvermachen, bevor man ihm den Schrank brachte?«

»Er hat Pulver hergestellt, das zischend verbrennt«, antwortete Bruder Anselm, »doch ist er unzufrieden mit der Qualität. Es müsste hitziger und heftiger abbrennen, meint er.«

»Das ist nicht gut«, bemerkte der Abt.

»Kannst du mir sagen, was sich in dem Schrank befindet, das ihm helfen könnte?«, hakte Johann Entenfuß nach.

»Nein, Vater Abt.«

»Bruder Anselm: Ich wünsche, dass du für uns die Augen offen hältst. Berichte uns, was der Magier da oben im Turm treibt.«

»Ich soll spionieren?«

»Bei Tag und bei der Nacht, Bruder Anselm«, forderte der Klostervorsteher streng. »Ich will wissen, was da vor sich geht.« Der erfahrene Kirchenmann hatte so eine Ahnung. »Wir brauchen das Pulver!«, betonte er abschließend, »und du berichtest mir, sobald sich die Dinge zum Besseren wenden.«

Als es dunkel wurde, postierte sich Anselm auf der Wehrmauer beim Turm. Von dieser höheren Position aus konnte er in die Laborfenster schauen. Mit einem dicken Buch in den Händen ging Johann Georg Faust in der Stube auf und ab. Weil sie nur spärlich beleuchtet war, konnte Anselm kaum mehr als seine Silhouette erkennen. Dann legte der Mann den Wälzer ab. Es wurde heller. Offenbar zündete er nach und nach eine Reihe von Kerzen an, sodass der Raum jetzt in durchgängiges Licht getaucht war. Die Fenster warfen gelbe Schlaglichter auf den Mönchsfriedhof.

Faust trug einen langen, schwarzen Mantel oder Umhang. Auf den Kopf hatte er einen Hut mit breiter Krempe. Ebenfalls pechschwarz.

Anselm stieg von der Mauer herunter. Er wollte sich die Sache genauer ansehen und stieg so leise wie möglich hinauf zum Labor. Licht fiel auf die obersten Stufen der Treppe. Anselm traute sich bis dicht an die Tür heran, kniff ein Auge zu und spähte durch den Spalt.

Mit einem eigenartig geformten Messer, das auf dem Dielenboden lag, hatte der Magier einen Kreis um sich gekratzt, der ein Pentagramm umschloss. Es musste sich um ein magisches Messer handeln. In Büchern der berühmten Kirchenmänner Augustinus und Thomas von Aquin hatte er darüber gelesen. Ihm wurde klar, dass der Schwarzmagier den Schutzkreis für eine Evokation um sich gezogen hatte: eine Teufelsbeschwörung!

Obwohl es recht warm war, fröstelte Anselm. Das, was da rot auf dem Boden zu lesen stand, war mit dem eigenen Blut des Ketzers geschrieben worden. Dieser Doktor Faustus aus Knittlingen ließ sich auf einen Pakt mit dem Höllenfürsten ein! Er hatte ihm den Rücken zugewandt, weil er, die Hände zur Beschwörung erhoben, nach Westen gerichtet stand.

Als er die Stimme erhob, suchte Bruder Anselm das Weite.

Instinktiv begab er sich in den geschützten Kreuzgang des Klosters. Der Mond tauchte ihn in ein schwaches, kaltes Licht. Außer ihm war keine Menschenseele hier. Die Brüder befanden sich längst zur Nachtruhe im Dormitorium. In der Nordwestecke des Kreuzgangs machte sich Anselm unsichtbar. Er kauerte vor dem Eingang zur Küche und ertastete das Relief eines Basilisken auf einem Steinquader. Das hässliche Wesen mit Schlangenleib und Hahnenkopf konnte vor dunklen Mächten schützen. Anselm hoffte, dass der Basilisk ihm die Dämonen und gar den Leibhaftigen selbst vom Leib hielte, falls der irre Magier sie tatsächlich zum Erscheinen ins Kloster rief.

In dieser Nacht war an Schlaf nicht zu denken. Dafür war Anselm zu aufgewühlt. Als er sich am frühen Morgen einreihte und mit den Brüdern die Treppe zur Kirche hinunterging, war er todmüde. Doch fand er nach dem gestrigen Erlebnis die Teilnahme an allen Gottesdiensten des Tages besonders wichtig. Er überstand die Laudes, dann die Prim. Auch bei der Versammlung im Kapitelsaal wollte er sich nichts anmerken lassen. Mit jeder Minute stieg seine Neugier: Wie hatte die Teufelsbeschwörung wohl geendet? Was tat der Magier jetzt? Anselm war hin- und hergerissen. Statt die Terz zu besuchen, schlenderte er durchs Scriptorium Richtung Abtshaus. Inzwischen stand in der Ecke zwischen den beiden Gebäuden ein neuer Wendeltreppenturm, der zum Oratorium hinaufführte.

Anselm erkannte auf einem großen Stein einen Entenfuß und einen Abtsstab: das Wappen des Bauherrn. Er las: »Anno domini MCCCCCXVII sub venerabili Domino, Domino Johanne Entenfus Abbate arte et ingenio fratris Augustini hoc opus erigitur. – »Im Jahre des Herrn 1517 wurde unter dem ehrwürdigen Herrn, Herrn Abt Johann Entenfuß, durch die Kunst und den Erfindungsgeist des Bruders Augustin dies Werk errichtet.«

Trotz finanzieller Misere schien die Bauwut des Abtes ungebrochen. Anselm ging um das Gebäude herum und sah hinüber zur Ummauerung. Sie wurde im Moment um bestimmt zwei Manneslängen erhöht, schätzte er. Wieder einmal wurde ihm bewusst, dass sich sein Kloster gegen äußere Angriffe schützen musste. Bauern und Adelige kümmerten sich in diesen Tagen einen Dreck um so etwas wie den einst heiligen Klosterfrieden. Unschlüssig stand Anselm im Abtshof. An der Fassade des Abtshauses fiel ihm eine neu eingemeißelte Inschrift auf: »Finis justificat modo. Der Zweck heiligt die Mittel«, sprach er leise vor sich hin. Er beschleunigte seine Schritte, und als er die Treppe zum Labor erklomm, schlug sein Herz wie wild. Ohne sich anzukündigen, öffnete er die Tür und blieb abrupt stehen. Mitten im Raum lag Johann Georg Faust. Es roch stark nach Schwefel, allerdings anders als beim Pulvermachen. Die Dielen neben dem Kreis zeigten zwei Brandflecken; einer davon sah aus wie der Fußabdruck eines Ziegenbocks im Lehm.

Der Magier bewegte sich. Er hob den Kopf und rappelte sich auf. Anselm erschrak. Der Mann sah fürchterlich aus: Zerzaustes Haar, blutunterlaufene Augen und leichenblass! Etwas unsicher ging er hinüber zu dem kleinen Tisch und trank einen Schluck Wein. Er schüttelte sich. Anselm meinte, er müsse sich übergeben. Stattdessen funkelte er ihn böse an: »Was hast du hier zu suchen, Gehilfe? Hatte ich dich und Deinesgleichen nicht weggeschickt?«

Anselm stand da wie versteinert.

»Nun gut«, sagte der Magier und hob den Zeigefinger. Viel energischer, als sein Aussehen es vermuten ließ, rief er: »Ich, Doktor Faustus, Magister der freien Künste, habe neues Wissen! Wissen, wie es kein Sterblicher sonst hat«, fügte er pathetisch hinzu.

Anselm war sicher: Der Schwarzmagier hatte Gott verleugnet, der Taufe und allen Sakramenten abgeschworen – und die Muttergottes verdammt. Dieser Mann hatte einen Pakt mit dem Teufel geschlossen; einen Pakt, bei dem er dem Fürsten der Finsternis seine Seele verkaufte!

In Gedanken rief Anselm die vierzehn Notheiligen um Beistand an. Als Faust sich wegdrehte, bekreuzigte er sich drei Mal. Er küsste das Kreuz um seinen Hals.

»Steck das widerliche Ding weg«, schrie der Magier erbost, als er das christliche Symbol sah. »Oder soll ich es dir abnehmen?«

Anselm versteckte das Umhängekreuz wieder in seiner Kutte. »Wenn sich die Dinge zum Besseren wenden«, hatte der Abt gesagt. Er war sich nicht sicher, was sich hier zum Guten oder auch zum Schlechten wendete.

Jedenfalls wollte er Faust nicht mehr von der Seite weichen, um die Dinge aus nächster Nähe mitzuverfolgen.

Der Meister arbeitete jetzt wie besessen. Trotz allem hatte auch sein Gehilfe Feuer gefangen. Keinem im Kloster konnte es mehr verborgen bleiben, dass dort oben im Turm ein Mitbruder und ein Mann aus der näheren Umgebung Tag und Nacht zugange waren – außer in den Nächten, in denen der Meister seinen Gehilfen vor die Tür setzte. An den folgenden Morgen sah Faust dann aus wie gerädert.

Was genau die Männer im Turm oben taten, konnten die Brüder nicht herausbekommen. Doch schien es ihnen von großer Wichtigkeit.

Anselm konnte mitverfolgen, wie der Meister die Qualität des Pulvers Schritt für Schritt verbesserte. Immer heller und schneller brannte es ab. Der Magier hatte das Mischungsverhältnis inzwischen auf siebeneinhalb Teile Salpeter, anderthalb Teile Holzkohle und einen Teil Schwefel verändert. Seinem Gehilfen verriet er das nicht. Auch nicht seine neueste Erkenntnis, die er des Nachts eingeflüstert bekommen hatte: Bei dieser Mischung handelte es sich nicht um die Volumina der Zutaten, sondern um deren Gewichtsverhältnisse! Das war ein entscheidender Unterschied! Ein echter Durchbruch.

Immer höher schossen die Flammen. Teile der Wände und vor allem die Holzbalkendecke waren rußgeschwärzt. Mitunter erschienen auch Gesicht und Hände des Pulvermachers schwarz wie die Farbe der Hölle.

Irgendwann befahl er seinem Gehilfen, ihm Würmer, Vögel und Schlangen zu besorgen. Was er damit wollte, verriet er nicht. Anselm fragte bei den Kräuterkundigen im Kloster nach, ob sie auch Tierextrakte hätten. Keiner von ihnen besaß solche Pulver oder Tinkturen. Der junge Mönch überlegte und ging zu den Laienbrüdern drüben im Wirtschaftshof. Die Gärtner konnten ihm ein Glas voller Würmer geben. Ein Gehilfe des Müllers steckte ihm junge Singvögel zu, die er ohnehin aus den lästigen Nestern in den Kornkammern hatte entfernen müssen. Ein Problem waren die Schlangen. Bis Anselm einfiel, woher er welche bekommen konnte. Er ging hinauf in den Steinbruch hinter dem Schafshof. »Gott zum Gruße«, rief er den Arbeitern zu, die sich wunderten, dass einer der Herrenmönche sie bei ihrer Drecksarbeit aufsuchte. »Es verbergen sich viele Schlangen zwischen den warmen Steinplatten«, bestätigte einer von ihnen. Ein anderer deutete auf einen halb überwucherten Geröllhaufen, über den sich eben ein Reptil schlängelte. Nach kurzer Zeit hatte Anselm drei prächtige Exemplare in seinem Beutel. Die Männer hatten sie gefangen und kurzerhand mit Knüppeln totgeschlagen.

Als Anselm das Labor betrat, schlief Faust mit dem Kopf auf dem Tisch. Als er erwachte, murmelte er einen Zauberspruch. Er wurde der Situation gewahr und biss sich auf die Zunge. »Zum Teufel …«, fluchte er kurz, dann nahm er Anselm das Mitgebrachte ab. Der Mönch schaute zu, wie er die Tiere zerlegte und in Schalen zum Trocknen in die Fensterlaibungen stellte. Tage später ließ er Anselm die Brocken zermahlen und pulverisieren. Erstaunt beobachtete Anselm, wie der Meister die Mehle in kleinsten, sorgfältig bemessenen Mengen unter die Pulverproben mischte.

Er setzte die Brandversuche weiter fort. Bis er irgendwann endlich zufrieden schien. Heiß, hell und schlagartig brannte das Schwarzpulver ab. Dabei blieben fast keine Brandrückstände mehr zurück. Auch in einer anderen Richtung hatte der Alchemist Fortschritte gemacht. »Sieh her, Gehilfe«, sagte er und hob Anselm eine Schale mit Pulver unter die Nase. »Es ist so fein, wie kein anderer es herstellen kann.«

Der Meister feiert sein Werk, dachte Anselm – und war schon ein wenig beeindruckt, als er erklärt bekam: »Dieses feinste Schießpulver eignet sich am besten für die Büchsen, die die Büchsenmeister im Kampfe aus der Hand abfeuern.« Er zeigte auf eine zweite Schale mit deutlich gröberem Schwarzpulver: »Dieses hier taugt besser für große Geschütze. Damit die Dinger den Geschützmeistern nicht um die Ohren fliegen«, dröhnte der Alchemist selbstzufrieden.

Endlich bekam der Gehilfe die Erklärung dafür, dass er in letzter Zeit mehrfach Pulver unterschiedlicher Körnung hatte mahlen und mischen müssen. Unterschiedliches Schwarzpulver für unterschiedlichen Einsatz. Seit ihrer ersten Begegnung hatte er den Magister niemals so gut gelaunt gesehen. Er forderte Anselm auf, ihn bei Abt Entenfuß anzukündigen. »Ich beabsichtige, dem Herrn des Klosters einen Besuch abzustatten«, erklärte er, »denn er wird von mir bald sein schwarzes Gold bekommen.«

Bereits am selben Abend wollte der Abt seinen Pulvermacher empfangen. Anselm hatte ihm angedeutet, die richtige Formel für das Schwarzpulver könnte gefunden sein.

Zwei Brüder im Dienst des Abtes holten Faust ab. Kaum hatten sie den Turm verlassen, schlich Anselm zum Treppenhaus hinüber und ging hinauf ins Labor. Er entzündete eine Kerze und begann zu suchen. Als er die ganzen Papierstapel auf Tischen und Bänken gesichtet sowie alle Schubladen durchsucht hatte, ging er hinüber zu Fausts Zauberschrank. Dunkel und bedrohlich stand er da. Hier drin musste der Magier die Pulverformel versteckt haben.

Anselm holte mehrmals tief Luft. Er ging vor dem eigenartigen Möbelstück auf und ab. Sollte er es riskieren? Würden ihn beim Öffnen der Türen die Dämonen des Hexenmeisters zerreißen?

Anselm zögerte. Doch er wollte die vermaledeite Formel auf jeden Fall in seinen Besitz bringen. Er hatte sich entschieden. Mutig entzündete er weitere Kerzen, damit er mehr Licht bekam. Er fädelte sein Umhängekreuz heraus und streckte es vor der Brust aus. Er betete zu Gott und den Heiligen. Dann drehte er langsam den Schlüssel herum. Im Gefühl des Triumpfes hatte der Meister ihn Gott sei Dank stecken lassen. Anselm duckte sich etwas zur Seite und öffnete die rechte Tür. Nichts geschah. Er öffnete die linke. Alles blieb ruhig. Erleichtert stieß er die angehaltene Luft aus. Seine Anspannung wich, und er leuchtete hinein: Ein schwarzer Umhang und ein Hut. Mehrere offenbar magische Siegel. Ein dickes Zauberbuch. Anselm nahm es heraus und schlug die erste Seite auf. Leer. Er schlug die letzte auf – und da lag er. Ein Zettel, auf dem eine Formel geschrieben stand, dazu ein paar Sätze zur Erklärung beziehungsweise Anleitung. Anselm hatte es geschafft!

Als der junge Mönch und Gehilfe eines Teufelsanbeters das Labor verließ, fand er von Faust keine Spur. Bestimmt betrank er sich mit dem edlen Wein des Abtes und versuchte, für seine Verdienste eine möglichst hohe Belohnung herauszuschlagen.

Anselm kümmerte sich nicht weiter darum. Auch hatte er seinem Abt nichts zu berichten, was der inzwischen nicht schon erfahren hatte. Anselm fühlte sich eigenartig ruhig. Gemessenen Schrittes ging er hinüber zum Kreuzgang. Wie selbstverständlich gesellte er sich zur Abendlektion im Lesegang. Danach rief die Komplet die Brudergemeinschaft in die Kirche. Es fühlte sich gut an, in Reih' und Glied mit den Brüdern in den Chor einzutreten. Gemeinsam stiegen sie anschließend die Treppe hinauf zum Dormitorium.

In seiner Zelle angekommen, dankte Anselm dem Herrn mit einem langen Gebet, das er auf Knien unter dem Kreuz an der Wand sprach. Anselm war zu einem Mann und innerlich gefestigten Mönch gereift.

Allein, die Angelegenheit war noch nicht ausgestanden. Bei nächster Gelegenheit forderte Faust seinen Gehilfen auf, ihm ein paar metallene Behälter ins Labor zu bringen. »Wir werden nun die Sprengkraft des Pulvers ausprobieren.«

Anselm tat, wie ihm geheißen. Er sah zu, wie der Magier die Gefäße mit Pulver füllte und in unterschiedlicher Weise verschloss. Der Mechanismus, um das Pulver in den Behältern zu entzünden, mutete kompliziert an. In entscheidenden Momenten hatte der Meister seinem Gehilfen jeweils den Rücken zugekehrt. Erklärungen gab er keine.

Anselm war verärgert. Doch beabsichtigte er, die Sprengversuche mit anzuschauen. Faust machte keine Anstalten ihn wegzuschicken. Der Meister war eitel. Er konnte nicht anders, als seinem Gehilfen seinen großartigen Erfolg zu demonstrieren.

Von draußen waren Schritte zu hören. Es pochte jemand an die Tür.

»Was ist?«, rief Faust gereizt, und ein Gehilfe des Bursarius streckte den Kopf herein:

»Bruder Anselm, der Vater Abt will dich sehen, und den Bruder Bursarius. Der wartet bereits unten im Garten, komm mit.«

»Sag ihm, ich werde gleich nachkommen.«

Irritiert stutzte der Überbringer der Nachricht, machte kehrt und ging hinunter.

Als der Bursarius und sein Gehilfe kurz darauf hochschauten, passierte es: Mit einem ohrenbetäubenden Donner zerbarsten die Scheiben des Labors. Gleißende Flammen schlugen heraus, denen beißender Rauch folgte. Der Turm bebte. Die Wartenden hatten sich zu Boden geworfen. Eine Staubfahne stob unten aus der Tür, als die Treppe drinnen herunterbrach.

Im Abtshaus gegenüber wurden Fenster aufgerissen, und schon kamen die ersten beiden Brüder über den Friedhof und den Gemüsegarten gelaufen.

»Hast du das auf der Mauer gesehen?«, rief einer, »war das jemand mit wehendem schwarzem Umhang?«

»Weiß nicht, vielleicht auch nur ein Schatten!«, schrie der andere zurück.

Andere Mönche waren dazugekommen. Es war totenstill. Dicke Rauchwolken quollen aus dem Turm. Niemand hatte je so etwas erlebt.

Anselm! Der Bursarius schlug die Hände über dem Kopf zusammen. Er murmelte ein Gebet. Die Brüder schauten sich an. In ihrer großen Bestürzung sprach keiner mehr ein Wort.

»Eimer, Brüder, bringt Eimer mit Wasser!«, brüllte plötzlich einer, »wir müssen das Feuer löschen!«

»Es brennt zu weit oben«, kommentierte Raimund von Hagenau tonlos. »Wir können nichts und niemanden mehr retten.«

Kapitel 13

Kloster Maulbronn, anno domini 1517

Am nächsten Morgen war der obere Teil des Turmes völlig ausgebrannt. Es roch verkohlt und überall lagen Holzteile, Steine und Scherben. Ein paar Laienbrüder sollten aufräumen und die Ruine sichern. Von drinnen kam ein Geräusch. »Habt ihr das auch gehört?«, fragte der beim Turm und lugte durch die offene Tür ins Treppenhaus. Er schrie auf und fiel rückwärts ins Gras. Die Arme hielt er schützend vors Gesicht.

Im Türausschnitt erschien eine Gestalt: das Gesicht grauschwarz wie seine Kutte. Die Brüder bekreuzigten sich. Dann traten zwei von ihnen auf den Geist zu und klatschten in die Hände.

»Bruder Anselm!«

»Er lebt!«

Der junge Mönch hatte die fürchterliche Explosion und das Feuer überlebt. Ein Wunder!

Als Raimund angelaufen kam, schloss er Anselm in die Arme. Einen Augenblick schwiegen die beiden.

»Wie kann das sein?«, fragte der Bursarius. »Mit eigenen Augen habe ich es gesehen.«

»Mir scheint, du hast mich gerettet«, antwortete Anselm.

»Vielleicht. Mit Gottes Hilfe«, gab Raimund zurück. »Aber wie?«

»Es war so«, erklärte Anselm, um den sich mittlerweile eine Schar von Laienbrüdern und Herrenmönchen gesammelt hatte. »Kurz nachdem du mich rufen ließest, verließ ich das Labor. Ich stieg die Treppen hinunter, und als ich unten angekommen war, krachte es oben fürchterlich. Ich sprang in eine Mauernische, dann krachten Balken und Bretter herunter.« Anselm rieb sich eine dicke Beule am Hinterkopf und schloss: »Ich glaube, ein Holzteil hat mich erwischt, und ich wurde ohnmächtig.«

»Dem Herrgott sei Dank«, meinte Raimund, und auf seine Frage nach Doktor Faustus zuckte der Gerettete nur mit den Schultern: »Ich war wie gesagt nicht bei Sinnen. Sahst du ihn nicht herauskommen?«

»Wir lagen am Boden.«

Anselm erholte sich erstaunlich schnell. Außer ein paar Abschürfungen und blauen Flecken hatte der Infirmarius an ihm keine weiteren Verletzungen feststellen können. Auch sein Kopf hatte keinen größeren Schaden genommen.

Es war der 21. März des Jahres 1518, der begann wie jeder Tag im Kloster. In der Dunkelheit erhoben sich die Brüder von ihrem Nachtlager, es folgten die Gottesdienste, danach die Versammlung der Gemeinschaft im Kapitelsaal.

Ihr Hirte Abt Entenfuß stieß erst jetzt zu seinen Schäfchen. In der Mitte des offenen Raumes bezog er bei seinem Stuhl Stellung. Freudig erwartete Anselm, dass der Oberste auf seinen heutigen Geburtstag hinweisen würde. Eine besondere Würdigung und Ehre; in gebotener Bescheidenheit.

Zunächst jedoch hatte man das gemeinsame Gebet zu verrichten. Als sich alle niedergelassen hatten, begann der Vorleser mit einem Kapitel aus der Bibel. Dann schlug er die Benediktsregel auf. Der heutige Abschnitt ging über den Abt und seine Funktion im Kloster. Folgende Stellen las er vor:

»*Der Abt kann aber jede Rangänderung vornehmen, wenn er es aus Gründen der Gerechtigkeit für gut hält. Sonst sollen die Brüder den Platz einnehmen, der ihnen zukommt.*

Härter tadeln muss er solche, die keine Zucht kennen und keine Ruhe geben; [...] streng zurechtweisen und bestrafen soll er jene, die nachlässig und widerspenstig sind.

Wegen des vielleicht allzu geringen Klostervermögens soll er sich nicht beunruhigen; vielmehr bedenke er das Wort der Schrift: ›Sucht zuerst das Reich Gottes und seine Gerechtigkeit, und dies alles wird euch dazugegeben.‹ Wer ihn fürchtet, leidet keinen Mangel.«

Wie es seine Aufgabe war, ergriff Johann Entenfuß das Wort, um das Gehörte auszulegen: »Meine Brüder, sehet hinauf zu dem wunderbaren Sternengewölbe über uns.« Alle Blicke richteten sich zur Decke. »Ich ließ es ausmalen zu Ehren des Herrn und zu Eurem Entzücken.«

Anselm konnte sich einfach nicht so recht mit den Malereien aus Rötelfarbe anfreunden, die der Abt überall hatte anbringen lassen. Besonders die im Kapitelsaal missfielen ihm. Er empfand die Waffen und Folterwerkzeuge als Ausdruck des Leidens und Sterbens von Jesus Christus bedrückend.

Prompt erklärte Abt Entenfuß mit Blick auf die Deckenbilder: »Sie sollen Euch daran erinnern, wer für uns litt und gestorben ist.«

Anselm verstand nicht, worauf der Abt hinauswollte.

Der fuhr mit erhobenem Zeigefinger fort: »Und ich lasse im Kloster bauen. Zu Eurem Wohlergehen, denkt nur an das Winterrefektorium mit Ofen, und zu Eurem Schutz vor Feinden.« Er legte eine Pause ein, und seine Stimme klang drohend: »Keinem Bruder, ob einfacher Mönch oder Amtsträger, steht es zu, die Handlungen seines Abtes, den Stellvertreter Christi im Kloster, in Frage zu stellen. Ihn zu tadeln wäre Sünde!« Jeder sah, dass er dabei seinen Bursarius Raimund von Hagenau, den Hüter der Klosterfinanzen, finster anstarrte.

Anselm war hellwach. Was hatte das zu bedeuten? Er vermutete, dass Raimund den Abt erneut darauf hingewiesen hatte, dass er die Zukunft des Klosters Maulbronn gefährdete. Viele Mitglieder des Konvents sprachen inzwischen ganz ungeniert nicht nur von seiner Prunksucht, sondern auch von seiner Bauwut.

Der Bursarius ließ sich nichts anmerken und nicht aus der Reserve locken. Auch nicht, als Johann Entenfuß tönte: »Ich wiederhole nun aus der Regel Benedikts: ›*Der Abt muss diese härter tadeln, die keine Ruhe geben und jene bestrafen die widerspenstig sind.*‹ Und wegen des vielleicht allzu geringen Klostervermögens soll er sich nicht beunruhigen, steht doch geschrieben: ›*Sucht zuerst das Reich Gottes und seine Gerechtigkeit, und dies alles wird euch dazugegeben.*‹« Schneidend fügte er, wieder den Bursarius im Blick, an: »›*Der Abt kann aber jede Rangänderung vornehmen, wenn er es für gut hält.*‹«

Ein Raunen erhob sich. Johann Entenfuß unterband es, indem er von seinem Thronsessel hochfuhr und energisch mit den Armen ruderte. Dabei rief er der Versammlung zu: »Dass sich ein Abt je selbst anklagte, sieht die Regel des Benedikt nicht vor.«

Anselm war die Lust auf die Erwähnung seines Geburtstages vergangen. Tatsächlich dachte der Abt auch nicht daran, das zu tun. Das Feiern des eigenen Geburtstages gehörte nur zu den Gepflogenheiten hochrangiger Adeliger. Alle anderen sollten einfach in Demut an ihre Geburt denken.

Stattdessen nahm er sich Anselm vor. Der Abt musterte den jungen Mönch streng und erklärte dem Konvent: »Mein hervorragender Plan, unser Kloster mit Vermögen zu segnen, hat sich wegen der Unfähigkeit der Ausführenden in Rauch aufgelöst.« Ein paar der älteren Mönche nickten bedächtig, andere sahen sich fragend um. In den Ärmeln seiner Kutte ballte Anselm die Fäuste.

Abt Entenfuß war noch nicht fertig. »Und wenn wir schon dabei sind«, meinte er scheinheilig, »mein Cellerar und alle, die ihn unterstützen, schaffen es trotz meiner Anweisungen nicht, höhere Einnahmen für das Kloster zu erwirtschaften. Dabei ist Ingbert von Speyer doch derjenige, der für sämtliches Wirtschaften zuständig ist.« Anselm konnte es nicht fassen.

Als sich die Brüder nach der Terz zur Einkehr im Kreuzgang einfanden, kam ein alter Mönch auf Anselm zu. Anselm machte ein erstauntes Gesicht, weil er mit diesem Mann in all den Jahren nichts zu schaffen gehabt hatte. »Komm mit«, flüsterte der Alte. Anselm blickte sich um, sah die Brüder in ihre Bücher vertieft und folgte. Im Dämmerlicht der Laienkirche, die um diese Zeit leer war, blieben die beiden hinter einer mächtigen Säule stehen. Seinen Bewegungen nach zu urteilen, konnte der alte Mann sehr schlecht sehen.

»Was willst du von mir, Vater?«, fragte Anselm.

»Ich verlange nichts von dir«, erwiderte der Mönch, »du sollst mir nur zuhören.«

Anselm war gespannt.

Der Alte kam ihm unangenehm nah ans Ohr und wisperte: »Gott hat noch viel mit dir vor, mein Sohn. Er schenkte dir eine wundersame Rettung, drüben im Turm. Ich vermute, dass er dir dabei nicht zum ersten Mal in dieser Weise half.«

Anselm dachte an die Fähre über den Rhein und den räuberischen Überfall im Wald.

»Du wurdest am heutigen Tage vor 25 Jahren geboren, mein Sohn«, sprach der Alte weiter, und Anselm wurde es langsam unheimlich. »Es ist der Tag, an dem wir Zisterzienser dem Tod des heiligen Benedikt gedenken! Mit deiner Geburt hat es eine besondere Bewandtnis.« Die trüben Augen des Alten fixierten Anselm, als er fortfuhr: »Benedikt ist der Patron der Zauberei – und der Vergiftung. Sieh dich beim Essen und Trinken vor«, mahnte er.

Erschreckt riss Anselm die Augen auf.

»Doch du sollst dich nicht ängstigen, bleibe mutig, mein Sohn. Du musst immer Hoffnung in dir tragen.« Er verwies auf Benedikts segensreiches, langes Leben und auf dessen besonderen Tod. Es sei ein Gründonnerstag gewesen, der 21. März im Jahre des Herrn 547. Gestützt auf seine Brüder habe der Heilige am Altar seiner Klosterkirche gebetet, als die Engel des Herrn ihn auf einer lichterfüllten Straße hinweg in den Himmel trugen.

»Mit dir, Bruder Anselm, hat Gott noch viel vor«, fügte der Alte nach einer Pause an.

Anselm schloss die Augen. Der Alte verglich sein unbedeutendes Leben mit dem des Benedikt von Nursia?

Er schaute sich um. Der Mönch war verschwunden.

Anselm ging das Gehörte nicht aus dem Kopf. Unkonzentriert absolvierte er die Sext und war beim Mittagessen im Refektorium abwesend. Eigentlich hätte er sich nach dem Auftritt des Abtes in der Morgenversammlung gerne mit Raimund ausgetauscht. Doch jetzt war die Zeit für die mittägliche Bettruhe.

Anselm nutzte die Pause zum Nachdenken. Gesetzt den Fall, der Herr hätte wirklich Besonderes mit ihm vor. Wie dankte er es ihm? Weltabgewandtheit hatte er vor Jahren gelobt. Ein sittenreines Leben in der Geborgenheit des Klosters. Dazu seinen bedingungslosen Gehorsam dem Abt gegenüber. Er musste sich eingestehen, dass er davon weit entfernt war. Er war auf die Reise gegangen, er zweifelte das Tun des Abtes an – und hatte sich auf einen Alchemisten, einen Teufelsanbeter eingelassen. Musste das nicht direkt in die Hölle führen?

»Gott hat noch viel mit dir vor«, wiederholte er die Worte des Alten. Wer war dieser Mönch? Was wusste er über ihn? Anselm hatte sich aufgesetzt. Unruhig trommelte er mit den Fingern am Holz seiner Schlafstatt.

Es kam der 21. April. Anselm saß bei der Morgenversammlung auf seinem Platz im Kapitelsaal, als Johann Entenfuß sich erhob: »Anselm von Canterbury, der Gelehrte und Heilige ist der Namenspatron unseres Bruders Anselm von Dürrmenz – und vielleicht auch von Lomersheim.« Hatte er richtig gehört? Der Abt ging auf seinen Namenstag ein? »Zwei Dinge möchte ich euch dazu sagen, liebe Brüder.« Liebe Brüder? Der Abt hatte Kreide gefressen. Er fuhr fort: »Unter dem Schutz der Götter, oder besser, unter dem Schutz Gottes stehend, das bedeutet der Name Anselm. Wir wollen unserem jungen Bruder wünschen, dass dem so sei.« Anselm verstand die Welt nicht mehr und bekam von seinem Abt zu hören: »Credo ut intelligam – ich glaube, damit ich verstehe. Das sind die Worte des Anselm von Canterbury, unser Bruder Anselm sollte sie bedenken.« Anselm saß wie vom Donner gerührt. Was sollte das? Was wollte der Abt damit sagen?

Verwirrt stand Anselm im Kreuzgang, als erneut der alte Mönch ihm zuflüsterte: »Komm mit.« Wieder folgte er ihm in die Laienkirche. »Es ist so eine Sache mit dem Glauben und dem Verstehen«, sagte der Alte. »Viele meinen, der Glaube und der Verstand seien ganz unterschiedliche Instrumente der Erkenntnis. Sofort erinnerte sich Anselm an die Worte von Bruder Raimund: »Der Glaube bringt uns Gott näher, das Wissen hilft uns in der Welt.«

Der geheimnisvolle Mönch wies ihn auf eine weitere Möglichkeit hin, zu erkennen. »Da ich nun fast blind bin, sehe ich klarer. Wenn wir mit dem inneren Auge sehen, erkennen wir Dinge, die über das gewöhnliche Sehen hinausgehen.«

»Du meinst die Prophetie, Bruder?«, fragte Anselm.

»Nenne es, wie du willst, mein Sohn. Aber denke an meine Worte, wenn für dich der Moment gekommen ist, mit deinem inneren Auge zu erkennen.«

Der Alte ließ Anselm in der leeren Kirche stehen.

Das war verwirrend. Anselm konnte sich keinen Reim auf die Ausführungen des Abtes bei der Kapitelversammlung bilden, und jetzt das. Er nahm sich vor, am Abend Bruder Raimund aufzusuchen.

Doch daraus wurde nichts. Direkt nach dem Abendbrot rief ihn ein Mönch zum Abt. Ungläubig schloss er sich dem Boten an.

Der kluge Bursarius, der Anselm schon mit dem alten Mönch gesehen hatte, verfolgte die Szene vor dem Refektorium aufmerksam. Auch er wollte mit Anselm demnächst einmal sprechen.

Als Anselm die Empfangshalle betrat, traute er seinen Augen nicht. »Du scheinst überrascht, Anselm von Dürrmenz«, begrüßte ihn der Abt.

»Ja, Vater Abt.«

Der Abt konnte nicht ahnen, dass Anselm in dem Gast, der mit ihm zu Tisch saß, den Edelmann erkannte, dem er im Kloster Neuburg und im Schloss Reichenweiher begegnet war. Verschlagen sah der zu ihm auf und grüßte distanziert mit einem Kopfnicken, als Anselm am Tisch des Klostervorstehers Platz nahm.

»Sicher bist du nach dem kargen Mahl im Refektorium noch hungrig«, meinte der Abt und ließ weitere Köstlichkeiten auftragen.

Anselm hatte gelernt, dass es manchmal besser war zuzuhören, als zu sprechen. So wurde ihm rasch klar, dass der Herr des Edelmannes, Herzog Ulrich, verärgert war. Dieser Abt Entenfuß, der dem Herzog von Anfang an ein Dorn im Auge gewesen war, hatte das Kloster abgewirtschaftet. Und die Versuche, Gold und Pulver herstellen zu lassen, waren kläglich gescheitert.

Abt Entenfuß schien sich nicht darüber zu wundern, dass der Gesandte des Herzogs über die Vorgänge im Kloster

Bescheid wusste. Das gut funktionierende Spitzelsystem des Landesherrn war bekannt.

»Wie mir scheint, hat dieser Doktor Faustus ein ganz hervorragendes Donnerkraut gemischt«, stellte der Edelmann lapidar fest. Er spielte auf die mächtige Explosion im Turm an. Unvermittelt wollte er von Anselm wissen: »Hat der Hexenmeister dir die Formel für sein schwarzes Gold gegeben?«

»Der Doktor hat die Formel stets vor mir verheimlicht.«

Was nicht gelogen war.

Missmutig verzog der Gesandte das Gesicht.

Der Abt seufzte. Er stand offensichtlich unter großem Druck. »Du kannst gehen«, sagte er unwirsch. »Mit Gottes Schutz«, erwiderte Anselm vorlaut, und schon war sein Besuch zu Ende.

»Mir will scheinen, als wüsste der kleine Mönch mehr, als er zugibt«, murmelte der Edelmann, als Anselm die Halle grußlos verließ. Abt Entenfuß hob entschuldigend die Hände.

Wenige Tage später strebten Anselm und Raimund gemeinsam dem Amtszimmer des Cellerars zu. Er hatte es sich in der Ecke, wo das große Heuhaus und die innere Klostermauer auf den Fruchtkasten stießen, ausbauen lassen. Hier konnte er ungestörter arbeiten als im Klausurbereich.

Ingbert von Speyer erhob sich, und die drei Männer begrüßten sich wie Freunde. Durch die Geschehnisse der letzten Zeit war der junge Anselm in die Sphären der anderen aufgestiegen, die nach dem Abt und dem Prior die höchsten Ämter im Kloster bekleideten. Sein Status innerhalb der Bruderschaft war nicht eindeutig, aber auch er genoss weiterhin weit größere Freiheiten als viele andere.

»Setzt euch«, lud der Hausherr seine Gäste ein, »wenngleich die Stühle nicht sehr bequem sind.«

Das neue Amtszimmer war großzügig bemessen. Wände

und Decke zeigten Holzvertäfelungen, neben dem Tisch und einem Pult zum Arbeiten gab es den einfachen Tisch, an dem sie saßen. Ansonsten war der Raum ohne jeden Schmuck und Zierrat.

Dafür gab es endlose Regalreihen, die mit unterschiedlichsten Behältern, Unterlagen und Landkarten gefüllt waren.

Der Gastgeber ließ Wein einschenken und erhob das Glas: »Einen schwäbischen Trollinger sollten wir uns schon gönnen.«

Anselm war gespannt, was er an diesem Abend zu hören bekommen würde. Allerdings wurde zunächst er aufgefordert, von seinem Gespräch im Hause des Abtes zu berichten. Er erwähnte den Edelmann und betonte die Missstimmung zwischen dem Abt und Ulrich, dem Schutzherrn des Klosters. Und dass der Herzog offensichtlich sehr an gutem Pulver, das er schwarzes Gold nannte, interessiert sei. »Sie fragten mich, ob ich die Formel kenne.«

»Und, kennst du sie?«, wollte Raimund wissen. »Ich sagte ihnen, dass mir der Knittlinger die Formel nicht zeigte.«

»Hm«, die übliche Antwort des Bursarius, wenn das letzte Wort zu einer Sache noch nicht gesprochen war.

Bruder Ingbert hob nachdenklich die Brauen. »Dann lasst uns zu einem anderen Punkt kommen«, schlug er vor. »Konntest du während meiner Abwesenheit ein Gespräch mit dem Abt vereinbaren, Raimund? Wird er uns empfangen? Wir können seine Vorwürfe nicht auf uns sitzen lassen. Auch wenn er der Vater Abt ist.«

»Nach dem Gespräch mit Anselm vor ein paar Tagen ließ Johann Entenfuß seine Kutsche anspannen und fuhr fort.«

Anselm registrierte, dass Raimund den Abt respektlos einfach bei seinem Namen nannte.

»Ich hörte, dass er nach Esslingen und Reutlingen will«, führte Raimund aus, »in zwei Freie Reichsstädte innerhalb des Herzogtums also.«

Anselm verzichtete auf die Frage, was er dort wollte, da hakte Bruder Ingbert nach: »Meinst du, der Abt sucht Verbündete gegen Ulrich, den die Städter nicht mögen?«

Raimund blieb eine Antwort schuldig. Stattdessen forderte er Ingbert auf, nun von seiner Reise zu erzählen: »Man hört, in Heidelberg war einiges los.«

»Das kann man wohl sagen. Dieser Augustinermönch, Martin Luther aus Wittenberg, hat mächtig Staub aufgewirbelt. Er leitete eine Disputation, an der namhafte Theologen teilnahmen und auch angesehene Professoren der ehrwürdigen Universität.«

»Wetterte er weiter gegen den Ablasshandel der Mutter Kirche und den Papst?«

»Man sagte mir, dass er 40 Thesen anderen Inhalts vorgetragen habe. Doch auf den Gängen und Fluren wurde offenbar über nichts anderes als seine ketzerischen Angriffe gegen die Kirche und uns Mönche gesprochen.«

»Wie stehst du zu der Sache, Bruder Ingbert?«, fragte Raimund.

»Ich denke, der Wittenberger wird für solchen Aufruhr sorgen, dass am Ende unsere Glaubenswelt aus den Fugen gerät.«

Anselm spitzte die Ohren.

»Ich meine, wie du zu Luthers Thesen gegen den Ablass stehst?«

Der Cellerar senkte die Stimme: »Ich will ehrlich zu euch sein, meine Brüder, ganz von der Hand zu weisen sind die Einwände des Augustiners nicht.«

»Dann sind wir ja einer Meinung«, freute sich Raimund, »hoffen wir, dass wir damit nicht auf dem Scheiterhaufen landen.« Er hob sein Glas.

Anselm fand das nicht lustig.

»Zurück zu dir, junger Freund«, fuhr der Bursarius fort.

»Was hat es mit dem alten Mönch auf sich, mit dem du dich in der Laienkirche triffst?«

»Du hast uns beobachtet?«, fragte Anselm, und auch Ingbert lehnte sich neugierig nach vorn. Er versuchte, die Gespräche mit dem Alten für sich zu sortieren. »Er ist mir irgendwie unheimlich. Er scheint verborgene Dinge zu kennen. Er sprach über den heiligen Benedikt und meinte, Gott hätte noch viel mit mir vor.«

Überrascht schauten Raimund und Ingbert sich an.

»Bei unserem zweiten Gespräch sprach er über die Wege der Erkenntnis.« Anselm stockte. »Und über Prophetie!«

Die beiden Älteren schienen irritiert.

»Auch hierbei gibt es also mehr Fragen als Antworten«, stellte Raimund fest. »Ebenso wie bei Luther. Und dann stellt sich die für uns im Augenblick wichtigste Frage: Was führen unser Abt und dieser Edelmann des Herzogs im Schilde?«

Kapitel 14

Kloster Maulbronn, anno domini 1518

Während Abt Johann Entenfuß im Herzogtum unterwegs war, spielte sich in seinem Kloster Maulbronn Ungeheuerliches ab. Der Bursarius sah aus dem Fenster und direkt unter ihm passierte eine größere Gruppe Mönche zu Pferd und auf Maultieren den inneren Torturm. Wenig später holperte eine Kutsche durch den Wirtschaftshof. Vor dem Turm machte die bewaffnete Begleitmannschaft kehrt, die Kutsche fuhr in Richtung Abtshof weiter. Dann erkannte Bruder Raimund das Wappen des Speyrer Bischofs. Lanzenträger, die ebenfalls vor der inneren Mauer abdrehten, präsentierten es. Die Kutsche, die sie geleiteten, folgte der ersten.

Der Hüter der Finanzen holte Erkundigungen ein und informierte sogleich den Cellerar. »Wir haben hohen Besuch. Der Abt unseres Mutterklosters Neuburg ist mit einigen seiner Konventualen hier, eine herzogliche Delegation aus Stuttgart und Abgesandte des Bischofs von Speyer sind angekommen.«

»Was kann das bedeuten?«, fragte Ingbert von Speyer laut vor sich hin.

Er stand mit Raimund von Hagenau vor der Tür des Bursariates.

»Mir scheint, die Besucher wollen sich in Abwesenheit des Abtes in dessen Gästebereich einquartieren«, meinte der Bursarius. Beiden war klar, dass sie Zeugen einer außerordentlichen Angelegenheit waren.

In diesem Augenblick kam Anselm angelaufen. Die Kutte hoch geschürzt, rannte er über den Hof. Seine Freunde schmunzelten.

»Dir bleibt auch nichts mehr verborgen«, feixte Raimund.

»Wenn ihr vergesst, mich einzubeziehen, dann muss ich eben selbst aktiv werden«, gab Anselm mit gespieltem Beleidigtsein zurück. »Was geht hier vor?«, fragte er ernst.

»Das wissen auch wir nicht«, bedauerte Ingbert. »Seien wir gespannt auf die morgige Kapitelversammlung.«

Statt die morgendliche Zusammenkunft im Kapitelsaal abzuhalten, gab es eine rigorose Änderung des Tagesablaufs. Der Bursarius und der Cellerar wurden gerufen. Natürlich hatten sie Bruder Anselm mitgenommen. Außer ihnen wurden der Bibliothecarius, der Hospitarius und weitere Amtsträger ins Abtshaus bestellt. Auch der Prior, der Stellvertreter des Abtes während dessen Abwesenheit, sollte erscheinen. Doch weil dieser zweite Mann im Kloster Maulbronn eine mehr als blasse Gestalt war, schenkte man ihm kaum Beachtung. Sogar die gestandenen Mitglieder des Konvents behandelte man mit größerer Aufmerksamkeit.

Im königlich anmutenden Empfangssaal des Abtes Entenfuß hatten sich alle eingefunden. Von draußen drangen die vormittäglichen Sonnenstrahlen durch die Fenster und tauchten die Gesellschaft in ein freundliches Licht. Der Abt von Neuburg, der Vertreter des Bischofs und der Gesandte von Herzog Ulrich traten gemeinsam vor.

»Wir haben entschieden«, ergriff der Abt das Wort, »meinen Kollegen, Johann Entenfuß von Unteröwisheim, den Abt des Klosters Maulbronn, seines Amtes zu entheben.«

Bevor jemand nach dem Grund fragen konnte, legte der Gesandte des Bischofs nach: »Johann Entenfuß, der Euer Abt war, hat gefehlt. Seiner Misswirtschaft ist es zu verdanken, dass das einst reiche Kloster Maulbronn vor dem Ruin steht. Mehr noch: Johann Entenfuß holte einen Schwarzmagier und Ketzer hierher. Ihr habt es der Gnade des Herrn zu verdanken, dass seine Heerscharen Euer Kloster nicht strafend vernichteten.«

In die Stille hinein, schickte der Vertreter des Herzogs dessen Gruß: »Auch mein hoher Herr, ein Freund des Klosters Maulbronn, konnte angesichts der Verfehlungen dieses Abtes und der Vorgänge in eurer Abtei zu keinem anderen Schluss kommen.«

Schweigen. Dann knarrte hinten eine Tür und ein Mönch betrat, gefolgt von zwei Mitbrüdern, den Saal: Gemessenen Schrittes kam Johannes Burrus von Bretten nach vorn zu den Rednern. Er war sichtlich gealtert. Die hagere Gestalt trug gänzlich ergrautes, dünnes Resthaar, sein Gesicht war eingefallen. Er blickte so grimmig drein wie früher. Als er Anselm sah, verfinsterte sich sein Blick noch mehr.

»Ihn, der schon einmal euer Hirte war, haben wir zum neuen Abt bestimmt«, rief der Neuburger Abt als Visitator seines Tochterklosters Maulbronn. »Als Novize trat Abt Burrus vor Jahrzehnten in mein Kloster im Elsass ein«, erinnerte er die Anwesenden, »bevor er Euch als treuer Diener Gottes vorstand. Eine Intrige kostete den ehrenwerten Burrus vor Jahren sein Amt. Nun kann er seine Aufgabe als euer Oberster fortsetzen und zum Wohlergehen beitragen.«

Bruder Raimund und Bruder Ingbert waren so sprachlos wie alle anderen. Anselm wurde unwohl. Er bemerkte, wie sich der Saal verdunkelte. Schwarze Wolken hatten den Himmel mit einem Mal verfinstert. Bevor die Versammlung endete, kam ein Sturm auf. Regen peitschte gegen die Scheiben, und als die ersten Hagelkörner einschlugen, grelle Blitze zuckten und ein Donnergrollen das nächste jagte, verstand das mancher als Zeichen der himmlischen Gewalten.

Sogleich bezog Johannes Burrus seine Amtsräume im Abtshaus. Der Pomp gefiel ihm. Er ließ seine Bediensteten antreten und trichterte ihnen ein, was er erwartete: »Bedingungslosen Gehorsam seid ihr mir schuldig, dazu absolute Loyalität und Verschwiegenheit über das, was ihr hier hört und seht.«

Der Abt winkte einen jungen Mönch zu sich. »Das hier, Brüder, ist Bruder Anton aus unserem Mutterkloster. Er wird mir als Laufbursche und Gehilfe zu Diensten sein. Er ist jetzt einer von Euch.«

Die Mönche nickten geflissentlich und zogen sich demütig zurück.

»Und Abt Burrus, du weißt, was wir von dir erwarten.« Der Edelmann war hinter einer Säule hervorgetreten. Er formulierte das nicht als Frage, und mit dem »wir« meinte er sich und seinen Herrn, den Herzog von Württemberg.

»Der Bastard sagt doch, er habe die Formel zum Pulvermachen von dem Doktor nicht bekommen«, entgegnete Burrus. »Am besten, wir lassen den Emporkömmling des Klosters verschwinden.«

»Ich sage, du lässt niemanden verschwinden«, knurrte der Edle, »der Herzog will das Donnerkraut und das Mönchlein ist unsere letzte Hoffnung.« Drohend fügte er an: »Wenn du nicht gehorchst, wirst du von hier verschwinden und die Folterknechte des Herzogs kennenlernen.«

Burrus fraß die Wut in sich hinein. Der Tag würde kommen …

Nach dem Verlassen des Abtshauses zogen sich Anselm, Raimund und Ingbert ins Bursariat zurück. In seinem Amtszimmer fragte der Bursarius ihren Jüngsten: »Kannst du mir sagen, warum dich Johannes Burrus so böse anfunkelte?«

»Ich weiß es nicht. Doch wollte er ja schon in Reichenweiher meine Rückkehr nach Maulbronn verhindern. Ich fürchte, er trachtet mir weiter nach dem Leben.«

Ingbert verzog das Gesicht. Nachdenklich rieb er sich das Kinn: »Was wohl hinter seinem auffälligen Verhalten steckt?«

»Mir reicht es allmählich mit den vielen Fragen, auf die wir keine Antworten finden«, kommentierte Raimund.

Es klopfte an der Tür. »Ja«, rief Raimund, um den Störenfried gleich darauf zu tadeln: »Ich sagte doch, wir wollen nicht gestört werden.«

»Hört mich bitte an, Bruder Bursarius«, bat der junge Mönch, der hinter dem anderen hervorgetreten war.

»Was gibt es?«

»Mich schickt der Bruder Infirmarius, dessen Helfer ich im Siechenhaus bin. Ein alter Mönch liegt dort, der bald schon unserem Herrgott gegenübertreten wird.«

»Und?«

»Er besteht darauf, dass er seine letzte Ölung von Euch bekommt und dass Ihr ihm seine letzte Beichte vor dem Tode abnehmt.«

»Ich? Was ist das schon wieder für eine Geschichte?«

»Ihr werdet ihm die letzte Bitte doch erfüllen?«, hoffte der Geschickte.

»Sag dem Infirmarius, dass ich kommen werde«, gab Bruder Raimund nach. Bevor er den Raum verließ, drehte er sich zu Anselm um: »Ich habe das Gefühl, bei dem sterbenden Bruder handelt es sich um deinen alten Mönch, junger Bruder.«

»Mein alter Mönch?«, gab Anselm entgeistert zurück. »Ich weiß doch auch nur das über ihn, was er zu mir sprach.«

»Eben«, meinte Raimund und verschwand.

Anselm und Ingbert zogen die Tür hinter sich zu und machten sich auf zum anstehenden Gebet in die Kirche.

Als Bruder Raimund im Krankensaal eintraf, war es höchste Zeit. Der Geruch von Krankheit und Tod lag in der Luft. Hier und da stöhnte einer der Leidenden auf. Der Infirmarius und seine Helfer hatten alle Hände voll zu tun. Er nickte dem Bursarius zu und deutete auf ein Lager in der hintersten Ecke. Der alte Mönch lag ermattet auf seinem Lager. Als Raimund näher trat, öffnete er die Augen, und die Erleichterung huschte ihm übers Gesicht.

»Du ließest nach mir rufen, Bruder?«

»Mir bleibt nicht mehr viel Zeit«, flüsterte der Alte. Er schwitzte stark. »Lass uns beginnen.«

Das war nicht das, was sich Raimund erhofft hatte, zu erfahren. Doch er tat das, was er jetzt zu tun hatte. Dabei nahm er die dürre Hand des Kranken und hörte ihm aufmerksam zu.

»Lange Zeit schon lastet ein Wissen auf meiner Seele«, begann der Mönch mit brüchiger Stimme.

»Welche Schuld hast du auf dich geladen, Bruder?«, hakte Raimund nach.

»All die Jahre habe ich es nicht gewagt, die Wahrheit auszusprechen«, jammerte der alte Mann, »so wurde das Verbrechen nie gesühnt.« Ein Husten rüttelte seinen schwachen Körper. Er rang nach Luft.

»Ein Verbrechen?«, fragte Raimund.

Er wartete, bis der Alte weitersprechen konnte.

»Jetzt im Angesicht des Todes muss es heraus …«

Wieder entstand eine Pause. Der Alte röchelte. Schweiß stand ihm auf der Stirn.

»Sprich Bruder, erleichtere deine Seele«, sagte Raimund.

Der Infirmarius trat heran und legte dem vom Tod Gezeichneten ein nasses, kühles Tuch auf die Stirn. Der ruderte plötzlich wild mit einem Arm.

»Eine böse Tat, etwas Schreckliches ereignete sich in unserem Kloster«, kreischte er fast. Um wieder ermattet in sich zusammenzusinken. Sein Atem rasselte.

Er winkte Raimund mit dem Finger näher zu sich und wisperte: »In unseren Mauern ließ man eine junge Frau verschwinden.«

Ungläubig starrte sein Beichtvater ihn an: Wer sollte eine Frau verschwinden lassen? Im Maulbronner Männerkloster der Zisterzienser!

Den Alten verließen die Kräfte.

»So sprich doch weiter, Bruder …«

Aus dem fahlen Gesicht des Liegenden wich alle Farbe.

»Bruder!«, ermunterte ihn Raimund eindringlich, »gib nicht auf!«

»Einen Bastard hatte sie vorher geboren …«

Der Alte riss die Augen auf. »… Waisenkind …«

Raimund versuchte ihm zu helfen: »Es ist gut, Bruder, sprich nicht weiter. Ich frage dich jetzt: Bereust du dein langes Schweigen aufrichtig?«, fragte Raimund.

»Ja«, hauchte der Sterbende kaum hörbar.

Sein Beichtvater erteilte ihm die Absolution.

Scheinbar erleichtert hob der alte Mönch ein letztes Mal den Kopf. Seine Augen weiteten sich. »Das Böse ist zurück!«, krächzte er, »das Böse, hier im …«

Als sein Kopf leblos zur Seite kippte, ließ draußen ein gewaltiger Donnerschlag die Luft erzittern.

Bruder Raimund schlug ein Kreuz über dem Toten und bekreuzigte sich.

Als Anselm dem Bursarius das nächste Mal begegnete, sprach er ihn auf den alten Mönch an. Der verwies auf das Beichtgeheimnis und machte sich so seine Gedanken.

Vom neuen Abt wurde Anselm in Frieden gelassen. Tatsächlich machte Johannes Burrus keine Anstalten, die Sache mit der Pulverproduktion voranzubringen. Wenn Anselm die Formel wirklich nicht kannte, dachte er, wäre es vergebliche Mühe. Falls doch, müsste man ihn am Ende sogar für die Rettung des Klosters feiern. Keine der beiden Möglichkeiten stellten für den Abt eine Option dar.

Irgendwann ergriff der Edelmann des Herzogs die Initiative. Er wohnte in der Klosterherberge vor dem äußeren Torturm und ließ Bruder Anton zu sich rufen. Der schaffte es tatsächlich, aus dem Kloster herauszukommen und saß nun in der Schankstube vor dem Gewährsmann Ulrichs. Hier war es deutlich heller als in manch anderem Wirtshaus und es stank nicht so widerlich. Die Menschen rund ums Kloster und selbst die Reisenden, die hier Station machten, schienen aus höheren Kreisen zu kommen.

»Sage mir, Mönchlein, hast du das Vertrauen dieses Anselm von soundso?«

»Ich denke, ja. Wir haben uns gut verstanden in Neuburg.«

Der Edle bemerkte, wie andere Gäste auf ihn und den jungen Mönch aufmerksam wurden. »Als Gesandter des Herzogs von Württemberg habe ich Euch, lieber Mönch, noch Folgendes zu sagen …«, sprach er so laut, dass ihn alle hören konnten. Keiner der Anwesenden schaute fortan zu ihnen herüber. Der Edelmann war zufrieden. »Nun denn, Anton, ich gebe dir folgenden Auftrag«, sagte er deutlich leiser: »Du wirst erneut die Nähe zu diesem Anselm suchen und herausfinden, ob er im Besitz der Pulverformel oder sonst wie in der Lage ist, das für uns wertvolle Pulver herzustellen.«

»Wie ihr befehlt, Herr«, nickte Anton und machte sich auf den Weg zurück ins Kloster. »Einen weiteren Humpen von Eurem Besten«, bestellte der hohe Herr beim Wirt der Herberge vorm Klosterhof.

In der Folgezeit hatte es den Anschein, als sei Ruhe ins Kloster eingekehrt. Der neue Abt ließ die Bautätigkeiten seines Vorgängers einstellen. Seinen Bursarius und seinen Cellerar hatte er angewiesen, entsprechende Aufstellungen zu erstellen, um die aktuelle Wirtschaftslage besprechen zu können. Anselm hatte sich im Scriptorium zurückgemeldet. Nach allem, was er erlebt hatte, suchte er beim Schreiben und Malen Kontemplation.

Die Zeit verging und Anselm war zufrieden. Eines Tages, als die Getreideernte eingebracht war, stand er im Klosterhof und beobachtete das Treiben. Eine bunte Jagdgesellschaft war hier versammelt. Abt Burrus hatte viele Weltliche, darunter einige Höflinge des Herzogs aus Stuttgart, geladen. Die Meute der Jagdhunde, die man im Kloster hielt, machte um die Jäger und Treiber herum einen Höllenlärm.

Unversehens stand neben Anselm ein junger Mönch mit auffällig lockigem Haarkranz. »Gott zum Gruße, Bruder Anselm«, lachte er.

»Bruder Anton? Was machst du denn hier?«, fragte Anselm überrascht.

»Ich gehöre zur Delegation meines Abtes, der mich bat, eurem Abt eine Weile zu Diensten zu sein.«

Anselm war verwundert, sagte aber nichts weiter. Er erinnerte sich an die Abschiedsworte Antons und meinte: »Also Wirrungen des Schicksals ereilten mich seither weiß Gott genug, oder sagen wir besser, der Herr hat mir einige Prüfungen auferlegt.«

»Doch bist du, wie ich sehe, gesund und munter!«

Anselm nickte: »Gottes Wege sind unergründlich.« Dann wollte er wissen: »Was hattest du bei unserem Abschied in Neuburg mit dem Verzeihen gemeint?«

»Ach nichts«, erwiderte Bruder Anton leichthin und fragte: »Man rüstet sich zum Jagdausflug?«

Anselm erklärte ihm, dass Abt Burrus ein leidenschaftlicher Jäger und ein Meister im Umgang mit der Jagdwaffe sei.

»Ein Mönch unter Waffen«, meinte Anton und machte ein schelmisches Gesicht.

Anselm schüttelte demonstrativ den Kopf. Er konnte dem sinnlosen Abschlachten im Wald nichts abgewinnen.

Stolz und an vorderster Stelle leitete der Abt die Gesellschaft hinauf in die Maulbronner Wälder. Dort erfuhr er von den neuesten Ereignissen im Herzogtum. »Erst vor wenigen Tagen, am 17. Juli genau«, berichtete einer, »sprach Kaiser Maximilian auf dem Reichstag zu Augsburg zum zweiten Mal die Reichsacht über Ulrich von Württemberg aus.« Den Titel des Herzogs ließ er bei seinen Ausführungen weg. Er berichtete, dass Ulrich weiter im Land gewütet und dadurch erneut den Zorn des Kaisers auf sich gezogen habe. »Er ließ hungernden Bauern, die in schierer Not wilderten, die Augen ausstechen«, hörte der Abt weiter, »seine vermeintlichen Widersacher folterte er zu Tode oder ließ die grundlos Gepeinigten enthaupten.«

Wegen dieses schlimmen Treibens hätte Maximilian den Herzog erneut geächtet.

Abt Burrus empfand die Ereignisse als Segen Gottes. Niemand im Land, auch er selbst, war Ulrich von Württemberg fortan Gehorsam schuldig! Der Befehl des Herzogs an ihn, Pulver herzustellen, war mit einem Mal verflogen wie ein Blatt im Wind.

Es dauerte keinen Tag und Johannes Burrus hatte den Edelmann, der ihn arg gegängelt hatte, samt seinem Haufen fortgejagt. Dem Wirt der Klosterherberge untersagte er, Ulrichs Schergen fortan bei sich unterzubringen.

Seinem Konvent verschwieg der Abt die politischen Entwicklungen. Stattdessen ließ er am Abend Bruder Anton zu sich rufen. »Mein Sohn«, sagte der Abt, »vergiss das Pulver. Ich möchte, dass du mir von nun an berichtest, was dieser Anselm von Dürrmenz treibt.«

»Was er treibt?«, fragte Anton.

»Meinem ersten Sekretär wirst du regelmäßig Rapport erstatten und uns auf diese Weise über alles informieren, was Anselm tut. Ob er das Kloster verlässt, mit wem er sich trifft. Einfach alles!«

Kapitel 15

Kloster Maulbronn, anno domini 1519

»Eine ganz hervorragende Arbeit«, befand der Bibliothecarius. Er nahm das Buch von Anselms Schreibpult und zeigte es im Scriptorium herum. Die anderen Schreiber zollten Anerkennung und Respekt. Neid und Missgunst gab es hier unter den Scriptoren nicht. Anselm war zufrieden. Seit der Winter in Maulbronn Einzug gehalten hatte, stand er in der Arbeitszeit zwischen den Stundengebeten an seinem Platz. Das Arbeiten tat ihm gut. Er schaute hinaus auf den verschneiten Abtsgarten, der angekohlte Turm im Hintergrund erschien ihm meilenweit entfernt. Wäre die eisige Kälte nicht gewesen, es hätte nicht besser sein können.

Vom Bursarius hatte Anselm erfahren, dass sich die wirtschaftliche Situation des Klosters nach und nach entspannte. Die Ausgaben waren minimiert worden, und der Bruder Cellerar hatte es verstanden, die Einnahmen der Klosterwirtschaft zu mehren.

Im Januar verbreitete sich eine Nachricht wie ein Lauffeuer im ganzen Herzogtum. Über die Handelsstraße gelangte sie ins Kloster Maulbronn: Kaiser Maximilian war tot! »Das kann nicht gut für uns sein«, konstatierte Ingbert, der Cellerar, als er mit Anselm und dem Bursarius in seinem Amtszimmer zusammensaß.

»Warum?«, fragte Anselm, und der Bruder erklärte: »Der Tod des Kaisers wird für Unsicherheit sorgen.«

Anselm fragte sich, ob es jetzt schon wieder vorbei sein

sollte mit der Ruhe. »Wird das auch unser Kloster betreffen?«, hakte er nach.

»Das werden wir sehen«, schaltete sich Raimund ein. »Viele verbreiten ohnehin Endzeitstimmung, wenn dazu eine instabile Lage im Gefüge der Mächtigen kommt, könnte es brisant werden.«

Für Anselm klang das nebulös. »Sagt mir, Brüder, wie ist die Lage und was genau befürchtet ihr?«

»Trotz seiner Eskapaden«, holte Raimund aus, »kann Herzog Ulrich mit eiserner Hand den Landfrieden wahren. Er wird es nicht zulassen, dass ihm der Bischof von Speyer oder ein aufständisches Volk seine Klöster nehmen, die ihm gutes Geld einbringen.«

»Was, wenn das Volk doch aufbegehrt?«, warf Ingbert ein.

Bruder Anselm wurde es wieder einmal zu viel. Wenn, wenn, dachte er, es könnte dies, es könnte das … »Gehabt euch wohl«, verabschiedete er sich von den Brüdern, »ihr findet mich in der Kirche oder im Scriptorium.«

Die beiden anderen verstanden. Bruder Anselm suchte die innere Einkehr.

Dann schlug die nächste Nachricht im Kloster ein wie eine Kugel. Abt Burrus konnte seinem Konvent nicht länger vorenthalten, dass Herzog Ulrich von Württemberg zum zweiten Mal mit dem Reichsbann belegt worden war.

Es wurde still im Kapitelsaal. »Von wem? Der Kaiser ist tot«, warf der Bruder neben Anselm, ein hochadeliger Priestermönch, ein. »Kaiser Maximilian verhängte die zweite Acht noch zu seinen Lebzeiten«, musste der Abt zugeben, dass er die Nachricht spät verkündete. Er rechtfertigte sich damit, dass der Schwäbische Bund – bestehend aus den süddeutschen Territorialherren, die inzwischen erbitterte Gegner des Herzogs waren – die Nachricht erst jetzt im ganzen Herzogtum verbreitet hätten. Dann fügte Burrus an, was auch für ihn neu war: »Die schwäbischen Bündler erklärten Ulrich gemeinsam den Krieg.«

Der Abt gab sich auffällig unberührt. Er erhob sich von seinem Sessel in der Mitte des Kapitelsaales und kümmerte sich nicht um die Reaktionen seiner Mönche, die durchaus unterschiedlich ausfielen. Auch innerhalb des Klosters hatte der Herzog von Württemberg Befürworter und Gegner.

Im April ergaben sich die Herzoglichen, im Juni war Württemberg gänzlich in der Hand des Schwäbischen Bundes. Später kam die Kunde, Herzog Ulrich sei, nachdem er die letzte, entscheidende Schlacht verloren hatte, ins Ausland vertrieben worden.

Auch darüber hatte Abt Burrus den Konvent bei einer der Morgenversammlungen informiert. Während die anderen Mönche die Weisungen für den Tag entgegenzunehmen hatten und danach zur Terz in die Kirche gingen, verständigten sich Anselm, Raimund und Ingbert mit Blicken und Gesten zu einem Treffen hinter der Ostmauer. Im Graben zum Tiefen See hin sagten sich Fuchs und Hase gute Nacht. Sonst kam niemand hierher. Nicht einmal bei Tage. Die drei hatten den Ort vor Kurzem für sich entdeckt.

»Mich beruhigt es, dass der Herzog und seine Schergen nicht mehr nach dem Schwarzpulver trachten«, meinte Anselm.

»Das ist die eine Seite der Medaille«, relativierte Raimund schon wieder. »Denn ohne einen Kaiser, der das Reich eint, droht, wie ich schon sagte, die Willkür der Herrschenden. Und mit der Vertreibung des Herzogs haben wir trotz allem unseren Schutzherrn verloren.«

Ingbert runzelte nachdenklich die Stirn: »Vielleicht brauchen wir doch Pulver – und sogar Landsknechte –, die das Kloster notfalls verteidigen.« Ein Gedanke, den Abt Entenfuß seinerzeit geäußert hatte.

Anselm registrierte, wie ihn Raimund und Ingbert fragend anschauten. Er schüttelte den Kopf und drehte sich demonstrativ weg. Vom Pulvermachen und Landsknechten im Kloster wollte er nichts hören.

Zur selben Zeit berichtete Bruder Anton dem Sekretär des Abtes: »Bruder Anselm arbeitet im Scriptorium, nimmt an den Gebeten teil und trifft sich manchmal mit dem Bursarius und dem Cellerar.«

»Was du nicht sagst«, näselte der Sekretär, »stets erzählst du uns dasselbe.« Er wollte von Anton wissen, ob er diesen Anselm auch sorgfältig genug beobachte.

»Ja, ich lasse ihn nicht aus den Augen«, versicherte der.

»Oho, welch hoher Besuch.« Abt Burrus saß am Kopf seiner langen Tafel und ließ seinen Bursarius und seinen Cellerar eintreten. Er wies ihnen Plätze am unteren Ende zu und prüfte mit Kennerblick den Wein in seinem Glas, das er gegen das Licht schwenkte. Dieser Empfangssaal geziemt sich nicht in einem Zisterzienserkloster, dachte Bruder Raimund ein weiteres Mal. Bruder Ingbert setzte eine demonstrativ desinteressierte Miene auf.

»Nun, was wollt Ihr von Eurem Abt«, fragte Johannes Burrus und tippelte mit den Fingerspitzen auf den Tisch. Er machte keine Anstalten, seine Hausgäste bewirten zu lassen.

»Nun, wir wollen Euch einen Vorschlag unterbreiten«, begann Raimund von Hagenau.

»Ich fürchtete schon, Ihr würdet Euch anmaßen, uns einen Ratschlag erteilen zu wollen«, gab der Abt zurück.

Ingbert seufzte.

»Wir wollen Euch vorschlagen, zum Schutz des Klosters in diesen unsicheren Zeiten eine Truppe kampferprobter Landsknechte anzuwerben und genügend Pulver für sie zu beschaffen.«

»Wir sind ein Kloster, werte Herren, keine Burg!«, entgegnete der Oberste entschieden. »Ich will kein weiteres Wort davon hören.«

Die Unterredung war beendet, bevor sie richtig begonnen hatte. Nur mühsam konnten sich der Bursarius und der Cellerar einen Abschiedsgruß abringen. Der Abt lehnte sich zurück, er hatte die Fingerspitzen beider Hände vor der Brust zusammengeführt.

Kopfschüttelnd verließen die beiden Mönche das Abtshaus und widmeten sich in der nächsten Zeit wieder ihren Ämtern. Keiner sonst schien sich irgendwelche Sorgen zu machen, und so ging das Klosterleben seinen gewohnten Gang.

Der Abt ließ seine Kutsche vorfahren und machte sich auf zum jährlichen Generalkapitel in Coteaux. Die Pflicht zu erscheinen, war ihm dieses Mal ein Vergnügen. Konnte er doch vor den Äbten aller Klöster in Europa verkünden, dass er, Abt Burrus von Bretten, das Kloster Maulbronn durch sein Wirken zu neuer Blüte führte.

In der schwäbischen Heimat dagegen lief es gänzlich ungeplant. Seit Tagen war die Stimmung im Kloster angespannt. Man hatte vernommen, dass sich eine unbekannte Heerschar aus Berittenen und Fußvolk dem Salzachtal näherte.

»Es ist unfassbar«, schimpfte Bruder Raimund, »aber unser Prior lässt wissen, dass er sich krank fühle und deshalb im Infirmarium sei.« Im Kapitelsaal entstand Unruhe. Anselm verfolgte, wie der Bursarius und der Cellerar mit ihrer natürlichen Autorität wie von selbst in den Mittelpunkt der Versammlung rückten.

»Was sollen wir tun?«, lauteten die Fragen der Anwesenden, »was schlagt Ihr vor, Bruder Raimund?« Als wäre es das Normalste von der Welt, hob der Bursarius die Arme und verkündete: »Ich werde mich zum Gebet an der Statue unserer Madonna zurückziehen. Wenn ich ihren Rat oder den unseres Herrn empfangen habe, werde ich zu Euch sprechen, Brüder.« Damit hatte sich der Bursarius zum Heilsbringer des Maulbronner Konvents gemacht.

»Glückwunsch, mein Freund, der du dir soeben die alleinige Verantwortung für das Kloster Maulbronn aufgebürdet hast«, kommentierte Ingbert.

»Ich habe was?«, fragte der zurück. Der Bursarius hatte instinktiv gehandelt und begriff jetzt, dass Bruder Ingbert recht hatte. Anselm hoffte, dass sich Gott dem Kloster Maulbronn gnädig erweisen würde. Vielleicht zog das Heer ja über die Handelsstraße woanders hin. Warum sollte jemand ausgerechnet das Schwabenkloster am Rande des Herzogtums bedrohen wollen?

Schneller, als ihm lieb war, bekam Anselm die Antwort. Es war die Zeit zwischen Prim und Terz am Morgen, als im Konvent ein Aufruhr entstand. Der Bruder Portarius hatte nach dem Bursarius geschickt. Vor dem Tor des Klosters standen die Unterhändler eines gewissen Franz von Sickingen. Begleitet von Anselm und Ingbert ging Raimund zum Torturm. Er ließ die inneren Tore schließen, auch die Toranlage beim Frühmesserhaus ließ er verriegeln. Der Portarius öffnete die Luke.

»Ich bin der Bursarius dieses Klosters«, stellte sich Raimund dem Anführer der Unterhändler vor, »und wer seid Ihr?« Seine Stimme klang fest und entschlossen.

»Mich schickt unser Herr, der ehrbare Ritter von Sickingen, der im Auftrag des Schwäbischen Bundes Herzog Ulrich von Württemberg verjagte. Danach sicherte er die Wahl des Habsburgers Karl V. zum König. Weil ihm diese Heldentaten nicht anständig entlohnt wurden, muss der Herr seine Auslagen selbst decken.«

»Was hat das mit unserem Kloster zu tun«, fragte Raimund, »was wollt ihr von uns Mönchen?«

»Klöster und Mönche sind nicht das, was unser Herr von Sickingen besonders mag«, erwiderte der andere, »also ist die Sache ganz einfach: Ihr übergebt unserem Brandmeister Euer Klostervermögen, Schlachttiere und Getreide. Ansonsten werden er und seine Brandknechte das Kloster samt all seiner Besitzungen gewalttätig plündern und niederbrennen.«

Anselm war empört. Raimund und Ingbert kannten diese übliche Kriegspraxis. So mussten sie auch nicht lange überlegen.

»Ich schlage vor«, übernahm der Bursarius das Heft des Handelns, »Ihr und Euer Brandmeister kommt herein in unsere Gästeherberge. Da wir als Diener des Herrn unbewaffnet sind, brauchen Euch keine weiteren Landsknechte hier herein begleiten.«

»Fünf Mann unter Waffen werden ebenfalls Eure Gäste sein«, forderte der andere.

»Drei«, sagte Raimund.

»Abgemacht.«

Die Tür wurde geöffnet, und insgesamt fünf Mann aus dem Gefolge des Ritters betraten das Kloster. Eine größere Gruppe Bewaffneter bezog vor der Zugbrücke Stellung – und wie man sehen konnte, sammelten sich auch um die langen Klostermauern herum kleinere Heerscharen. An Flucht war nicht zu denken.

Am Tisch vor dem riesigen offenen Kamin im Haus des Frühmessers saßen sich die Verhandlungsführer des Sickingers sowie die Brüder Raimund, Ingbert und Anselm gegenüber. Anselm musterte die groben Kerle. Ihre schiere Körpermasse übertraf die der Mönche bei Weitem, auch die schwertführenden Pranken, die sie auf die Tischplatte legten, ließen die Hände der Ordensbrüder wie die von Frauen erscheinen. Ohne Umschweife kam der Brandmeister zur Sache: »Ihr sagt uns, über welches Vermögen, welchen Viehbestand und welche Fruchtmengen euer Kloster verfügt.« Nach einer kurzen Pause ergänzte er: »Wir sagen euch dann, was wir davon wegführen werden.« Seine Augen blitzten wie die Flammen im Kamin.

Anselm und Ingbert zeigten deutliches Unbehagen und wenig Sympathie.

»Und falls Ihr gedenkt, uns anzulügen, werden wir das Kloster mit allem, was darin lebt, niederbrennen und so verwüsten, dass kein Stein auf dem anderen bleibt.« Gesichtsausdruck und Körperhaltung des Raubeins ließen keinen Zweifel an der Ernsthaftigkeit seiner Aussagen.

Verhandeln konnte man das, was hier geschah, kaum nennen, dachte Anselm. Die Brandschatzer diktierten das Geschehen nach Belieben.

Dem Bursarius und dem Cellerar blieb nichts anderes übrig, als die Forderungen der Kriegstreiber in vollem Umfang zu erfüllen. Anselm wurde losgeschickt, die entsprechenden Unterlagen herbeizuschaffen. Auf dem Weg zum Bursariat und zum Cellarium sah Anselm in viele erschreckte Gesichter. Er schritt über den Klosterhof und versuchte nachzudenken.

Zum ersten Mal seit der Explosion im Turm fragte er sich, wie sich die Dinge entwickelt hätten, wenn er Pulver hergestellt und man Landsknechte zur Verteidigung des Klosters gedungen hätte. Hatte er falsch entschieden? Hätte er den Schutz und das Wohl des Klosters nicht einfach über seine Zweifel stellen müssen? Anselm fühlte sich irgendwie schuldig an der jetzigen Situation. Doch in diesem Moment half der Gedanke an das mögliche Pulvermachen nicht weiter. Das Einzige, was er jetzt tun konnte, war, den Auftrag des Bursarius und des Cellerars auszuführen. Er ließ sich die Vermögens- und Wirtschafts-Aufzeichnungen aushändigen und ging an den Verhandlungstisch zurück.

Im Frühmesserhaus war es inzwischen warm und stickig.

Es roch nach Schweiß. Die Fremden schlürften Klosterwein und waren sich ihrer Sache sicher. Anselm sah zu, wie noch ein wenig gefeilscht und geschachert wurde. Dann stand die Sache fest: Das Kloster würde verschont – und kräftig geplündert werden! Mit versteinertem Gesicht saß Bruder Raimund, der Bursarius, da. Der Cellerar Ingbert von Speyer knirschte hörbar mit den Zähnen.

Bruder Anselm war klar, dass er durchaus seinen Teil zu dem Desaster beigetragen hatte. An einer Wand der Toranlage zwischen Frühmesserhaus und Gästekapelle lehnend, musste er das Elend mitansehen. Das kriegerische Volk in seinen bunten Kleidern und den Schwertern am Gürtel, trieb laut blökende und muhende Tiere aus den Ställen. Dazu wertvolle Pferde, selbst gackernde Hühner schleppten sie mit sich. Schwer beladene Fuhrwerke mit eisenbeschlagenen Holzrädern fuhren knirschend zum Tor hinaus. Eine Kutsche, gefüllt mit dem Vermögen des Klosters und eskortiert von mehreren Berittenen, bildete den Schluss des schändlichen Zuges. Anselm war wütend. Für einen Moment zweifelte er. Wie konnte es sein, dass Gott dieses widerliche Treiben der Weltlichen zuließ? Warum sein Kloster Maulbronn? Wo blieb die göttliche Gerechtigkeit? Er wusste, dass er im Begriff war, sich zu versündigen. Bruder Anselm hatte genug. Er suchte die Stille der Kirche und betete zu Füßen der heiligen Muttergottes.

Als Abt Burrus von seiner Reise zurückgekehrt war, zeigte er sich überraschend desinteressiert. »Ihr wisst selbst, was zu tun ist«, beschied er dem Bursarius und der Cellerar, die ihn in seinem Amtszimmer aufgesucht hatten. »Hinaus mit Euch«, forderte der Abt sie zum Gehen auf.

Zurück im Bursariat stellte Bruder Raimund fest: »Der Vater Abt scheint mit ganz anderen Dingen als dem Wohlergehen des Klosters beschäftigt zu sein.« Bruder Ingbert stimmte ihm zu. »Doch was kann so wichtig sein, dass er die Klosterangelegenheiten so vernachlässigt?«, fragte er.

Was das Wirtschaften anbelangte, war die Sache für die beiden klar. Im Winter musste man Holz schlagen und verkaufen. Ab dem Frühjahr galt es, die Fischweiher abzuernten, die Weinberge zu hegen und die Felder mit größter Sorgfalt zu bestellen. »Das gilt auch für die Bauern der klösterlichen Dörfer, sodass die Fruchtkästen gut gefüllt werden«, meinte der Kellermeister. »Innerhalb des Klosters und auf unseren Klosterhöfen werde ich persönlich dafür sorgen«, versicherte Ingbert. In den Dörfern würden das seine Untergebenen tun. »Ich werde die Klosterschatullen wieder füllen«, versprach er, und Raimund war zufrieden. Sein Freund der Kellermeister hatte ihn noch nie enttäuscht.

Kapitel 16

Kloster Maulbronn, anno domini 1520

Es war Februar und bitterkalt. Anselm sah hinüber zum Portal des Refektoriums. Die Tischreihen waren schon komplett besetzt, als Abt Burrus die Speisehalle betrat. Gefolgt von einem kräftig gebauten Mann mittlerer Größe in der braunen Kutte eines Laienmönches. Der Gast hieß Conrad von Schmie, einer der begnadeten Steinmetze, die das nahe Steinhauerdorf oberhalb des Salzachtales immer wieder hervorbrachte. Anselm schätzte sein Alter auf ungefähr 60 Jahre.

Auf Geheiß von Johannes Burrus hatte er als Maulbronner Ordensbruder seinerzeit den Wendeltreppenturm im Scriptorium eingebaut. Kurz danach allerdings verließ der Steinmetz das Kloster Hals über Kopf. Bei Nacht und Nebel.

Obwohl das fast drei Jahrzehnte her war, schien er den einen oder anderen der Brüder noch zu kennen. Als der Alte vorüberging, nickte man sich zu. Dann entdeckte er Bruder Anselm. Wie vom Donner gerührt blieb Bruder Conrad stehen. Mit offenem Mund starrte er den jungen Mönch an. Dann blickte er Abt Burrus unverwandt in die Augen und runzelte die Stirn. Dieser junge Mönch am Tisch war dem jungen Abt Burrus wie aus dem Gesicht geschnitten! Ein paar der Älteren verfolgten die Szene aufmerksam. Sie schauten sich an – und verstanden.

Mancher hatte die Geschichte von damals fast vergessen oder hatte sie über die Jahre vergessen wollen. Jetzt stand ihre Erinnerung zum Greifen nah im Raum. Zur selben Zeit wie der Bau des Treppenturms war doch die junge Magd vom Elfinger Hof spurlos verschwunden. Es gab Gerüchte, und der damalige Abt Johannes Burrus hatte im Mittelpunkt des Geredes gestanden, in das sich die eine oder andere Anfeindung gegen seine Person gemischt hatte.

Jetzt stand er im Refektorium seines Klosters, und wieder waren alle Augen auf ihn gerichtet. Mit versteinerter Miene verharrte Burrus. Er wich den Blicken von den Tischen nicht aus, sondern musterte seinerseits diejenigen hart, denen man ihr Erinnern deutlich ansehen konnte. Langsam stieg dem Klosterobersten die Zornesröte ins Gesicht: Dieser – kleine – Bastard! Er warf Bruder Anselm einen bösen Blick zu. »Komm mit«, zischte er und verließ mit seinem geheimnisvollen Gast das Refektorium. Ein eisiger Windstoß fuhr durch die Halle.

Während des Mittagessens fühlte sich Anselm unbehaglich. Er verstand nicht, was sich da eben ereignet hatte. Jetzt bekam er verstohlene Blicke zugeworfen, manche beäugten ihn wie ein Kalb mit zwei Köpfen.

»Was hatte das zu bedeuten?«, fragte Anselm seinen Freund Raimund gleich nach Ende des Mittagsmahls.

»Ich weiß es nicht«, beteuerte der, dabei fiel ihm ein, dass der alte Mönch beim Sterben behauptete, »das Böse ist zurück.« Das war, kurz nachdem Johannes Burrus von Bretten zum zweiten Mal der Abt des Klosters geworden war.

Statt in die Kirche ging Anselm hinüber ins Scriptorium. Die Arbeit an den Büchern beruhigte ihn. Seine Gedanken ordneten sich dabei ohne großes Zutun.

Währenddessen entlud sich im Abtshaus der ganze Zorn des Johannes Burrus. Er hatte sich nicht einmal die Zeit genommen, in seine Amtsstube zu gehen, sondern stellte seinen Gast im Gästesaal zur Rede: »Ich habe dir wieder Einlass gewährt in unser Kloster, dass du damals ohne ein

Wort verlassen hast!«, schrie er Conrad von Schmie an. »Als Gast habe ich dich empfangen!« Burrus schnappte nach Luft. »Und wie dankt mir der Lump das? Stellt mich, den obersten Hirten dieser Abtei, mit seinem blöden Glotzen vor den Brüdern bloß!«

Betreten senkte der Zurechtgewiesene den Kopf. Er war sich der Tragweite der Situation nicht bewusst gewesen.

»Und was ist mit euch beiden?«, dröhnte er in Richtung zweier Küchenmönche in der Ecke. »Was tuschelt ihr da? – Etwa über mich?« Der Abt war außer sich. »Mit der Rute werde ich euch züchtigen, und in den untersten Karzer sperren!« Die beiden schürzten ihre Kutten und rannten hinaus.

Mit hochrotem Kopf wandte sich der Abt wieder dem Gescholtenen zu. »Fast hätte ich dir die Gnade der Wiederaufnahme in unsere Gemeinschaft zuteilwerden lassen«, schnaubte er jetzt und zitierte aus der Regel: *»Es kann sein, dass ein Bruder eigenmächtig das Kloster verlässt und später wieder zurückkehren will. In diesem Fall verspreche er zuerst gründliche Besserung von dem Fehlverhalten, das zum Austritt geführt hat.«* Den letzten Satz zischte er dem alten Mann entgegen und wiederholte: »Gründliche Besserung! – Ein erbärmlicher Hund bist du, ein Übeltäter, meiner und meines Klosters nicht würdig!«

Der Bedauernswerte kam nicht zu einer Erwiderung. Eigenhändig warf Abt Burrus ihn hinaus. Aus dem Abtshaus, und aus dem Kloster. »Im Wald sollen deine Knochen verfaulen«, spie er dem armen Mann hinterher, der zu dem hinteren kleinen Tor hinausschlurfte.

Nur langsam konnte sich Burrus beruhigen. Er saß an seinem Tisch im Amtszimmer und versuchte nachzudenken. Er brütete über den Ereignissen. Wie ein Stachel saß ihm die alte Sache im Fleisch, die ihn schon ein Mal das Amt gekostet hatte.

Burrus wusste, dass das Herzogtum Württemberg früh im Jahr auf den neuen Kaiser Karl V. übergegangen. Für den geflohenen Herzog Ulrich gab es keine Möglichkeit der Rückkehr. »Er kann mich nicht mehr daran hindern, mein Werk zu Ende zu bringen«, sagte er vor sich hin.

Allmählich nahm ein Plan Gestalt an, und mehrere Gläser Gewürzwein später wusste er, was zu tun war: Der elende Bastard musste endlich verschwinden!

Je weiter das Jahr voranschritt, desto mehr veränderte sich der Klostervorsteher. Bisweilen wirkte er fahrig und vergesslich, dann wieder verbittert und ja, auch hasserfüllt. Immer öfter fehlte Abt Burrus bei den Gottesdiensten, und er ließ sich bei anderen Gelegenheiten zunehmend von seinem blassen Prior vertreten. Wenn er die Kapitelversammlungen selbst leitete, wunderten sich die Konventualen: Bei ihrem Obersten wechselten sich in fast regelmäßigen Abständen ein auffälliges Desinteresse und heftige Tobsuchtsanfälle ab. Er ließ in der Erfüllung seiner Pflichten nach.

Als ihm sein erster Sekretär zum wiederholten Male berichtete, dass Bruder Anton aus Neuburg nichts Besonderes über Bruder Anselm herausfinden konnte, wurde der Abt todernst.

»Es reicht! Schaffe mir diesen nichtsnutzigen Schlappschwanz auf der Stelle her«, befahl er mit eisiger Stimme. Danach ordnete er an, dass sein Sekretär ihm einen Laienbruder schicken sollte, den er für ebenso verschlagen wie untertänig hielt. Es war der Abend, an dem die Fenster im Amtszimmer des Abtes bis in die Nacht hinein hell erleuchtet waren.

Mit seinen 27 Jahren war Anselm ein angesehener Scriptor, der schon manche Handschrift aufs Vortrefflichste kopiert hatte. Während an vielen Orten Bücher bereits seit Jahrzehnten nach der gutenbergschen Methode gedruckt wurden, führte das Kloster Maulbronn die monastische Tradition weiter fort. Bruder Anselm kannte Werke dieses Johannes Gensfleisch aus Mainz, den alle nur Gutenberg nannten, aus eigener Anschauung. Doch um wie viel schöner waren doch die kunstvollen Bücher, die man in wertvoller Handarbeit selbst herstellte. Neben dem Abschreiben beherrschte Anselm auch die Rubrizierung der Bücher. Gerne versah er sie mit farbigen Gliederungs- und Schmuckelementen, besonders das Entwerfen der verschnörkelten Initialen bereitete ihm große Freude. Die eigentlichen Illuminatoren ließen ihn gerne gewähren, wenn er sogar die malerische Gestaltung übernahm: Seine Initialbuchstaben ließ er in den schönsten Farben erstrahlen, und mitunter erzählten sie eigene kleine Geschichten.

Wieder konnte sich Anselm gut vorstellen, fortan nichts anderes zu tun, als zu beten und zu arbeiten. Trotz allem hielt er das für die erhabenste Pflicht eines Mönches.

An einem schönen Sommertag trat Anselm hinaus in den Kreuzgarten. Am Boden entdeckte er eine Eidechse – und machte einen Schritt nach vorn. Im selben Augenblick schlug hinter ihm ein Steinbrocken mit dumpfem Schlag zu Boden. Zu Tode erschrocken blickte er hinauf. Oben stand ein Fenster offen, doch es war niemand zu sehen.

Anselm wusste nicht, wo die Brüder so schnell herkamen, doch schon war er umringt, und neben ihren Bekreuzigungen sprachen sie von »Glück« und »Wunder«. Keiner konnte sich erklären, woher der Stein kam. Vom Dach eines der Häuser über dem Kreuzgang? War er aus einem Gesims herausgebrochen? »Der Herr hält seine schützende Hand über dich, Bruder Anselm«, meinte einer. Anselm ging zurück ins Scriptorium.

Keine Woche später ereignete sich ein zweiter Vorfall. In Zweierreihen stiegen die Brüder zur nächtlichen Matutin die Dormenttreppe hinunter. Anselm verlor plötzlich das Gleichgewicht und stürzte. Hart schlug er unten mit dem Kopf gegen eine steinerne Stufe. Man wollte ihm Aufhelfen. Doch der Bruder lag da und hatte die Besinnung verloren. Unter seinem Hinterkopf bildete sich eine Blutlache.

Als Anselm die Augen öffnete, sah er die weiß gekalkte Decke des Infirmariums über sich, rechts und links von ihm lagen andere Kranke. Es war bereits heller Tag, doch bei geschlossenen Fenstern roch es streng in dem großen Raum. Sein Schädel brummte. Er fasste sich an die pochende Stelle und stellte fest, dass man ihm einen dicken Verband angelegt hatte. Auf seiner Stirn lag ein feuchtes Tuch, das aber keine Kühlung mehr verschaffte.

Anselm bewegte sich und stöhnte leise auf. Auch die Rippen und das Becken schmerzten, und sein rechtes Handgelenk war blau und dick geschwollen. Sein Gesicht wollte er lieber nicht sehen.

»Du bist wach, Bruder«, stellte der Infirmarius erleichtert fest. Er war ans Bett getreten und musterte seinen Patienten aufmerksam. Anselm war kreidebleich. Er hatte viel Blut verloren. »Du musst liegen«, beschied ihm der Infirmarius, »es war ein schwerer Sturz.« Er legte Anselm ein frisches feuchtes Tuch auf.

Anselm wurde bewusst, dass er die Dinge verschwommen, irgendwie auch etwas verzerrt sah. »Was ist passiert?«, fragte er mit matter Stimme.

Die Züge des Siechenmeisters wurden ernster. »Du kannst dich nicht erinnern«, konstatierte er, »das ist kein gutes Zeichen.«

Anselm erschrak. Kurz darauf öffnete sich die Tür, und Bruder Raimund kam auf ihn zu. Der Infirmarius trat beiseite und ließ dem Bursarius einen Stuhl ans Bett stellen.

»Was machst du denn für Sachen?«, fragte der Vierzigjährige seinen Freund. Er bemühte sich, die Frage beifällig unbesorgt klingen zu lassen.

»Ich weiß nicht, was passiert ist«, antwortete der Angesprochene leise. »Es scheint, als wärst du unglücklich gestolpert«, meinte Raimund, der sich bei den Brüdern erkundigt hatte, ob jemand auf der Treppe etwas Ungewöhnliches bemerkt hatte.

»So wird es gewesen sein«, pflichtete Anselm bei. »Wenngleich es eher Glück war«, schob er hinterher und ertastete seine dicke Lippe. Er schloss die Augen.

»Kann ich etwas für dich tun?«, fragte Raimund. »Ich würde gerne lesen, aber Kopf und Augen schmerzen zu sehr. Auch kann ich nicht klar sehen …«

Raimunds Stirn legte sich in Falten. »Hm«, brummte er nur.

»Wenn sich der Zustand Eures Freundes im Laufe des Tages und in der kommenden Nacht nicht verschlechtert, wird es ihm in ein paar Tagen – oder Wochen – wieder besser gehen«, meinte der erfahrene Siechenmeister.

Ja wenn, dachte Raimund. Er hatte schon Menschen erlebt, die nach einem heftigen Schlag gegen den Kopf am nächsten Tag tot waren.

Anselms wurde der besorgten Mienen der beiden Männer gewahr.

Obwohl sein Gesichtsausdruck etwas anderes ausdrückte, versicherte Raimund: »Du wirst bald gesund werden. Das weiß ich.«

»Versuche zu schlafen, Bruder Anselm«, empfahl der Infirmarius, und an Raimund gerichtet: »Ihr solltet jetzt gehen. Euer Freund braucht Ruhe.«

Anselm überstand den weiteren Tag und die folgende Nacht überraschend gut, wie der Infirmarius befand. Sein Patient schlief überwiegend, was ihm sichtliche Erholung brachte.

Brav hatte er alle Heilkräuter und Tropfen geschluckt, die ihm verabreicht worden waren.

Die nächsten Tage brachten die Farbe zurück in das Gesicht des Kranken. Dazu mochten auch Rote Beete und andere Gemüse beigetragen haben, mit denen man Anselm wieder aufpäppeln wollte. Regelmäßig schaute der Infirmarius persönlich nach ihm, und öfters besuchten ihn der Bursarius und auch der Cellerar.

Verwundert rieben sich Kranke und Pfleger die Augen, welch hohen Besuch der junge Bruder bekam. Es fehlte gerade noch, dass der Abt persönlich nach dem Gestürzten sah.

Mit Freude registrierten Raimund und Ingbert, dass es ihrem Freund bald besser ging. »Den Umständen entsprechend«, hatte ihnen der Siechenmeister erklärt, »macht euer Freund ausgezeichnete Fortschritte. Es scheint«, schloss der Heilkundige feixend, »als habe der junge Mann eine Rossnatur!«

Mit einem Mal wurde es um sie herum still. Gefolgt von seinem ersten Sekretär, schlurfte Abt Burrus in den Krankensaal.

»Oho, er hat den Sturz überlebt und scheint fidel«, krächzte Johannes Burrus, und aus seinem Tonfall ließ sich kaum heraushören, wie er das meinte. Alle im Raum spitzten die Ohren.

»Und meine obersten Bediensteten haben die Zeit, sich um einen hergelaufenen Mönch zu kümmern.« Diese Äußerung war eindeutig nicht freundlich. Auf seinen Gehstock gestützt, blickte sich der Alte irritiert um, und sein Sekretär rief ungehalten: »Einen Sessel für unseren hochwürdigsten Vater Abt!«

»Schert euch weg«, knarrte der unwirsch, und dem Bursarius und dem Cellerar blieb nichts anderes übrig, als den Krankensaal zu verlassen.

»Soso, er lebt also«, nuschelte der Abt in sich hinein, »scheint sieben Leben zu haben wie eine räudige Katze.«

Anselm schloss die Augen. Was wollte der Abt von ihm? Wie sollte er sich verhalten?

Der Klostervorsteher beäugte Anselm argwöhnisch. Darauf starrte er die Wand gegenüber an. Er machte den Eindruck, als habe er plötzlich vergessen, weswegen er überhaupt hier war. Er erhob sich. Stand unschlüssig da.

Anselm hörte, wie er sich mit schweren Schritten wortlos entfernte.

Die Zeit verging und Anselm erholte sich ausgezeichnet. Auch die Platzwunde an seinem Kopf war verheilt. Er wurde mit erbaulichen Büchern versorgt und konnte es kaum mehr erwarten, das Krankenlager zu verlassen. Erst gestern hatte ihm der Infirmarius Mut gemacht. Bald schon wäre es so weit.

Durch die Butzenglasfenster tauchte die Sonne den Saal in ein angenehmes Licht. Anselm saß im Bett und sein knurrender Magen kündete von der Mittagszeit. Einer der Gehilfen im Siechenhaus brachte ihm eine volle Essschüssel. Anselm dankte und wunderte sich über die dunklen Mohnsamen. Die passten geschmacklich nun wirklich nicht zu dem Brei aus hellem Wurzelgemüse. Dennoch schlang er das Essen geradezu hinunter und tunkte den Bodensatz mit seinem letzten Stück Brot auf.

Er wurde schläfrig. Sein Mund trocknete aus. An der Decke tanzten verzerrte Figuren – und Anselm versuchte krampfhaft, die Augen offenzuhalten.

Als Bruder Raimund, der sofort informiert worden war, in das Krankenzimmer gestürzt kam, hatte sein Freund das Bewusstsein verloren. Der Infirmarius entdeckte die erweiterten Pupillen seines Patienten und registrierte zunehmende Rötungen an dessen Gesicht und Hals.

Bevor Anselm in Ohnmacht gefallen war, hatte er getobt, und man konnte seinen rasenden Puls fühlen.

»Mortiferum«, sagte der Infirmarius.

»Gift?«, fragte Raimund entsetzt.

»Ich nehme an, es handelt es sich um Dullkraut«, mutmaßte der Siechenmeister.

»Schwarzes Bilsenkraut«, ergänzte der Bursarius tonlos, auch genannt »Teufelswurz«. »Könnt Ihr helfen?«

»Vielleicht.«

»Wir haben Engelkraut!«, rief einer. Er erntete einen tadelnden Blick des Infirmarius: »Das hilft vielleicht bei Magenreißen und Verstopfung.« Der Heilkundige schickte einen anderen los, der ihm kurz darauf ein kleines Gefäß überreichte. »Wir müssen ihm dieses Heilmittel einflößen«, erklärte der Infirmarius und Raimund half, Anselms Mund zu öffnen. Der Infirmarius träufelte ihm die Flüssigkeit ein. Anselm hustete. Doch einen Großteil des Gebräus, das man ihm eingeflößt hatte, konnte er schlucken.

»Wird er leben?«, fragte Raimund besorgt.

»Wie gesagt, der junge Mann hat eine Rossnatur«, erwiderte der Infirmarius. »Ich habe ihm ein antidotum verabreicht. Das wirksamste Gegengift, das wir kennen.«

»Was ist das?«, hakte Anselms Freund nach.

»Wir stellen es nach einem uralten Rezept her, das Benediktinermönche des Klosters Lorsch einst mit vielen anderen Heilmitteln in einem Buch beschrieben. Es besteht aus 40 Zutaten; Safran, Tragant, syrische Narde oder Myrrhe sind nur einige davon.«

»Kann man sonst etwas tun?« Der Bursarius ließ nicht locker.

»Ich habe bereits Anweisung gegeben, sogleich den Schwanz eines Steinbocks in Wein einzulegen. Den Sud werden wir ihm später zusätzlich verabreichen. Damit folgen wir der Empfehlung der heilkundigen Hildegard, der einstigen Äbtissin des Klosters Rupertsberg am Rhein. Sie sprach sich auch für das Tragen eines Amuletts aus, in dem das getrocknete Herz einer Schlange steckt.«

»Das Herz einer Schlange?«, plapperte der Verwalter des Klostervermögens ungläubig nach.

»Vielleicht hilft diese Magie auch nur gegen Schlangenbisse«, meinte der Infirmarius achselzuckend, »aber Schaden kann sie nicht. Wenn ihr also solch ein Amulett besorgen möchtet?«

An diesen gottlosen Zauber mochte der Bursarius nicht glauben. Er konnte den Anblick des vergifteten Anselm kaum ertragen und wandte sich zum Gehen.

»So betet für unseren Bruder«, gab ihm der Siechenmeister mit auf den Weg. »Am besten im Chor vor der Muttergottes, mit der Gemeinschaft der Brüder«, ergänzte er.

Erst jetzt, nachdem der Bursarius das Siechenhaus verlassen hatte, setzte bei ihm der Verstand ein und er fragte sich, wie es zu dieser Ungeheuerlichkeit gekommen sein konnte. Wer hatte seinen Freund vergiftet. Natürlich musste es jemand aus der klösterlichen Gemeinschaft gewesen sein. Keine Außenstehenden hatten Zutritt zum Infirmarium. Das sprengte seine Vorstellungskraft: Ein versuchter Giftmord! In seinem Kloster Maulbronn. Raimund bekreuzigte sich und suchte Bruder Ingbert auf. Im Fruchtkasten berichtete er ihm von dem grässlichen Vorfall.

»Was geht hier nur vor?«, fragte Ingbert, nachdem sich seine Erschütterung etwas gelegt hatte.

Sie verließen die staubige Kornkammer und suchten den östlichen Zwingergraben auf. Zu aufgewühlt, um sitzen zu können, gingen sie nebeneinander auf und ab.

»Zuerst die Sache mit dem Stein, dann der Sturz auf der Treppe«, dachte Raimund laut nach.

»Und jetzt das«, ergänzte Ingbert. »Hast du vielleicht eine Ahnung, gar einen Verdacht?«

»Findest du nicht, dass sich unser Abt ausgesprochen merkwürdig verhält?«, entgegnete Raimund.

»Burrus ist alt und vergreist zusehends«, erwiderte Ingbert.

»Das meine ich nicht. Er ist überdies hasserfüllt.«

»Meiner Meinung nach macht ihm seine zunehmende Vergesslichkeit zu schaffen – und ja, er verfällt dem Altersstarrsinn.«

Energisch schüttelte Raimund den Kopf: »Da ist noch etwas anderes …« Er ließ sich auf einem großen Steinbrocken nieder, und Ingbert nahm den Faden auf: »Denkst du etwa, Abt Burrus hätte etwas mit der Vergiftung unseres Freundes zu tun?«

Jetzt war es heraus. Raimund blickte hoch zum Cellerar, zeigte aber keine Reaktion. Stattdessen fragte er: »Erinnerst du dich an die eigenartige Geschichte im Refektorium? Der Steinhauer stierte unseren Bruder Anselm an, worauf der Abt in Wut ausbrach. Und: Was wollte er im Krankensaal? Was verbindet ihn mit Anselm?«

»Gute Frage«, meinte Ingbert.

»Ein alter Mönch beichtete mir, ›das Böse ist zurück‹. Inzwischen denke ich, er meinte damit unseren Abt Burrus.«

Weiter kamen die beiden nicht. Die Glocke rief zum Gebet. Sie eilten zur Kirche – und Bruder Raimund versuchte tatsächlich, den Abt dafür zu gewinnen, ein gemeinsames Gebet für den schwerkranken Anselm von Dürrmenz zu sprechen. Unwirsch lehnte der Abt ab.

»Glaubst du mir jetzt?«, raunte Raimund seinem Freund Ingbert zu.

30 Tage lang hatten der Siechenmeister und seine Gehilfen um das Leben Anselms gekämpft. Lass einen Vergifteten

33 Tage das Heilmittel trinken, lautete die alte Heilregel, bis das Gift den Körper verlassen hat. Anselm wurde drei Tage früher wach. Er war schwach. Unter seinen dunklen Augenringen waren die Wangen eingefallen. Kaum konnte er seine dürren Arme heben. Er krächzte mehr, als dass er sprach.

»Er wird leben«, stellte der Infirmarius erleichtert fest, als sich Bruder Raimund nach Anselms Zustand erkundigte. Er trat an das Bett seines Freundes und lächelte ihm aufmunternd zu.

»Was ist geschehen?«, hauchte Anselm.

»Jemand trachtet dir nach dem Leben«, sagte Raimund frei heraus, »dein Essen wurde vergiftet. Mit den giftigen Samen des Schwarzen Bilsenkrautes.«

Anselm verschlug es die Sprache. Er war wieder eingenickt.

»Ihr solltet jetzt besser gehen«, forderte ihn der Infirmarius auf. »Kommt morgen wieder, der Kranke braucht Ruhe.«

»Das habe ich vor einigen Wochen schonmal gehört«, ereiferte sich Raimund, der Bursarius. »Ich werde zwei Brüder schicken, denen ich vertrauen kann. Sie sollen Anselms Bett bewachen.«

Der Infirmarius reckte die Arme. »Um Himmels willen«, stieß er aus, »man muss einen Bruder vor einem anderen beschützen! Der Herr helfe uns Sündern!«

Es mochte Zufall sein. Oder eine göttliche Fügung, nach welcher der Siechenmeister gerufen hatte. Jedenfalls schlich in diesem Moment ein junger Mönch in den Krankensaal, den Raimund nicht kannte. Mit gesenktem Kopf kam Anton aus dem Kloster Neuburg näher und wisperte: »Bruder Anselm, ich danke Gott, dass du lebst.« Er schien sehr geknickt. Und schuldbewusst.

»Was ist mit dir, was willst du?«, fragte Anselm.

»Ich muss mit dir sprechen«, erwiderte Anton, und deutete fragend auf Bruder Raimund.

»Er ist mein Freund«, erklärte Anselm.

Scheu schaute sich der junge Mönch im Raum um. Er räusperte sich, und fing an zu berichten. Man habe ihn gezwungen, Anselm auszuspionieren, und er denke, dass man es auf ihn abgesehen habe.

»Raus mit der Sprache, Junge, wer will Anselm Böses?« Raimund war ungehalten.

»Es sind …, es ist …«, stotterte Anton. Er hatte sichtlich große Angst.

»Wer?«, grollte Raimund.

Anton nahm seinen ganzen Mut zusammen. »Abt Burrus«, brachte er mühsam heraus.

Kapitel 17

Kloster Maulbronn

Die Sonne des Augusts lachte, und Anselm unternahm seine ersten Schritte draußen im Garten beim Infirmarium. Obwohl er jung war, besserte sich sein Gesundheitszustand nur langsam. Inzwischen hatte sich herausgestellt, dass er vor einiger Zeit auf der Dormenttreppe nicht ausgerutscht und auch nicht gestolpert war. Jemand hatte ihn absichtlich gestoßen. Es war zu erfahren, dass derjenige noch in derselben Nacht aus dem Kloster getürmt war. Wer den Stein auf Anselm hatte fallen lassen, blieb ungeklärt. Dass hinter alledem der Abt des Klosters Maulbronn steckte, war nun ein offenes Geheimnis.

»Wir brauchen einen Nachfolger«, meinte selbst der Prior. Er war dagegen, Johannes Burrus anzuklagen und für sein Tun zur Rechenschaft zu ziehen. »Der Brettener lebt jetzt in seiner eigenen Welt«, berichtete er dem Konvent bei einer der morgendlichen Versammlungen im Kapitelsaal. »Der Alte«, der nunmehr alleine in einer Kammer des Abtshauses säße, sei kaum mehr ansprechbar und sicher zu keiner Einsicht mehr fähig. Die Konventualen gaben ihren Segen.

Raimund ballte die Fäuste. Ingbert sog zischend die Luft ein, und in Anselm stieg insgeheim eine Wut auf, die er sich schwerlich eingestehen wollte. Die drei ärgerten sich darüber, dass man Burrus nicht zur Rechenschaft ziehen wollte. Folglich würde man auch nie herausfinden, aus welchem Grund er diese Untaten veranlasst hatte.

Der Prior verkündete, dass er für die Wahl zum neuen Abt nicht zur Verfügung stünde. »Wer hätte Euch jämmerliche Figur auch zum Nachfolger ausersehen«, dachte Anselm. Seiner Meinung nach kamen für dieses Amt am ehesten Bruder Raimund oder Bruder Ingbert infrage.

Es sollte anders kommen.

Doch bis dahin stand noch ein anderer großer Tag an.

»Bald feiern wir das Marienhochfest«, erklärte der Prior in die Runde. Die Wallfahrt in die Kirche »Unserer lieben Frauen« im nahen Lienzingen wolle er selbst anführen. Dagegen hatten die Konventualen nichts einzuwenden. Raimund bat ums Wort und machte den Vorschlag, den geschwächten Bruder Anselm auf einem Esel oder in einer Kutsche mitzunehmen. Auch dem stimmte man zu.

Am 15. August anno domini 1520 sammelten sich die Maulbronner Herrenmönche frühmorgens im Klosterhof. Mariä Himmelfahrt galt ihnen als das bedeutendste Marienhochfest des Jahres. Schließlich erinnerte dormitio, die Entschlafung, an die leibliche Aufnahme Mariens in den Himmel. Im Klosterhof verkündete der Prior feierlich: »Seit über eintausend Jahren feiern wird dieses hochheilige Fest zu Ehren unserer Muttergottes.«

Kräftige jüngere Mönche sollten die Marienstatue aus der Klosterkirche in der Prozession vorneweg hinunter zur Wallfahrtskirche tragen. In Blau, Gold und anderen Farben leuchtete die Muttergottes im Licht der Sonne. Es folgten Prior und Konventuale, hinter denen sich die weiteren Herrenmönche in ihrem schneeweiß-schwarzen Habit einreihten. Ihnen schlossen sich die braun gekutteten Laienmönche an, den Schluss des Zuges bildeten Tagelöhner und Leibeigene, die im vorderen Klosterhof dazustießen. Unter liturgischen Gesängen durchquerte die Prozession das Turmhaus, und allerlei Volk aus Maulbronn und umliegenden

Gehöften und Dörfern schloss sich dem Zug der Mönche nach und nach an.

In der langen Reihe am Ende der Herrenmönche trug ein Maultier Bruder Anselm zunächst über die Anhöhe und dann die Straße hinunter nach Lienzingen. Zu Fuß hätte der Rekonvaleszent die Strecke noch nicht zurücklegen können. Obwohl ihnen die Plätze ganz vorn beim Prior zustünden, ließen es sich die Brüder Raimund und Ingbert nicht nehmen, links und rechts des Reittieres ihres Freundes zu gehen. So boten sie ihm zumindest eine moralische Stütze, und wer konnte schon sagen, ob mit der geistigen Umnachtung des alten Burrus wirklich jegliche Gefahr für Anselm gebannt war. Sicher ist sicher, hatten sich die beiden hohen Würdenträger des Klosters gesagt.

Die Marien-Wallfahrtskirche kam auf einer kleinen Anhöhe südlich des ummauerten Dorfes in Sicht. Anselm erkannte das turmlose Kirchenschiff, dessen einfacher Dachreiter es als zisterziensisches Bauwerk auswies. Vor mehr als einem Menschenleben hatte der damalige Maulbronner Abt Johann Riescher von Ladenburg das Gotteshaus errichten lassen; als Zeichen der klösterlichen Macht und Herrschaft über das Dorf Lienzingen. Außerdem ließen sich hier, an dem alten Wallfahrtsweg, die einträglichen Ablassbriefe besser verkaufen, als sonst wo. Wahre Menschenmassen zogen an der Liebfrauenkirche vorbei ins weit entfernte Santiago de Compostela.

Der Zug der Mönche erreichte die Kirche. Im Chor stellten sie ihre Muttergottesstatue der dort befindlichen schmerzensreichen Mutter entgegen; diese Statue war deutlich kleiner als die Maulbronner, aber ebenso eindringlich und anbetungswürdig.

Anselm war ermattet. Die Hitze setzte ihm zu und er war gottfroh, dass man einen Sitzplatz im Kühlen für ihn fand.

Durch das schmucklose Portal auf der Westseite hatte man ihn in den Kirchenraum geführt. Von kleinen Fenstern war er nur spärlich beleuchtet und insgesamt recht kahl. So sollte es sein, befand Anselm. Gleichwohl bewunderte er den angenehm proportionierten Chorraum, den fünf hohe, spitze Fenster hell erstrahlen ließen. Dann konzentrierte er sich auf die dunkle Holzdecke des Schiffes, die eine schlichte Tonnenform aufwies. Er las das sechszeilige Mariengebet auf den Deckenbrettern:

»O maria ein muter der barmhertzikayt
behüt uns vor allem hertzenlayt
und an unserem letzsten ausganck
Thu uns mit deiner gna(d) ein bystant
wider lutzifer und wider die besen find
und behüt vns vor der helle pin«

Über den Zeilen stand die Jahreszahl des Gebetes und der Weihe der Kirche: 1482.

Anselm, der am eigenen Leib erfahren hatte, wie schnell es gehen konnte mit dem letzten Gang, betete nochmals nach:

»Oh Maria, Mutter der Barmherzigkeit,
Behüte uns vor allem Leid des Herzens,
Und auf unserem letzten Gang,
Steh uns mit deiner Gnade bei,
Gegen Luzifer und gegen die bösen Feinde,
Und behüte uns vor der Höllenqual.«

Die offizielle Andacht war bereits beendet, als Raimund und der Infirmarius auf Anselm zukamen. »Nutze die Gelegenheit und lasse die Muttergottes ihr gutes Werk an dir verrichten«, empfahl ihm der Siechenmeister eindringlich. Am

Gemurmel der Betenden vorbei geleiteten die beiden ihren schwachen Schützling hinaus in den Kirchgarten. An dem gemauerten Ziehbrunnen ließ Raimund den Holzeimer hinunter und zog ihn an der Kette gefüllt wieder herauf; bis zum Rand gefüllt mit dem weithin bekannten Heilwasser. Aus den hohlen Händen trank Anselm. Er glaubte an Mariens heilende Kraft, an die Wunderkraft des Wassers, und mit jedem Schluck wurde ihm wohler.

»Ohne den Glauben besitzt das Marienwasser keine Tugend«, erklärte der Infirmarius geradezu feierlich. »Doch wer davon trinkt und glaubt und betet, dem wird geholfen werden.« Seine weitere Empfehlung lautete, Anselms Maultier mit gut gefüllten Wassersäcken zu beladen, damit er in Maulbronn weiteres Heilwasser bis zu seiner völligen Gesundung trinken könnte.

Im Kloster angekommen, konnte Anselm keinen Schritt mehr gehen. Vor dem Paradies hoben ihn zwei Brüder vom Maulesel und legten ihn in der westlichen Vorhalle der Kirche auf einen einfachen Schragen. »Wir sind gleich zurück«, versprach einer. Dann wurde direkt neben ihm die Madonna abgestellt. Auch sie musste kurz warten, bevor man sie an ihren Platz in die Kirche zurückschaffte. Zum ersten Mal sah Anselm die Marienstatue von hinten. Sie war hohl. So massiv sie von vorne aussah, so grazil, ja verletzlich erschien sie auf der Rückseite. Die Schnitzer haben ein vortreffliches Blendwerk geschaffen, dachte Anselm. Dann fiel ihm ein Detail auf: In ihrem Inneren gab es eine Art Schublädchen. – Etwa ein Geheimfach?

»Schafft unsere Muttergottes schleunigst wieder in den Chor«, wies ein älterer Mönch die jungen Brüder an, die die kunstvolle Skulptur in die Kirche trugen. Gleichzeitig wurde Anselm abgeholt. Er kam zur weiteren Genesung ins Siechenhaus. »Vergesst die Wasserbeutel nicht, Brüder«, bat

Anselm. Er wollte so schnell wie möglich wieder auf die Beine kommen.

Zu diesem Zweck hatte ihm der Vorsteher der Krankenstation eine nahrhafte Kost verordnet. Morgens tischten ihm die Brüder Quark und Käse auf, mittags gab es Hühnerbrühe oder Fleischsuppe, auf der Fettaugen schwammen. Zunehmend bekam Anselm auch Fleisch vom Huhn und Biber. Dazu reichlich Fisch, vor allem den fettreichen Aal. Hülsenfrüchte aus dem Klostergarten rundeten die herzhaften Speisen ab.

Tatsächlich kam Anselm langsam wieder zu Kräften. Das Lienzinger Heilwasser trug, davon war er überzeugt, wesentlich zu seiner Gesundung bei.

Als sich der Winter ankündigte, wurde Anselm entlassen. Seine Freunde Raimund und Ingbert hatten ihn am Morgen abgeholt. Der Genesene war bei bester Laune und hätte sich gewünscht, die beiden würden etwas mehr von seiner Heiterkeit annehmen. Ein kalter Wind fauchte durchs Kloster, und Anselm genoss die wiedergewonnene Freiheit. »Was ist mit euch«, fragte er endlich seine Begleiter. »Ist das nicht ein Tag der Freude?«

»Wir danken dem Herrn für deine wiedergewonnene Gesundheit«, entgegnete Bruder Ingbert. »Wir freuen uns auch«, ergänzte Bruder Raimund. »Allerdings …« Er blieb stehen. »Just am gestrigen Abend mussten wir Dinge erfahren, die einem den Tag verderben können.«

Anselm wurde hellhörig. »Was gibt es denn Neues, das euch so bedrückt?«

»Lass uns ins Bursariat gehen. Dort erfährst du es.«

»Wie du siehst«, kommentierte der Cellerar, »hat sich das Amtszimmer unseres Freundes zur Zentrale des Klosters entwickelt. Der Prior ist ein untauglicher Amtsverweser, und einen neuen Abt haben wir noch nicht.«

»Du kennst meine Meinung«, antwortete Anselm und deutete mit dem Kopf auf Raimund.

In der Amtsstube des Bursarius nahmen die drei an dem ausladenden Tisch Platz, der jetzt in der Mitte des Raumes stand. Dreizehn bequeme Stühle deuteten an, dass es hier auch regelrechte Konferenzen geben musste.

»Der Mittelpunkt unserer klösterlichen Macht. Sagte ich doch.« Um seine Worte zu unterstreichen, breitete Bruder Ingbert die Arme weit aus.

»Die Sache ist ernst«, konstatierte Bruder Raimund humorlos.

Anselm war gespannt.

Der Bursarius legte einen Packen gedruckter Flugblätter und ein Buch auf den Tisch. Als die drei Männer saßen und einen kräftigen Schluck Gewürzwein genommen hatten, ergriff er das Wort: »Wir sind von Feinden der Kirche und der Klöster umgeben!« Zur Erklärung schob er hinterher: »Die Freunde Luthers verbreiten ihre ketzerischen Lehren überall im Land und wiegeln damit das Volk, vor allem die Bauern, gegen uns Kirchenmänner auf.«

Die beiden anderen schluckten. »Von welchen Lutheranern sprichst du?«, wollte der Cellerar wissen.

In erster Linie von diesen: »Da ist der Johannes Brenz aus Weil der Stadt, der Sohn einer Enzweihingerin, der in Vaihingen drüben die Lateinschule besuchte. Seit er Luthers Disputation in Heidelberg beiwohnte, zeigt er sich als dessen glühender Verehrer. Brenz lehrt jetzt an der dortigen Universität – sie nennen ihn ›Luthers Mann im Südwesten‹. Der zweite heißt Philipp Schwartzerdt aus Bretten, der sich Melanchthon nennt. Der Sohn eines Waffenschmieds, gefördert von diesem impertinenten Johannes Reuchlin aus Pforzheim. Im Studium in Heidelberg freundete er sich mit Brenz an, hörte diesen Augustinermönch ebenfalls disputieren –

und hockt jetzt bei ihm in Wittenberg. Man sagt, er wäre Luthers hellster Kopf. Wie der Wittenberger selbst, steht auch Melanchthon im Briefkontakt mit Erasmus von Rotterdam, der sich öffentlich als Reformer unserer Mutter Kirche inszeniert.«

Bruder Ingbert pfiff leise durch die Zähne, und Anselm wurde bewusst, dass in letzter Zeit Einiges an ihm vorbeigegangen war.

»Was hast du da für Schriften?«, wollte der Cellerar wissen. Raimund griff nach den losen Blättern und erklärte: »Hier haben wir studentische Mitschriften von Vorlesungen des Melanchthon, die die Drucker überall in großer Zahl verbreiten.« Als wollte er sich selbst nochmals bezüglich des Inhalts versichern, überflog der Bursarius ein paar Seiten. Seine Stirn legte sich in Falten. »Ketzerische Dogmen enthalten diese Schriften. In seinen ›loci communes rerum theologikum‹ entwickelt der Brettener so etwas wie eine Lehre vom freien Willen ...«

»Er bezeichnet seine Ideen als ›Allgemeine Grundbegriffe der Theologie‹?«, empörte sich Ingbert. »Welche Anmaßung!«

Anselm machte große Augen. Es gab Männer, die sich herausnahmen, die Bibel in eigenen Gedanken – entgegen der katholischen Lehre – auszulegen?

Der Bursarius erhob sich. Draußen wurde es langsam finster, und er legte zwei Scheite Holz nach. Im Raum wurde es kühler, und er war froh, dass er sich den Luxus eines neuen Kamins in seinem Amtszimmer gegönnt hatte. Vielleicht suchte man Raimund den Bursarius auch deshalb so gerne zu Besprechungen am großen Tisch auf, sinnierte Anselm.

»So zeige uns noch das Buch.« Seinem Tonfall nach zu urteilen, erwartete Ingbert in diesem Werk eine weitere Hiobsbotschaft. Er wusste, dass der Bursarius es am Abend zuvor in die Hände bekommen hatte.

Raimund hob es hoch. Der flackernde Schein des Feuers verlieh der Szenerie etwas Bedrohliches, als er laut las: »De libertate christiana. Von der Freiheit eines Christenmenschen«, wiederholte er den Titel des Buches auf Deutsch.

»Dieser Hundsarsch!«, brach es aus Ingbert heraus, »ein nasser Furz in den krummen Gehirnwindungen eines verdammten Augustiners!«

So verärgert hatte Anselm seinen Freund bisher nicht erlebt.

»Ein verdammter Augustiner?«, wiederholte Raimund ruhig, »damit könntest du bald Recht haben.«

»Wie meinst du das?«, schaltete sich Bruder Anselm das erste Mal in das Gespräch ein.

Raimund erläuterte den beiden, dass Martin Luther diese Schrift als Antwort auf die Androhung des Papstes verfasst habe, ihn wegen Ketzerei mit dem Kirchenbann zu belegen. Die anderen waren neugierig, ob der halsstarrige Pfaffe in dieser Schrift einlenkte oder seine aufrührerischen Gedanken bestätigte.

»Du kennst den Inhalt bereits?« Die Anspannung war Ingbert anzuhören.

»Ja. Ich habe gelesen, machte die ganze Nacht kein Auge zu«, antwortete Raimund. Leider sei die Schrift kein Widerruf, sondern Luther gieße darin weiteres Öl ins Feuer. Der Bursarius erinnerte sie daran, dass Luther ja schon lange gegen den Ablasshandel wettere, weil die Vergebung von Sünden nicht käuflich sei. In dieser Schrift gehe der dreiste Mönch einen ungeheuerlichen Schritt weiter. Aus den Römerbriefen zitiere er: »So halten wir nun dafür, dass der Mensch gerecht wird ohne des Gesetzes Werke, allein durch den Glauben.«

Anselm war nicht sicher, was Luther damit sagen wollte, und bekam von Raimund erklärt: »Luther vertritt die Meinung, dass laut der Bibel die Gnade Jesu allein für des Menschen Heil sorgt. Wir müssten uns also nicht anstrengen, ein sittsames Leben zu führen und Gutes zu tun – der Glaube und das Gebet würden für einen gottgefälliges Leben ausreichen.«

»Wozu bräuchte es dann uns, die Mönche und die Klöster?«, fragte Anselm erschrocken.

»Luther braucht weder uns noch die Klöster«, gab Ingbert zurück.

Raimund nickte.

»Dieser liederliche Ketzer behauptet, dass der Christenmensch frei und niemandem untertan sei, dass keine andere Macht zwischen Gott und dem Menschen stehe!«

Raimund hatte das Buch zugeklappt. »Ja, so ist es«, schloss er, »dieses behauptet der Ketzer und bekommt dafür den Beifall der Massen.«

»Er will keine Mönche und Klöster, keine Priester und Kirche«, rief Anselm entrüstet.

»Und er will keine Stände«, ergänzte Ingbert, »damit ruft er zum Aufstand gegen die göttliche Ordnung auf.«

Kapitel 18

Kloster Maulbronn, anno domini 1521

Den Winter über herrschte eine gedrückte Stimmung. Bis nach Maulbronn hatten sich die schlechten Nachrichten verbreitet, und wie ein dunkler Schatten lagen die Umtriebe der Ketzer im Land über dem Kloster.

»Die Feinde der Christenheit sammeln sich«, bestätigte der Prior in der Morgenversammlung die Gerüchte. Gemurmel hob an. Verunsicherte Blicke. Der Stellvertretende Abt übergab das Wort an Raimund von Hagenau.

»Die Zahl der Jünger Luthers«, begann der Bursarius, »nimmt Tag für Tag zu. Nicht einmal vor den Kanzeln der Kirchen in Städten und Dörfern machen sie halt.« Es wurde still im Kapitelsaal. »Ihre Irrlehre spaltet Bewohner und Familien«, fuhr er fort. »Überall, auch auf den klösterlichen Höfen und in unseren Dorfschaften begehrt das einfache Volk auf, spricht von Freiheit und neuem Denken.«

In dem Machtvakuum, das ohne aktiven Abt im Kloster entstanden war, gab Bruder Raimund das Wort einfach weiter: »Cellerar Ingbert hat das Ohr an den Menschen draußen. Er bereist unsere Wirtschafts- und Pfleghöfe. Hört, was er zu berichten weiß.«

Auch Anselm spitzte die Ohren.

»Ich habe selbst erlebt, liebe Brüder, was sich außerhalb unserer Klostermauern zusammenbraut«, begann Bruder Ingbert. In Wirtshäusern und auf Plätzen würde öffentlich polemisiert, berichtete er. Der steigende Hass auf Grundherren und Klerus sei deutlich spürbar. Man müsse auf der Hut sein.

»Was soll das heißen, Bruder Cellerar«, hakte einer der Ältesten in der Runde nach, »was können wir Mönche denn tun?«

»Wir könnten unseren Bischof um Hilfe ersuchen …«, meinte einer, »… oder gleich den Kaiser, der doch unser Landes- und oberster Schutzherr im Reich ist«, schlug ein anderer vor.

»Vielleicht müssen wir Mittel und Wege finden, unser Kloster selbst zu schützen«, warf Bruder Ingbert in die Runde und gab dem Bursarius einen Wink. Bruder Raimund hob die Arme. »Ich glaube, es gäbe da eine Möglichkeit, wie wir uns – außer durch unsere Gebete zu Gott, Maria und den Heiligen – selber helfen könnten.«

Anselm fühlte sich angesprochen. Sein Freund spielte auf die Möglichkeit an, Schießpulver herzustellen, es zu verkaufen und Söldner zum Schutz des Klosters anzuwerben. Er spürte auch den Blick Ingberts auf sich gerichtet.

Ein Raunen ging durch den Saal. Bevor Nachfragen aufkamen, bremste der Bursarius die Anwesenden. »Mehr können wir Euch im Moment nicht sagen. Es braucht Zeit.«

Anselm senkte den Kopf.

Im Land draußen nahmen die Ereignisse ihren Lauf. Man erfuhr, dass Luther es gewagt hatte, in Wittenberg katholische Bücher zu verbrennen! Kein Geringerer als Philipp Melanchton, der Gelehrte aus dem benachbarten Bretten, hätte die Angehörigen der dortigen Universität dazu angestiftet. Als Vergeltung habe der Ketzer die Bücherverbrennung dreist gerechtfertigt: Sie hätten die »gottlosen Bücher des päpstlichen Rechts und der scholastischen Theologie« angezündet, weil die Feinde des Evangeliums vorher »Luthers fromme und evangelische Bücher« angezündet hätten.

Dann kam die Kunde: Kaiser Karl V. hatte Martin Luther zum Reichstag in Worms einbestellt, der im April stattfinden sollte. Vor dem Habsburger Kaiser des Heiligen Römischen Reiches, dem auch die direkte Herrschaft über das Herzogtum Württemberg zugefallen war, sollte der abtrünnige Wittenberger widerrufen. Neben der Reichsacht drohte Martin Luther der päpstliche Bann. Vogelfrei würde er dann sein, hofften seine Gegner, zu denen die schwäbischen Zisterzienser in erster Reihe zählten.

Bruder Anselm zog sich wie so oft in seine Bücherwelt zurück. Er absolvierte die Stundengebete und verschwand nach der Morgenversammlung im Scriptorium. Bruder Ingbert hatte sich daran gewöhnt, Bruder Raimund haderte mit dem Verhalten ihres Freundes. Er hätte sich gewünscht, dass der inzwischen fast Dreißigjährige angesichts seiner Fähigkeiten endlich mehr Verantwortung für die klösterliche Gemeinschaft übernähme.

Im Frühsommer verkündete der Prior bei einer Versammlung im Kapitelsaal die neueste Botschaft: Der selbsternannte Reformator Luther hatte auf dem Reichstag zu Worms nicht widerrufen.

Er teilte seinem Konvent mit, was das am 26. Mai veröffentlichte Wormser Edikt beinhaltete:

Ihre Römische Kaiserliche Majestät Karl V. verhängte gegen Martin Luther Acht und Aberacht des Reiches. Dessen Schriften, Bücher und Lehre seien samt seiner Anhänger verdammt. Jedem Menschen im Reich sei es bei Strafe verboten, den hartnäckigen Ketzer aufzunehmen, ihn zu bewirten und ihn mit Worten oder Taten heimlich oder öffentlich zu unterstützen oder ihm sonst wie zu helfen. Wer den Ketzer Luther sehe, müsse ihn gefangen nehmen oder zumindest unverzüglich anzeigen. Dessen Schriften dürfen bei Strafe weder gekauft, verkauft, gelesen, behalten noch abgeschrieben oder gedruckt werden. Mehr als eine vergiftete Speise sollten solche Schriften und Bücher, die für die Seelen Gift und Verdammnis enthielten, gemieden und aus dem Gedächtnis getilgt werden, damit sie niemandem schadeten oder ihn ewig töteten.

Der Augustinermönch Martin Luther war vom Kaiser geächtet und von Papst Leo X. exkommuniziert.

»Ist die Gefahr für uns damit gebannt?«, fragte Anselm, als er mit Ingbert bei Raimund im Amtszimmer saß.

»Der Stein wurde losgetreten«, meinte der Hausherr, »die Lawine rollt.«

»Sie könnte uns mit sich hinwegreißen«, ergänzte Ingbert das düstere Bild.

Die beiden unterließen es, einmal mehr in Anselm zu dringen. Ihr Freund musste seinen Weg selbst finden.

Anselms Denken war blockiert. Auf nichts konnte er sich konzentrieren, es war aber auch kein ernsthaftes Nachdenken, das ihn so sehr beschäftigte. Aber er fühlte, dass endgültig der Zeitpunkt gekommen war, sich zu entscheiden: kontemplatives Leben in weltlicher Abgeschiedenheit – oder Verantwortung für sich und die Zukunft des Klosters übernehmen.

Nur ungenügend konnte er sich auf die Gottesdienste einlassen. Seine Gedanken schweiften ab. Auch außerhalb der Gebetszeiten stellte er sich wieder und wieder die Frage, welcher Weg für ihn und die Gemeinschaft der bessere wäre. Im Gebet rief er Gott an, ihm zur richtigen Entscheidung zu verhelfen.

Doch was, wenn die Lutheraner vielleicht doch Recht hatten? Wenn es genügte, zu glauben und seinen Gott zu lieben? Wenn Gott von den Menschen nichts weiter forderte – und es auch keine Pfarrer und Mönche als Mittler zwischen einfachen Menschen und Gott brauchte?

Anselm schüttelte diesen ungeheuerlichen Gedanken ab! Nein, er wollte sich nicht von den Gehilfen des Teufels anstecken lassen. Sein Glaube war der des heiligen katholischen Stuhls.

Dennoch blieb es eine schwere Gewissensentscheidung.

Es war ein besonders grauer und nasser Novembertag, als man Johannes Burrus von Bretten fand. Lange war der Abt außerhalb seiner Kammer nicht mehr gesehen worden. Doch musste der alte Mann seine Gemächer überraschenderweise verlassen haben. Er wurde vermisst. Ein Klosterknecht war irgendwann vom Kornspeicher aus in den Hexenturm gestiegen. Seit Jahrzehnten schon breitete sich der Hexenwahn durch die kirchliche Inquisition auch in Württemberg aus. Im Hexenloch, ein schreckliches Verlies im Boden des Turmes, aus dem es kein Entrinnen gab, hatte er ihn liegen sehen. Mit verrenkten Gliedern, elendiglich verhungert und verdurstet. Die Brüder gingen davon aus, dass der geistig umnachtete sein irdisches Ende nicht miterlebt hatte.

Als Tag, an dem der Herr seinen Diener Abt Johannes Burrus von Bretten zu sich gerufen hatte, notierte man den 11. November.

Bruder Anselm musste miterleben, wie der Mann mit gewaltigen Zeremonien bestattet wurde. Neben den Maulbronner Mönchen nahmen hunderte andere kirchliche Amts- und weltliche Würdenträger teil. Er haderte. Mit sich, mit der Welt. Nie würde er erfahren, warum der Alte ihn zeitlebens so sehr gehasst hatte. Und was genauso schwer wog: Er, der in Gott vertrauen und vergeben sollte, grollte.

Wie viele Andeutungen und Gerüchte über diesen Abt geisterten durchs Kloster. Anselm hatte sich zusammengereimt, was einst geschehen war. Furchtbare Dinge: Im Bereich des Eingangs zum Scriptorium war vor vielen Jahren eine junge Frau eingemauert worden. Hatte ihn an dieser Stelle nicht ständig ein unerklärliches, heftiges Unbehagen gepackt?

Anselm war wütend. Warum war dieser Johannes Burrus zu Lebzeiten nicht zur Rechenschaft gezogen worden? Ihm war die Gnade zuteilgeworden, sich in sich selbst zu vergessen. Anselm konnte dem toten Abt nicht vergeben. Wieder hegte er ungeheuerliche Gedanken gegen Gott, den Herrn und Schöpfer.

Im Kreuzgang stand Anselm vor der neuesten Grabplatte aus rotem Sandstein im Boden. Er las die gemeißelte Umschrift zwischen den Linien:

»Anno domini MDXXI. Xi kalendas decembris obiit reverendus in christo pater ac dominus Dominus Joannes Burrus ex Bretheim precipuus religionis amator et cultor Abbas huius monasterij benemeritus Cuius anima requiescat in pace.«

»Im Jahre des Herrn 1521, am 11. vor den Kalenden des Dezember starb in Christus der verehrungswürdige Vater und Herr, Herr Johannes Burrus von Bretten, vorzüglicher Freund und Verehrer des Glaubens, hochverdienter Abt dieses Klosters. Seine Seele möge ruhen in Frieden.«

Was für eine Heuchelei! Anselm sank auf die Knie. Wirre Gedanken rasten ihm durch den Kopf. Wozu waren die Menschen nur fähig? Warum ließ Gott das zu? Was sollte er, ein unbedeutender Mönch im Kloster Maulbronn tun?

Anselm ging es schlecht. Er aß kaum, schien den anderen völlig abwesend. An erholsamen Schlaf war nicht zu denken. »Was ist mit dir, Anselm?«, fragte Raimund eines

Tages. Auch sein Freund Ingbert hatte ein ums andere Mal nachgefragt. Anselm blieb stumm. Er konnte seine innere Verzweiflung nicht in Worte fassen. Körperlich abgemagert, mit tiefen dunkeln Ringen um die Augen sah man ihn rastlos durch die Gänge wandeln. Während der Gottesdienste schien er abwesend.

»Bald feiern wir die Geburt Jesu Christi«, erinnerte der Prior bei einer der nächsten Kapitelversammlungen. Das Kloster hatte man bereits mit Tannengrün geschmückt, und die Fastenzeit war angebrochen.

»Doch«, ermahnte er den Konvent, »habt Ihr alle zunächst die Aufgabe, einen neuen Abt zu bestimmen und ins Amt zu wählen.« Es zählte zu seinen Pflichten, die Suche nach einem geeigneten Nachfolger für Abt Burrus voranzubringen.

Anselm nahm kaum mehr Notiz von diesen äußerlichen Dingen. Als letzten Ausweg wählte er die Beichte bei Bruder Raimund. Der Geistliche hörte ihm geduldig zu. Anselm musste sich eingestehen, dass er einen Verstorbenen Ordensbruder hasste. Fürchterliche Gewissensbisse plagten ihn außerdem, weil er, der helfen konnte, sein Kloster im Stich ließ. Raimund half ihm qua Amt in seiner Not.

Nach der Beichte erteilte der Bursarius seinem Freund einen Rat: »Bete zur Muttergottes. Besuche sie in der Kirche. Schon einmal hat sie deinen Leib gerettet. Sie wird sich auch deiner Seele annehmen.«

Anselm grübelte. Er fand keinen Schlaf. Mit den anderen erhob er sich bei Nacht zur Matutin. Er reihte sich ein und schritt hinunter zur Kirche. Der Chor lag im Dunkeln. Mond und Sterne schickten nur einen fahlen Schein durch die Fenster. Anselm betete mit Inbrunst, und als sich der Gesang der Mönche erhob, erschauerte er: ein Zeichen! Das Mondlicht ließ die Marienfigur erstrahlen.

Vom Prior erhielt er im Anschluss an das Stundengebet die ausnahmsweise Erlaubnis, weiter in der Kirche beten zu dürfen. Als er allein vor der Madonna kniete und die Hände vor der Stirn zum Gebet faltete, fand er Ruhe. »Heilige Muttergottes, hilf!«, flehte er und hoffte auf Antwort. Allein, sie wurde ihm nicht zuteil. Ermattet schlich er in seine Zelle. Hin und her wälzte er sich auf seinem Bett, starrte zur Decke. Er wusste nicht, ob er wach war oder schlief. Vor seinen Augen tauchte die Madonnenfigur auf. Langsam drehte sie sich, zeigte sich ihm von hinten. Hell leuchtete das kleine Schublädchen in ihrem Inneren auf. Anselm fuhr hoch. Die Madonna war verschwunden.

Am folgenden Morgen, in der Stille zwischen Laudes und Terz, schlich er sich zurück in den Kreuzgang. Durch den vorderen Türausschnitt huschte Anselm in die Kirche. Auf Zehenspitzen erreichte er den Chorraum. Sein Herz schlug bis zum Hals. Leise nahm er die zwei Sandsteinstufen zur Apsis, lauschte. War da ein Geräusch? Dann stand er vor der Madonna. Sie hielt das Jesuskind auf dem Arm – und lächelte. Anselm ging um sie herum. Vorsichtig zog er das Schublädchen heraus. Das Scharren des Holzes ließ ihn zusammenzucken. Dann erkannte er es …

Kapitel 19

Kloster Maulbronn, anno domini 1522

»Was kann ich zur Rettung unseres Klosters beitragen?« Als die Ordensbrüder das Refektorium verließen, passte Bruder Anselm seine Freunde ab. Er sah in die freudigen Gesichter von Bruder Raimund und Bruder Ingbert.

»Eine gute Entscheidung«, lobte Raimund, »kommt, lasst uns im Weinberg spazieren gehen.«

»Hast uns lange darauf warten lassen«, lachte Ingbert, als sie das Kloster verließen. Oben, zwischen den Rebstöcken, kam der Bursarius sogleich auf den Punkt: »Wie du dir denken kannst, haben wir einen Plan ins Auge gefasst, zu dem wir dich brauchen. Und etwas, das sich vermutlich in deinem Besitz befindet.«

Er setzte einen verschwörerischen Blick auf.

Anselm verstand. »Warum denkt ihr, dass ich das habe, was wir brauchen?«

»Ach Anselm, lieber Freund, ich kenne dich, seit du ein kleiner Junge warst. Und es würde mich überaus wundern, wenn du vor einiger Zeit nicht erkannt hättest, von welcher Bedeutung die Entdeckung eines gewissen Herrn hier im Kloster war.«

Anselm grinste.

»Natürlich wollen wir gar nicht wissen, wie du damals an die, sagen wir, Information kamst. Doch dass du sie hast, dessen sind wir sicher«, bekräftigte Bruder Ingbert.

Als sie einen gemeinsamen Plan ausgearbeitet hatten,

ersuchten sie um eine Unterredung beim neuen Abt des Klosters. Noch im vorigen Jahr war Johannes von Lienzingen vom Konvent zum Nachfolger des verstorbenen Burrus gewählt worden. Ihm war ein tadelloser Ruf vorausgeeilt, man bezeichnete ihn als ruhig und intelligent, als bibelfesten Realisten.

»Ihr batet um ein Gespräch mit eurem Abt?«, fragte Johannes von Lienzingen, als sie an dem breiten Tisch in der Mitte seines Amtszimmers Platz genommen hatten. Der Abt war mittleren Alters, von kräftiger Statur, und der Haarkranz um seine Tonsur braun und glatt. Seine graugrünen Augen wirkten wach, Nase, Wangen und Kinn waren ebenmäßig. Der Mann schien ein offener, wohlwollender Charakter zu sein.

Anselm fühlte sich gut in seiner Gegenwart. Die Einrichtung der Amtsstube erinnerte ihn an die von Bruder Raimund. Nur war diese hier um einiges größer und repräsentativer ausgestaltet. Er fand den Raum insgesamt gediegen, aber im Unterschied zur Zeit seiner Vorgänger nicht protzig.

Der Cellerar, der von den dreien im höchsten Rang stand, begann respektvoll: »Ehrwürdigster Vater Abt, zunächst danken wir Euch, dass Ihr uns Euer Gehör schenken wollt.«

Der Abt schien fast amüsiert und beschied diese Einleitung mit einer wegwerfenden Handbewegung. »Sprecht ohne lange Umschweife, Bruder Cellerar«, entgegnete er, »worum geht es?«

Ermutigt von dieser Gesprächseröffnung, erläuterten der Cellerar und der Bursarius ihrem Klostervorsteher gerade heraus die Situation. Sie mündeten in der Feststellung, dass sich das Kloster wirtschaftlich verbessern und gegen äußere Feinde geschützt werden müsse.

Offensichtlich hatte Abt Johannes eine rasche Auffassungsgabe. Er zeigte sich als strategischer Kopf: »Gut, ihr wollt also zwei, oder besser sogar drei Fliegen mit einer

Klappe schlagen: Dem Kloster Einnahmen verschaffen, es verteidigungsfähig machen und hohe Herren dafür gewinnen, ihre schützende Hand über unsere Abtei zu halten. Richtig?«, fragte er nach einer kurzen Pause und legte, die Ellbogen auf die Tischplatte gestützt, die Fingerspitzen zusammen.

»Ganz recht«, nickten Bruder Raimund und Bruder Ingbert. Beeindruckt von der geistigen Präsenz ihres Abtes, waren sie erleichtert. Sie zweifelten nicht daran, dass dieser Johannes von Lienzingen der Richtige für ihr Vorhaben war. Am Ende sollte er das Schießpulver, das sie herzustellen gedachten, an die entsprechenden Herren verkaufen. Es war bekannt, dass der Lienzinger über ausgezeichnete Kontakte verfügte. Schließlich hatte er bereits als württembergischer Abgeordneter am Landtag in Ensisheim im Elsass teilgenommen. Und er war es gewesen, der als erklärter Anhänger der österreichischen Habsburger im Namen der Geistlichkeit Württembergs die Begrüßungsrede für den Erzherzog Ferdinand bei dessen feierlichem Einzug in Stuttgart hielt; für jenen Ferdinand übrigens, der allen Anhängern Luthers, der vor Kurzem die Bibel ins Deutsche übersetzt hatte, ernste Strafen androhte.

»Dass der Cellerar und der Bursarius des Klosters die richtigen für so eine Unternehmung sind, erschließt sich für mich sofort«, sagte der Abt. »Doch müsst Ihr die Frage gestatten, warum Ihr einen jungen Mönch ohne Amt dabeihabt?«

Selbstbewusst hielt Bruder Anselm dem Blick des Abtes stand. Seinen Freunden wurde erst jetzt bewusst, dass sie Anselm weder vorgestellt, noch bei ihren Ausführungen erwähnt hatten.

»Lasst unseren Bruder für sich selbst sprechen«, beschied der Abt. Er lehnte sich im Stuhl zurück und schien aufrichtig interessiert.

»Mein Name ist Anselm, Bruder Anselm von Dürrmenz-Lomersheim. Dürrmenz, weil meine Mutter dort im Schloss zur Welt kam, Lomersheim, weil wir Nachfahren des Klosterstifters Walther von Lomersheim sind.«

Der Körper des Abtes spannte sich. Raimund und Ingbert starrten ihren Freund an. Abt Johannes klatschte in die Hände. »Oho, mir scheint, wir erfahren hier etwas wirklich Neues und Interessantes. Schenke er nach«, wies er den Bruder Mundschenk an. Erneut hatte der Abt schnell kombiniert. Für den Moment interessierte ihn Anselms Geschichte offensichtlich nicht weiter. Dafür kam er auf den entscheidenden Punkt zu sprechen: »Ich nehme an, ihr drei habt einen gemeinsamen Plan, und den jungen Bruder mit besonderer Herkunft braucht ihr für irgendetwas Spezielles.«

»So verhält es sich, Vater Abt«, bestätigte der Cellerar. Weil Johannes von Lienzingen nicht weiter nachhakte, nahm sich Bruder Raimund heraus zu schlussfolgern: »Ihr wollt unseren Plan nicht erfahren?«

»Nein. Erspart mir weitere Details. Doch sagt mir, was genau ihr zum Wohle unseres Klosters von mir bräuchtet.«

Es oblag Anselm, die Antwort von einem vorbereiteten Papierstück vorzulesen: »Drei Dinge sind es, die wir benötigen: Erstens Euer Vertrauen, ehrwürdigster Vater, dass wir klösterliches Vermögen einsetzen, um den Besitz am Ende zu mehren. Zweitens Eure Erlaubnis, in nächster Zeit weniger Sorgfalt auf die Einhaltung der Stundengebete und anderer gottgefälligen Aufgaben zu legen. Drittens erhoffen wird, dass Ihr, Vater Abt, die Umsetzung der Angelegenheit kraft Eures Amtes nach außen hin vertreten werdet.«

»Wie ich sehe, seid ihr gut vorbereitet zu mir gekommen«, freute sich der Abt. Er erhob sich, und mit seinem umgehängten goldenen Kreuz zwischen den Fingern sprach er: »Ich gebe Euch meine Zustimmung und meinen Segen.«

Abt Johannes von Lienzingen küsste das Kreuz. Seine Besucher erhoben sich. Mit einem Freibrief ihres Abtes verließen sie das Amtszimmer.

Draußen bestürmten Raimund und Ingbert ihren Freund mit Fragen: Wie er von seiner Herkunft erfahren habe, seit wann er seine Geschichte kenne, was er sonst noch über sich wisse.

Anselm gab sich zugeknöpft. Er zog seine Kutte am Hals enger und versteckte die Hände in den Ärmeln. »Gerne werde ich euch berichten. Aber später. Zunächst muss ich alles in mir selbst zur Ruhe bringen.«

Obwohl ihre Neugier groß war, zeigten Raimund und Ingbert Verständnis.

Dann, eines Morgens im Kapitelsaal, erhob sich Abt Johannes von Lienzingen mit ernster, den Zuckungen um seinen Mund zu urteilen, mit erschütterter Miene. Nach den Lesungen und Gebeten stand er in der Mitte, um ihn herum saßen die Herrenmönche auf den Bänken entlang der Wände. »Bruder Valentin Wannenmacher aus Beilstein, der sich Valentin Vannius nennt, legte gestern seine Ordenskutte ab.«

Die Nachricht des Obersten schlug ein wie eine Kanonenkugel.

»Siletium, Brüder, bewahrt Ruhe.«

Der Abt hatte die Arme in die Luft gestreckt und fuhr fort: »Eigenmächtig verließ dieser Valentin, der so lange unter Euch weilte, unsere zisterziensische Gemeinschaft und das Kloster. Um es kurz zu sagen: Der Schwache erlag dem ketzerischen Ruf der Lutheraner.«

Man konnte eine Nadel fallen hören.

Der erste Konventuale von Maulbronn, der das Kloster verlässt, dachte Anselm. Er war besorgt. Und er fühlte sich bestärkt in seinem Entschluss, Maulbronn vor den Schergen Luzifers und dem murrenden Bauernvolk zu schützen.

Am liebsten wäre Anselm hinausgestürmt, um sich in die anstehenden Aufgaben zur Umsetzung ihres Planes zu stürzen.

Doch Abt Johannes war noch nicht fertig.

»Unsere Widersacher richten sich also gegen unsere Heilige Mutter Kirche, gegen die göttliche Ordnung der Menschen und gegen uns Mönche und Klöster. Und ihre ketzerische Saat geht bereits innerhalb unserer Mauern auf.«

Er reckte den Zeigefinger.

»Weil ich das kommen sah, habe ich bereits erste Schritte zu unser aller Schutz eingeleitet.« Der erfahrene Klostermönch und Abt wusste, dass es besser war, den Menschen Wahrheiten mitzuteilen und sie für seine Ideen zu gewinnen, statt Gerüchte aufkommen zu lassen, die nicht selten zu Widerstand führten.

»Unser Cellerar, Ingbert von Speyer, unser Bursarius, Raimund von Hagenau und Bruder Anselm von Dürrmenz-Lomersheim werden geeignete Mittel ergreifen, um unsere Abtei dauerhaft im Lichte des Herrn erscheinen zu lassen!« Den letzten Satz hatte er, gar nicht so, wie es einem Abt geziemte, laut, ja mit großem Pathos hinausgerufen.

Damit fand er großen Zuspruch bei seinen Konventualen. »Wir alle sollten unsere Mitbrüder unterstützen, der Herr sei mit uns«, schloss der Abt die Morgenversammlung.

Den drei Freunden war klar, dass es richtig war vom Abt, ihr Vorhaben als seines darzustellen. Damit hatten sie wirklich freie Hand und den Rücken frei.

Wer sollte sich jetzt noch gegen ihren Plan stellen, über dessen Inhalt der Abt übrigens nichts preisgegeben hatte.

Das Erste, dessen man gewahr wurde, waren die Rauchsäulen, die überall rund um das Kloster aufstiegen. In den Wäldern oberhalb glommen die Meiler der Köhler, die den

Auftrag bekommen hatten, Holzkohle in großen Mengen herzustellen. Man profitierte jetzt davon, dass Abt Entenfuß vor Jahren ganze Waldareale oben bei den Wassergräben mit Faulbäumen anpflanzen ließ. Sie lieferten das beste Holz für Holzkohle zur Schwarzpulverproduktion.

Den Blicken der Brüder eher verborgen, setzten die Untergebenen des Cellerars dessen Anweisungen oben an der Handelsstraße um. Die im Umgang mit den Händlern geübten Mönche machten diejenigen aus, die Schwefel aus Italien heraufbeförderten. Ganze Wagenladungen kauften sie ihnen ab, und fuhren sie über den Waldweg hinunter in den Klosterhof. Lediglich eine Handvoll Eingeweihter wussten um Kauf und Einlagerung von Schwefel in einer versteckten Ecke des riesigen Fruchtkastens.

Dann kamen die Salpetersieder. Von weit her waren sie gerufen worden, um im Auftrag des Klosters ihrem Handwerk nachzugehen. Die Bauern in den klösterlichen Dörfern standen den nicht Sesshaften abwehrend, bisweilen feindselig entgegen. Zu rigoros kratzten die Saliterer, wie sie auch genannt wurden, oft den Salpeter von den Wänden und Böden ihrer Ställe und Häuser. Von den jeweiligen Landesherren wurden sie damit beauftragt, und um ihr Geschäft gut zu machen, mussten sie Steine aus Mauern brechen und Fußböden aufreißen. Aus den salzhaltigen Materialien, die sie auf diese Weise sammelten, gewannen sie durch Sieden wertvollen Salpeter.

»Wir selbst wiegeln die Bauern gegen uns auf, wenn wir zu viele Salpetersieder in ihre Dörfer schicken«, musste Raimund eines Tages einsehen. Anselm und Ingbert, die mit ihm am nordöstlichen Torturm des Klosters standen, stimmten zu.

»Ich habe eine Idee«, sagte Anselm, und ein Leuchten huschte über sein Gesicht. Vor einiger Zeit sei ihm eine Anleitung zur Salpeterherstellung in die Hände gefallen. »Da ging es nicht um das Abkratzen von Salpeter, sondern um Salpetergruben«, erklärte er. Im nächsten Augenblick schürzte er seine Kutte und lief in den Klosterhof.

Am folgenden Tag, nach dem Essen im Refektorium, ließ Anselm die Brüder ungeduldig an sich vorbei zur Mittagsruhe ziehen. Er forderte seine Freunde auf, ihm in den Graben zu folgen.

»Gerne«, sagte Ingbert und verzog amüsiert den Mund.

»Er wird aktiv, unser junger Freund«, flüsterte Raimund.

Unten angekommen, zog Anselm eine kleine Handschrift aus seinem Habit, die bereits vor Jahrzehnten in Konstanz niedergeschrieben worden war. »Hört mir zu«, bat Anselm: »Grabe eine Grube, tief wie zwei Männer aufeinander hoch sind. Bedecke den Boden zwei Finger dick mit gebranntem Kalk, bereite darüber eine Schicht aus Stroh und kalkreicher Erde, dick wie ein Schuh. Sodann lass erneut zwei Finger Kalk folgen und nochmals Stroh und Erde. Gieße dann drei Wochen lang täglich Jauche darauf, dann kannst du Salpeter davon sieden und die Grube wieder beschicken.«

Raimund und Ingbert waren angetan. »Mir will scheinen, unser junger Bruder kennt sich gut aus in Handwerk und Wissenschaften«, spottete der Bursarius. Wie lange ging es zwischen den beiden schon um das Verhältnis von Glauben und Wissen, von Theologie und praktischen Anwendungen?

Anselm reagierte nicht auf die Anspielung. Ingbert rupfte einen Stängel Gras ab und schob ihn zwischen die Zähne. Er erinnerte sich, wie er bei einer seiner Visitationen im klösterlichen Pfleghof in Cannstatt ganz nebenbei mitbekommen hatte, dass ein paar Salpetersieder über sogenannte Salpetergärten und -beete sprachen. Diesen gaben sie eindeutig den Vorzug vor Salpetergruben.

»Wie wäre es, wenn wir einen Salpetersieder aus Cannstatt, der sich auf dieses Handwerk versteht, zu uns riefen?«, fragte Anselm.

Diesmal war es der Cellerar Ingbert, der die Füße in die Hand nahm und in Richtung seiner Amtsstube stürzte.

Kapitel 20

Kloster Maulbronn

Im Laufe des Jahres waren im Gebiet unterhalb des Klosters weitläufige Areale mit lang gestreckten, hüfthohen Anhäufungen entstanden. Diese lagen streng parallel zueinander. Kundige Salpetersieder hatten sie angelegt, indem sie kalkhaltige Erde vermischt mit Asche, Kompost, Tierdung und Kadaverresten aufschütteten. Die Salpeterbeete stanken zum Himmel. Während sie die Haufen mit Jauche oder Pisse feucht hielten, hielten sich die Männer nasse Lappen vor Mund und Nase. Ein unerträglicher Gestank verbreitete sich, wenn die Beete von Zeit zu Zeit umgegraben und mit Jauche übergossen wurden. Das sollte den Prozess von der Kalkerde zum Salpeter beschleunigen. Dennoch dauerte es Monate.

Währenddessen waren Baumeister und Steinmetze der Zisterzienser im östlichen Klostergraben zugange. Schon stand ein mächtiges Fundament für einen steinernen Turm. In den Außenbereichen des Klosters, in den Weinbergen und Steinbrüchen sammelte man große Mengen von alten Mauersteinen, um ein rundes Bollwerk hochzuziehen.

Cellerar Ingbert erklärte Abt Johannes vor Ort, was es damit auf sich hatte. Der Oberste wusste inzwischen weitgehend Bescheid über den Plan, den seine drei Klosterretter verfolgten. Die beiden standen an der östlichen Verteidigungsmauer neben dem Pfründhaus und blickten in den Graben.

»Seht, ehrwürdiger Vater«, begann Bruder Ingbert, »wir sind dabei, eine Pulvermühle zu errichten.« Diese würde in Form eines Rundturms ausgeführt, wie es in früheren Zeiten üblich gewesen war zu bauen. Darin würde ein schwerer Mahlstein im Kreis rollen, angetrieben von einem Mühlrad, dessen Antriebswasser sich über eine Rinne aus dem Tiefen See oberhalb speisen würde. Er versicherte seinem Abt, dass der Turm wegen der latenten Explosionsgefahr solcher Pulvermühlen dicke Wände bekommen würde. Zum Kloster hin, das unbedingt geschützt werden müsse, bekäme er nur einzelne schmale Sichtschlitze.

Wortlos drückte der Abt sein Wohlgefallen aus.

»Wann werdet ihr soweit sein?«, fragte er beim Gehen.

»Bald«, antwortete der Cellerar.

Anselm hielt sich viel in der Bibliothek auf, wo man ihm eine Studierstube eingerichtet hatte. »Benötigst du auch ein Labor, vielleicht oben im Südostturm«, hatte Bruder Raimund gefrotzelt. Dann, eines Mittags, fragte er seinen Freund ernsthaft: »Anselm, du bist im Besitz der Formel für das beste aller Schießpulver, nicht?«

Anselm schaute von seinem Pult auf und blinzelte ins Sonnenlicht, das auf der Südseite hereinfiel. »Ja«, bestätigte er knapp.

»Wird es dir schwerfallen, die Vorgaben in die Tat umzusetzen?«, wollte sein Freund wissen.

»Finis justificat modo.«

Der Bursarius konnte nicht den kleinsten Anflug von Unsicherheit heraushören. »Ja, der Zweck heiligt die Mittel«, wiederholte er. »So ließ es Johann Entenfuß von Unteröwisheim damals an seinem Abtshaus in Stein verewigen.«

Gleichgültig zuckte Anselm mit den Schultern: »Wir befinden uns ja auch auf dem Weg, seine Idee in die Tat umzusetzen.«

Vor einigen Tagen war es an der Zeit gewesen, dass Bruder Anselm in seine Kammer ging und den Zettel hervorzog, den er hier gut versteckt hatte. Darauf war die Formel zur Herstellung von Schießpulver notiert, die er vor Faustens Tod in dessen Schrank im Turmzimmer entdeckt hatte.

Gegen Ende des Jahres rollten unterschiedlichste Karren und Kutschen ins Kloster. Da waren die schwer mit Schwefel und die mit großen Mengen Holzkohle beladenen. Die Fuhrleute überquerten die Brücke, fuhren in den Wirtschaftshof des Klosters und machten Halt vor dem Fruchtkasten. Laienmönche und Arbeiter des Klosters strömten heraus und entluden die Wagen. Auf der Südostseite, beim Turm des Doktor Faustus, hatte man eine weitere Durchfahrt geschaffen. Damit die breiten Ochsenwagen durchpassten, waren Teile der Mauern abgerissen worden.

Erst als Anselm erstmals gesehen hatte, dass an diesen Wagen eine schwarze Fahne flatterte, war er sich über die Gefahr bewusst geworden, die von ihnen ausgehen musste. Vom Turm aus hatte er sie beobachtet und in den Büchern nachgelesen: »Egal in welcher Form, Säcke voll gemahlenem Salpeter bergen große Gefahr. Die Gefahr des Feuers nämlich, das jederzeit mit enormer Wucht ausbrechen kann.«

Er erinnerte sich nicht daran, dass Johann Georg Faust über die Brennbarkeit des Salpeters gesprochen hätte. Doch stand ihm dessen Ende so klar vor Augen, als sei es gestern gewesen. Seither wusste er, wie gefährlich Schwarzpulver war. Dass auch dessen Hauptbestandteil für sich feuergefährlich war, erfuhr er jetzt.

Die andere Art von Wagen waren Kutschen, die ratternd durch die Klosterhöfe fuhren. Gezogen meist von edlen Pferden, und begleitet von bewaffneten Reitern und Fußvolk. Sie fuhren nach hinten zum Abts- und Gästehaus, und es entstiegen ihnen vornehme Herren. Darunter Äbte und Bischöfe, Grafen und Herzöge.

»Siehst du diesen da?«, hatte Bruder Raimund ihn neulich auf einen Gast des Abtes aufmerksam gemacht. Er bekam ein Treppchen an die Tür der Kutsche gestellt und trug Kleider aus golddurchwirktem Brokat, umschlungen von einem Gürtel, der mit Edelsteinen besetzt war. »Der Gesandte eines Königs oder sogar des Kaisers«, mutmaßte Raimund. Sie zogen sich von dem Fenster im oberen Stock zurück und stellten zufrieden fest, dass Abt Johannes Wort gehalten hatte. Je näher es auf die Herstellung des Schwarzpulvers zuging, desto genauer lotete er die Verkäuflichkeit des schwarzen Goldes aus.

Beim nächsten Treffen zu dritt konnten sie kaum glauben, dass der Großteil ihrer Brüder offenbar kaum Notiz von den Vorgängen im und um das Kloster herum nahm. Ihnen schien es zu genügen, in der Klausur in der Obhut des Klosters zu leben und von ihrem Abt versichert zu bekommen, dass der Gemeinschaft der Konventualen nichts passieren würde.

»Bruder, Abt Johannes schickt nach dir«, sagte der junge Mönch. Auch das noch, dachte Anselm, was will der Vater Abt denn schon wieder? Wie seit einiger Zeit üblich, hielt er sich im Graben beim Turmbau auf. Die Brüder Raimund und Ingbert waren nicht zugegen. Immer öfter überließen sie die Aufgaben rund um die Schwarzpulverangelegenheit ihrem jungen Freund. Weil sie nach eigenen Worten der Erfüllung ihrer jeweiligen Amtspflichten kaum nachkamen.

»Ich komme«, bestätigte Anselm und folgten dem Jungmönch in den nahen Abtshof. Sogleich geleitete man ihn in den Gästesaal des Abtes. Beim Eintreten konnte Anselm neben dem Abt zwei Gäste ausmachen; ihrer Kleidung nach zu urteilen, hochgestellte Herren.

Man grüßte sich zurückhaltend, und Anselm bekam einen Platz am Tisch des Abtes angeboten. Fast schon hatte er sich daran gewöhnt, innerhalb der Klostermauern inzwischen in den höchsten Kreisen zu verkehren. Raimund und Ingbert hatten ihn gelehrt, sich beim Reden und Essen standesgemäß zu verhalten.

Anselm schaute auf die freien Stühle und fragte sich, wo die beiden blieben. Bestimmt war auch nach ihnen geschickt worden. »Der Cellerar und der Bursarius sind verhindert«, erklärte der Abt, dem Anselms suchender Blick nicht entgangen war. Die Erklärung galt auch den beiden Gästen, die sicher davon ausgegangen waren, dass die beiden hochrangigen Würdenträger des Klosters an der Unterredung teilnehmen würden.

Der Abt ließ Wein und Essen auffahren. Auch an den üppigen kulinarischen Köstlichkeiten nahm Anselm weniger Anstoß als früher. Er war gespannt, worum es heute gehen würde.

Als Vertreter des Trierer Richard von Greiffenklau zu Vollrads, Kurfürst und Erzbischof von Trier, zu seiner Rechten sowie als Gesandten des Heidelberger Pfalzgrafen und Kurfürsten Ludwig V. zu seiner Linken stellte der Abt die hochrangigen Gäste vor. Anselm saß dem Gastgeber gegenüber. Eine besondere Ehre für den titellosen Mönch.

»Dunkle Wolken ziehen herauf«, eröffnete Abt Johannes sodann bedeutungsschwer. Das gelte im Großen, weit weg von Maulbronn, als auch im Kleinen, nicht allzu weit entfernt.

Anselm fragte sich, wohin diese Einlassung führen würde.

Mit bestürzter Miene teilte der Abt mit, dass die Welt in Gefahr war, weil die Osmanen die Stadt Rhodos im östlichen Meer belagerten. »Mit ihrem Blut verteidigen die Ordensbrüder der Johanniter die Mauern«, rief der Abt aufgebracht,

»doch Sultan Süleyman ist dabei, diese letzte Bastion des christlichen Glaubens im Morgenland in Schutt und Asche zu schießen.«

Ungläubig griff Anselm nach seinem Weinglas.

Der Abt kam auf die nähere Umgebung zu sprechen. »In der Freien Reichsstadt Esslingen, so berichtete man mir, wurden in einer Predigt die Irrlehren Martin Luthers verbreitet.« Der Abt schüttelte den Kopf, und Anselm musste schlucken. So nah waren die Feinde der Kirche bereits? Es war nicht die letzte Hiobsbotschaft des Abends.

»Ritter Ulrich von Hutten«, ergriff der Pfälzer vom Heidelberger Hof das Wort, »der mit seinen Dunkelmännerbriefen aus Hagenau auch diesen Pforzheimer Aufrührer Reuchlin bis zu dessen Tod vor Kurzem verteidigte ... Er ruft nun offen zum Pfaffenkrieg, wie er es nennt, auf!«

Anselm erschrak.

Ja, man hatte sich auf Empfehlung seiner Freunde bereits drangemacht, das Kloster zu schützen. Doch dass sich die Dinge draußen schon so bedrohlich entwickelten, war ihm bis dato nicht bewusst. »Mit dem Schwert in der Hand will von Hutten gegen die ungeistlichen Geistlichen ziehen, sagt er. Und er hat manchem bereits den Fehdehandschuh hingeworfen und halsbrecherische Angriffe ausgeführt.«

Was es mit diesen dunklen Briefen auf sich hatte, verstand Anselm nicht. Dagegen hallten die Worte »Pfaffenkrieg« und »Fehde« beängstigend in ihm nach. Kaum mehr mochte er anhören, was der bischöfliche Vertreter aus Trier zu ergänzen hatte: »Kommen wir zu Franz von Sickingen, der sich einen ehrbaren Ritter nennt, aber eher als Raubritter und gewalttätiger Raufbold zu bezeichnen ist.«

Schmerzvoll erinnerte sich Anselm daran, wie schändlich der berühmte Söldnerführer vor wenigen Jahren das Kloster Maulbronn erpresst und ein Vermögen davongetragen hatte.

Mittlerweile war er zum Anführer einer brüderlichen Reichsritterschaft gewählt worden, zu der sich der schwäbische, der fränkische und der rheinländische Ritterkreis zusammengeschlossen hatten. Der Kraichgau zwischen Neckar und Enzland war seine Hochburg.

»Wir wissen aus sicherer Quelle, dass der Sickinger plant, meinem Kurfürsten und Erzbischof in Trier alsbald den Fehdebrief zu überreichen und die Stadt zu stürmen.«

In seiner Sorge dachte Anselm nicht nach und erlaubte sich, beim bischöflichen Vertreter direkt nachzufragen: »Verehrter Herr, sagt uns, was diese sogenannte Ritterschaft genau vorhat, und was das für unsere Klöster heißt.«

Mit einer feinen Geste bedeutete der Abt, seinem aufgebrachten Mönch die Frage zu gestatten. Er war selbst gespannt, wie seine Gäste die Angelegenheit einschätzten. Übereinstimmend gingen sie davon aus, dass die Ritterschaft, gestützt auf Luthers Lehren, sich im Recht fühlten, sich gegen vermeintlich ungerechte Obrigkeiten zu erheben. Dabei spekulierten sie insbesondere auf kirchliche und klösterliche Besitztümer, derer sie im Zuge einer »Erneuerung der Kirche« habhaft werden wollten.

»Bruder Anselm«, folgerte Abt Johannes, »ich denke, wir haben keine Zeit zu verlieren. Wir brauchen das Pulver!«

Die Gäste, die offenbar im Bilde waren, nickten nachdrücklich.

Unweigerlich zog Anselm den Kopf ein. Der Vorsteher hatte ihm eine schwere Bürde aufgeladen. Zwei große Männer des Reiches setzten auf ihn. Weil seine Freunde einfach nicht die Zeit fanden, sich ebenso wie er in das Pulvermachen einzubringen, spürte er die Verantwortung als große Last allein auf seinem Rücken.

Würde er ihr gerecht werden können? Leichte Zweifel machten sich in ihm breit.

Anselm schlief unruhig in dieser Nacht. Die Dunkelheit flößte ihm Unsicherheit ein. Hatten die Menschen ihm diese schwierige Aufgabe gestellt? »Herr, bist du es, der mir diese Prüfung auferlegt?«, betete er zu Gott. Außer dem leisen Schnarchen der Brüder in ihren Zellen war kein Laut zu hören. Anselm war allein mit sich und seinen Fragen. Das Morgengrauen machte ihm Mut. Und als das erste Sonnenlicht in seine Kammer fiel, war er gewillt, die Aufgabe des Pulvermachens anzupacken. Er erinnerte sich an den frommen Wunsch, den ein Bruder einst äußerte: Herr, ich will keinen leichten Rucksack, sondern einen starken Rücken!

Anselm erhob sich, und nach dem Waschen und Ankleiden ließ er sich in der Küche etwas Brot, Käse und Trauben geben. Er aß auf dem Weg zur Pulvermühle. Für den Morgengottesdienst blieb keine Zeit.

Von Doktor Faustus hatte Anselm die Formel zum Pulvermachen. Zu Bau und Betrieb einer Pulvermühle hatte er Schriften studiert, die er sich besorgen ließ. Der Handwerker bediente er sich mit Zustimmung des Abtes aus der Klosterwirtschaft. Bereits jetzt am frühen Morgen wimmelte es im Graben nur so. Steinmetze, Zimmerleute, Schreiner, Schmiede, Küfer und andere Handwerker arbeiteten an unterschiedlichsten Dingen: Wasserrad und Wasserrinnen, lange Holzwellen, Zahnräder, Mahlsteine und vieles mehr wurden für eine funktionierende Pulvermühle gebraucht. Für deren Ausstattung und richtige Montage hatte Anselm zwei berühmte Pulvermacher aus der Schweiz kommen lassen. Wenn sich Bruder Raimund oder Bruder Ingbert einmal hier sehen ließen, zeigten sie sich beeindruckt. »Bruder Anselm, du bist ein heller Kopf – und ein Organisationstalent«, hatte der Bursarius festgestellt. Das »weiter so, junger Freund« von Ingbert konnte Anselm nicht als reinen Zuspruch auffassen. Würdet ihr mich mehr unterstützen, dachte er bei sich, dann würde es vielleicht besser laufen – und ich hätte weniger Sorgen.

Denn seit man mit dem Pulvermachen begonnen hatte, gab es Probleme. Zwar rollten die vom Wasser des Tiefen Sees angetriebenen Mahlsteine in den Mahltrögen, doch die Ergebnisse waren nicht zufriedenstellend. Viele Male bereits hatten Anselm und seine Gehilfen die angefeuchtete Pulvermischung nach dem Mahlen in Kuchen gepresst, anschließend wieder zerkleinert und zu gleichen Korngrößen gesiebt. »So wird das gemacht«, hatten ihm die Schweizer ein ums andere Mal versichert. Auch heute entnahmen sie kleinere Mengen Pulver und stiegen am Tiefen See vorbei hinauf zum Binsensee. Sie wollten das Pulver ausprobieren.

Obwohl Anselm hören konnte, wie ab und an ihre Büchsen krachten und die kleine Versuchskanone donnerte, kamen die Pulvermacher enttäuscht zurück.

»Die Qualität reicht einfach nicht aus«, meinte der eine. Der andere betonte, dass sie so etwas bislang nicht erlebt hatten.

»Zum Teufel, woran liegt es denn?«, schrie Anselm und biss sich sogleich auf die Zunge. Seine Nerven lagen blank. Am Mischungsverhältnis 75 : 15 : 10 gab es doch keinen Zweifel, auch nicht an den kleinen Zusatzstoffen, die der Knittlinger für besondere Sprengkraft gefunden hatte. Waren Salpeter, Holzkohle, oder Schwefel von minderer Qualität? Das konnte doch nicht sein. Für jeden einzelnen Stoff hatte er die besten Leute in Diensten.

Spät am Abend, die Dämmerung war bereits aufgezogen, ging Anselm hinunter zur Pulvermühle. Arbeiter fanden den Mönch am nächsten Morgen am Boden schlafend zwischen Säcken und Mahlwerken. Er träumte, dass man das weithin gerühmte »Maulbronner Pulver« an Fürsten und Bischöfe, ja an Könige und sogar den Kaiser und den Papst verkaufte.

Die Söldner zur Verteidigung des Klosters besaßen Schießpulver im Überfluss. Sollten Bauern, Ritter und gewalttätige Lutheraner nur kommen: Am Kloster Maulbronn würden sie sich die Zähne ausbeißen!

Anselm erwachte. Mühsam stand er vom Boden auf und fand sich in der harten Realität wieder. Die Angst zu versagen trieb ihm Schweißperlen auf die Stirn. Sein Mund war ausgetrocknet. So konnte es nicht weitergehen.

Er klopfte den Staub von seinem Habit und ging hinüber in die Dörrstube und überzeugte sich davon, dass das Pulver nach dem Sieben ausreichend getrocknet wurde.

Also was? Anselm brauchte dringend jemanden zum Reden.

»Langsam, langsam«, bremste ihn der Bursarius, »trink erst mal einen Schluck.« Bruder Raimund wandte sich vom Schreibpult ab und reichte seinem Freund ein Glas Gewürzwein.

»Brauchst du weitere Geldmittel?«, fragte er.

Anselm schüttelte den Kopf. »Nein, es ist die mangelnde Qualität des Pulvers!«

Er erzählte, dass der Abt bereits ungeduldig auf seine Erfolgsmeldung wartete. »Er setzt mich unter Druck«, wehrte sich Anselm, »aber wir haben nicht die nötigen Ergebnisse.«

Er berichtete Raimund, wie die Dinge aus seiner Sicht lagen. Die Ausgangsstoffe seien in Ordnung, die Formel stimme, an dem Mahl- und Trocknungsverfahren gebe es nichts auszusetzen.

Der Bursarius hatte sich erhoben. Aufmerksam lauschend ging er im Raum auf und ab.

»Lass uns überlegen, welche Eigenschaften gutes Schießpulver noch aufweisen muss«, schlug er vor.

Fast schon resigniert hielt sich Anselm die Handflächen

vors Gesicht und schüttelte heftig den Kopf. »Verdammt!«, entfuhr es ihm.

Raimund spürte, dass sein Freund am Ende war.

»Also, Anselm, siehst du im Augenblick wirklich keinen weiteren Ansatz?«, fragte er. Der Bursarius hatte die Hände hinter dem Rücken verschränkt und schaute hinaus auf den Klosterhof.

Langsam stand Anselm von seinem Stuhl auf. »Raimund«, sagte er, »ich habe eine Idee.«

»Ich höre.«

»Körnung.«

»Bitte?«

»Am Ende entscheidend ist die Korngröße des Pulvers«, erklärte Anselm. »Wir wissen, dass gutes Schießpulver für Büchsen von anderer Körnung sein muss, als das für Kanonen«, führte er aus, »und in sich muss die Korngröße homogen sein.«

»Aha«, merkte Raimund auf, »aber müssten das nicht deine Schweizer Pulvermacher wissen?«

Anselm überhörte die Frage. »Vielleicht haben wir in dieser Richtung zu wenig Sorgfalt walten lassen«, rief er, »ich danke dir, mein Freund«, und stürmte aus dem Bursarium.

Beim Turm hielt er seine Pulvermacher davon ab zu gehen, obwohl sie meinten, für heute ihr Tagwerk vollbracht zu haben.

»Wir werden entweder scheitern oder unser Qualitätsproblem jetzt lösen«, beschied ihnen Anselm.

Ungläubig schauten sie ihn an. »Wie meinst du das?«, fragte einer.

»Wir werden unser ganzes Augenmerk auf die Korngröße unseres Schwarzpulvers richten«, gab Anselm die Richtung vor. »Es ist für uns die ultima ratio«, schob er nach. Wenngleich er selbst keine Universität besucht hatte, kannte er aus den Büchern doch die logisch-systematischen Methoden der Scholastik. Für ihn war inzwischen die Vernunft der Schlüssel zu wahrer Erkenntnis. Dass Aristoteles, auf den sich die scholastischen Professoren beriefen, nichts vom Ausprobieren, von Versuchen hielt, wusste Anselm nicht.

»Wir werden die Mittel der Vernunft und Logik in praktischen Übungen anwenden«, erklärte der Mönch den einfachen Pulvermachern. Die hatten wahrscheinlich kein Wort verstanden, nickten aber geflissentlich. Ihnen kratzten die bisherigen Misserfolge an der Handwerkerehre; wenngleich das Pulvermachen weder als ehrenwertes Handwerk galt, noch einer Zunft angehörte.

Anselm erklärte den beiden, dass sie systematisch vorgehen mussten. Anfangen würden sie mit feinstem Pulvermehl, dann werde man die Körnung Schritt für Schritt vergröbern. Diese Versuche müssten in langen Reihen durchgeführt und die jeweiligen Ergebnisse der Entzündlichkeit und Explosionskraft in Listen dokumentiert werden.

»Ich werde es euch zeigen«, sagte Anselm, als seine Mitarbeiter verständnislos dreinschauten. Nachdem er die notwendigen Vorkehrungen getroffen hatte, wollte er sofort mit den Versuchen beginnen. Jetzt schüttelten die Schweizer entschieden die Köpfe. Es wurde bereits dunkel, und sie hatten keine Lust, in der Pulvermühle im Schein offener Flammen von Kerzen oder Öllampen zu hantieren.

»Sonst fliegen wir alle in die Luft, und du wirst niemals das perfekte Pulver finden«, argumentierte der Pulvermacher so, dass ihm Anselm zustimmen musste.

»Wir beginnen morgen früh«, entschied er.

Kapitel 21

Kloster Maulbronn

Die Zeit drängte. Bruder Anselm arbeitete unermüdlich. Seine Arbeiter, die die eigentlichen Fachleute waren, und deren Gehilfen trieb er zu höchster Eile an. Wie eine Statue stand er frühmorgens in seinem schwarz-weißen Habit in der Pulvermühle. Ihnen allen hatte er beigebracht, in schier endlosen Versuchsreichen die optimalen Korngrößen für explosivstes Schießpulver zu erreichen. Er beobachtete, wie Schwefel und Holzkohle gereinigt, zermahlen und gemischt wurden.

Über Holzrinnen trieb das Wasser aus dem Tiefen See oben die Mahlwerke an: Dumpf rollend zogen die aufrechtstehenden, mühlsteinartigen Läufer aus Marmor in den Mahltrögen ihre Kreise. Die Männer in dunkler Arbeitskleidung und braunen Kutten wussten genau, was sie taten. Besonders aufmerksam feuchteten sie den Salpeter immer wieder mit Wasser an. »So verhindern wir, dass er sich entzündet und die Pulvermühle in die Luft fliegt«, hatte ihnen Anselm eingeschärft.

Meist explodierten Pulvermühlen, ohne dass man die Ursache dafür kannte. Deshalb hatte Anselm vorsorglich einen meterhohen Erdwall um den Turm aufschütten lassen. Er war hufeisenförmig nach Osten hin offen, sodass die Druckwelle einer möglichen Explosion von der Klosteranlage weg in Richtung Osten gerollt wäre.

Die Arbeiter wischten sich den Schweiß von der Stirn, ruhten kurz aus und aßen ein paar Bissen. Dann ging es weiter. Bruder Anselm überwachte den weiteren, schwierigen Herstellungsprozess. Jeweils mehrere Tage und Nächte lang mussten das Mahlgut und die feuchte Mischmasse erneut gemischt, wieder angefeuchtet und weiterbearbeitet werden.

Bis zur Erschöpfung arbeitete Bruder Anselm. Draußen braute sich der Aufstand der Irrgläubigen zusammen, der Abt drängte pausenlos auf Ergebnisse – und von seinen Freunden Bruder Raimund und Bruder Ingbert war nichts zu sehen. In diesen schwierigen Zeiten hatten sie mit ihren Ämtern alle Hände voll zu tun.

Sein Hauptaugenmerk richtete Bruder Anselm auf die Körnung des Pulvers. Genau verfolgte er, wie die feuchte Pulvermischung nach dem Mahlen zu Pulverkuchen gepresst und zerkleinert wurde. In langen Listen ließ er die Versuchsreihen dokumentieren: Sieben und Trennen der unterschiedlichen Körnungen, anschließende Trocknung in den Dörrstuben – dann die Brenn- und Schießversuche oben im Wald.

Völlig übermüdet saß Bruder Anselm auf einer Bank vor der Pulvermühle. Ein Gehilfe schenkte ihm Wein nach und er leerte den Becher auf einen Zug. Anselm war glücklich!

Endlich war es geschafft. Alle Mühen hatten sich gelohnt. In Lederbeuteln und mit Zinnblech ausgeschlagenen Fässern lagerte im Pulverturm Schießpulver von höchster Qualität. Für Handfeuerwaffen und Geschütze verschiedener Größen wurden jeweils optimale Korngrößen verwendet.

»Das sitzt ja unser junger Bruder!« Anselm erhob sich. Vor ihm standen der Vater Abt, sein Stellvertreter und zwei hohe Mönche des Konvents. »Wir haben gehört, du hattest Erfolg«, freute sich Johannes von Lienzingen und nickte Anselm wohlwollend zu.

»So schnell hat sich das im Kloster herumgesprochen?«, wunderte sich Anselm.

»Das wäre übertrieben«, entgegnete der Prior. »Die meisten Brüder scheinen sich weiterhin nicht dafür zu interessieren, was sich unten im Graben abspielt.« Nach einer kurzen Pause fügte er hinzu: »Vielleicht ist es ja auch besser so.«

»Was also habt Ihr geschafft?«, wollte Abt Johannes wissen.

»Wir stellen Pulver von höchster Güte her«, erklärte Anselm.

»In welchen Mengen?«, hakte der Klostervorsteher nach. Anselms Antwort beeindruckte ihn.

»Eingedenk der biblischen Zahl Sieben stellen wir in sieben Wochen 300 Zentner Pulver her!«

Nach dem »Wie« fragte der Abt nicht. Stattdessen klatschte er in die Hände und wies seine Leute an: »Wir gedenken, am Sonntag in drei Wochen direkt nach dem Mittagsmahl eine außerordentliche Versammlung im Kapitelsaal einzuberufen. Jeder Konventuale ist aufgerufen, daran teilzunehmen.«

In den folgenden Tagen herrschte besonderer Betrieb im Kloster. Im Abtshof fuhren reihenweise eskortierte Kutschen vor, und hinten rollten schwere Ochsenfuhrwerke vom geschützten Graben hinaus auf die Straße. Auf den zinnenbewehrten Mauern und Türmen sah man eine große Zahl von bewaffneten Landsknechten zur Verteidigung der Klosteranlage.

Bei der Sonderversammlung wurde Bruder Anselm eine besondere Ehre zuteil. Abt Johannes von Lienzingen rief ihn neben sich in die Mitte des Kapitelsaales.

»Stolz und Hochmut seien uns fremd«, hob er feierlich an, »doch muss gesagt werden, dass es unserem Bruder Anselm gelungen ist, eine Aufgabe zu lösen, die unser Kloster Maulbronn retten wird!«

Bruder Anselm zog seine Kapuze tief herunter. Er strahlte übers ganze Gesicht. Die Arme in den weiten Ärmeln verborgen, saßen Bruder Raimund und Bruder Ingbert stolz nebeneinander.

»Ein Heer von Söldnern beschützt unser Kloster«, fuhr der Abt fort, »und wir werden fürderhin erkleckliche Einnahmen erzielen. Darüber hinaus können wir versichert sein, dass neben unserem Herrn auch Kirche und Kaiser ihre schützende Hand über uns halten werden.«

Direkt an Bruder Anselm gewandt, schloss Abt Johannes von Lienzingen: »Wie du das geschafft hast, bleibt dein schwarzes Geheimnis von Maulbronn.«

»Apropos Geheimnis«, nahm Bruder Raimund später den Faden nochmals auf. »Verrätst du deinen Freunden endlich, was vor einiger Zeit zu deinem Sinneswandel führte?«

»Das bist du uns schuldig«, pflichtete ihm Bruder Ingbert bei. »Auch möchten wir gerne wissen, warum du von diesem Tage an keinen Fuß mehr in dein geliebtes Scriptorium setztest.«

Zu ihrem Erstaunen forderte Anselm sie auf, ihm in den Chor der Kirche zu folgen. Im Angesicht der Madonnenfigur fragte Anselm: »Raimund, erinnerst du dich noch an deinen Rat nach der Beichte? Ich solle zur Muttergottes beten, sagtest du.«

Nachdenklich nickte der Freund.

Anselm zog er ein kleingefaltetes Pergament aus der Kutte. »Diesen Brief fand ich im Leib der Statue«, offenbarte er seinen staunenden Freunden.

»Ein Brief aus dem Leib …?« Raimund sagte das nur leise zu sich selber.

Ingbert zog zischend Luft durch die Zähne.

Schwere Karren knarrten hinten am Faustturm, so nannte

man den Südost-Eckturm der Ummauerung inzwischen, vorbei. Sie fuhren in alle Himmelsrichtungen davon. Ihre Ziele lagen in aller Herren Länder.

Leise begann Anselm zu lesen:

»Margarethe von Dürrmenz
an
Anselm von Lomersheim und Dürrmenz

Niedergeschrieben anno domini 1493

Anselm!
Mein lieber Sohn, wenn du diese Zeilen liest, werde ich längst tot sein. Ich weiß, dass du diesen Brief gefunden haben wirst. Der Herr hat es mir im Traum gezeigt. Ich bin das, was sie eine Seherin nennen. Gesegnet mit dieser göttlichen Gabe.
Lange Jahre musstest du im Ungewissen leben. Doch wisse: Ich, Margarethe von Dürrmenz, bin deine Mutter. Walther von Lomersheim, der edle Ritter, der Stifter des Klosters Maulbronn, Urvater der Herren von Lomersheim, ist mein Vorfahr. Und so auch der deine. Alles haben sie nach ihm verkauft. Aller Besitz ging an die Zisterzienser zu Maulbronn. Die Linie der Lomersheimer erlosch. Über eine Heirat kam vorher das Blut derer von Lomersheim nach Dürrmenz. So erblickte ich, Margarethe, auf der Burg der Herren von Dürrmenz das Licht der Welt. Die Adelheid, die Mechthild, die Katharina, sie alle waren meine Vorfahrinnen. Doch die Maulbronner griffen auch nach dieser Burg über dem Fluss Enz, nach dem Dorf und den Ländereien. So gelangte ich, die ich von edlem Geblüt abstamme, als mittellose Magd an den Elfin-

ger Hof. Was nun deinen Vater betrifft: Ich sage dies frei heraus. Er heißt Johannes Burrus, stammend aus Bretten und zu meiner Zeit bekleidete er das Amt des Abtes.«

Anselm stockte. Seine Stimme zitterte.

»Mein Sohn, nicht alle Mönche leben nach ihrem Keuschheitsgelübde, das sie vor unserem Herrn abgaben. Du wirst genug überrascht sein, mein geliebter Anselm, so will ich dir die weiteren Geschehnisse und Umstände vor deiner Geburt ersparen. Nur so viel: Ich habe nichts getan, dessen ich mich schuldig fühlen müsste und du mich verurteilen müsstest!«

Anselm war auf die roten Steinstufen gesunken, er hielt das Pergament an die Brust gedrückt. Trotz der Tränen, die ihm übers Gesicht liefen, las er weiter.

»Ich weiß, dass sie dich in eben dieses Kloster Maulbronn gegeben haben werden. Bedenke: In dir, mein Sohn, leben das Blut und der Geist unserer adeligen Ahnen fort. Was du auch tust, liebster Anselm von Lomersheim-Dürrmenz, denke daran: Einzelne Menschen mögen schlecht sein. Die Gemeinschaft der Brüder ist es nicht. So bitte ich dich, auch um deiner selbst willen: Rette unser, rette dein Kloster!«

Fast tonlos hatte Anselm die letzten Sätze gelesen.

Stumm, bestürzt legten Raimund und Ingbert ihm die Hand auf die Schultern.

Ihr Freund holte tief Luft:

»Lebe wohl, mein Anselm!
Es schreibt dir die Magd Margarethe. Deine stolze Mutter.

PS: Ich weiß, wir sehen uns wieder. Dereinst, im Reich des Herrn.«

Auf ein Wort

Am Anfang stand die Frage: Wer hielt warum jahrhundertelang seine schützende Hand über das Maulbronner Zisterzienserkloster, das als die besterhaltene Anlage ihrer Art nördlich der Alpen gilt? Die Protagonisten des historischen Romans, Bruder Anselm, Bruder Raimund und Bruder Ingbert sind frei erfunden. Historisch bezeugt sind die Maulbronner Äbte ebenso wie das eingemauerte weibliche Skelett, der Knittlinger Alchemist Johann Georg Faust, Herzog Ulrich von Württemberg und der Kraichgauer Ritter von Sickingen; der Landesherr erstürmte die Abtei tatsächlich im Jahr 1504, der bekannte Raubritter brandschatzte sie 1519.

Noch heute stehen Klostermauern, Tor- und Faustturm, der Konvent, das Abtshaus und vieles mehr. Bei einem Besuch in Maulbronn kann man den Elfinger Hof, den Tiefen See, ja sogar die beschriebenen Wand- und Deckengemälde bewundern und den furchteinflößenden Basilisken im Kreuzgang entdecken!

Wo die geschichtliche Realität (noch) verborgen liegt, sind die Ereignisse und Handlungen in dem Roman doch jederzeit plausibel.

Die Goldsuche des Dr. Faustus im Klosterturm könnte wahr sein – rein fiktiv und absolut unwahrscheinlich dagegen ist die Pulversache samt den schützenden Händen weltlicher und kirchlicher Herren über ihre frühneuzeitliche »Rüstungsschmiede«.

Doch dieses Schwarze Geheimnis passte einfach zu schön

zur Geschichte des Unesco-Weltkulturerbes Kloster Maulbronn.

Zum Ende mein besonderer Dank an den Leiter des Stuttgarter Hauptstaatsarchivs, Prof. Dr. Peter Rückert, an Prof. Dr. Matthias Untermann von der Universität Heidelberg, an den Maulbronner Archivar Martin Ehlers, an meine Frau Christine sowie an Biggy Kewitsch und Anja Graf.

Im Januar 2025,
Norbert Weimper

Kloster Maulbronn

1 Hexenturm
2 Torturm
3 Inneres Tor I
4 Mühle/Bäckerei
5 Inneres Tor II
6 Bursariat (Vermögensverwaltung)
7 Grabkapelle
8 Wehrturm
9 Faustturm
10 Lage Schafhof
11 Infirmarium (Krankenhaus)
12 Pulverturm
13 Paradies
14 Laienkirche
15 Mönchschor
16 Pforte West
17 Pforte Ost
18 Speisesaal Laienmönche
19 Speisesaal Herrenmönch
20 Küche
21 Brunnenhaus
22 Heizraum mit darüberliegender Wärmestube

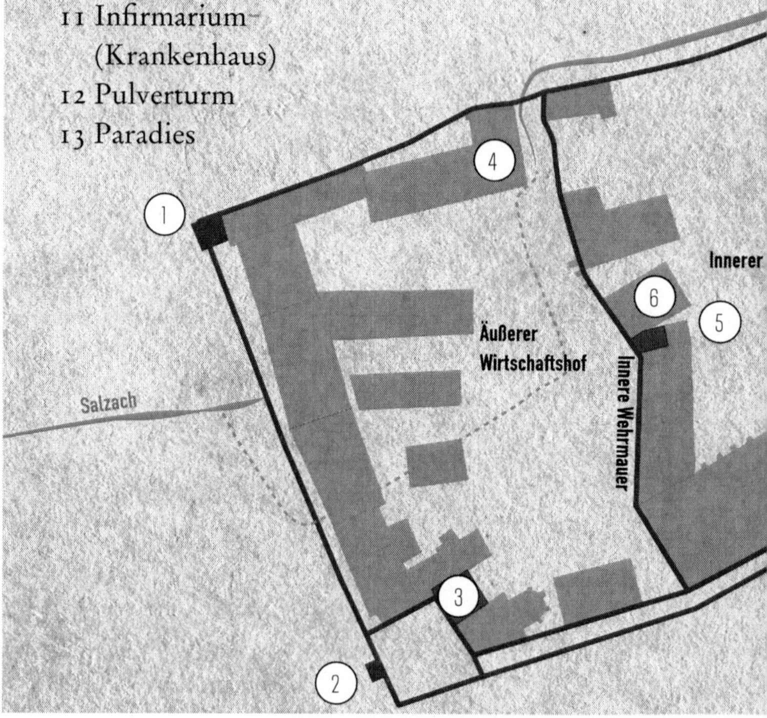

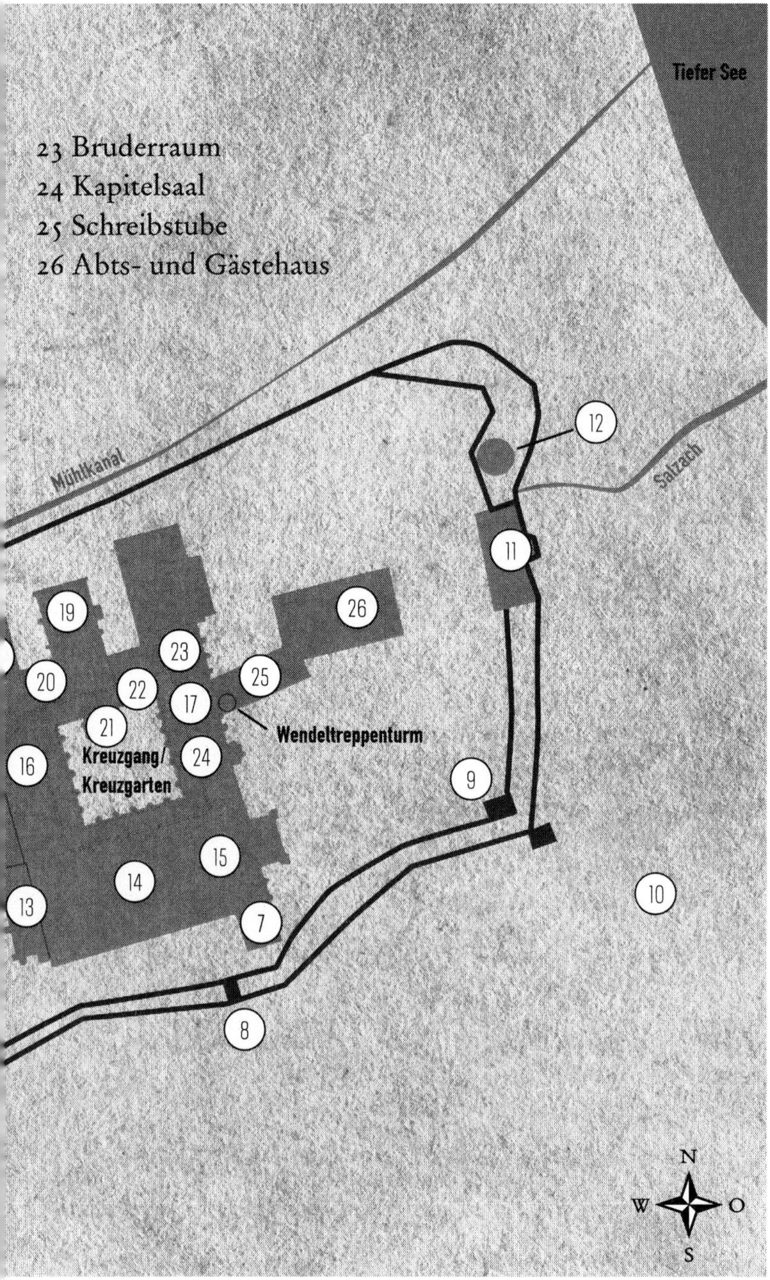
23 Bruderraum
24 Kapitelsaal
25 Schreibstube
26 Abts- und Gästehaus
Tiefer See
Mühlkanal
Salzach
12
11
26
19
23
25
20
22
17
21
Wendeltreppenturm
Kreuzgang/
Kreuzgarten
24
16
9
15
14
13
7
10
8
N
W
O
S